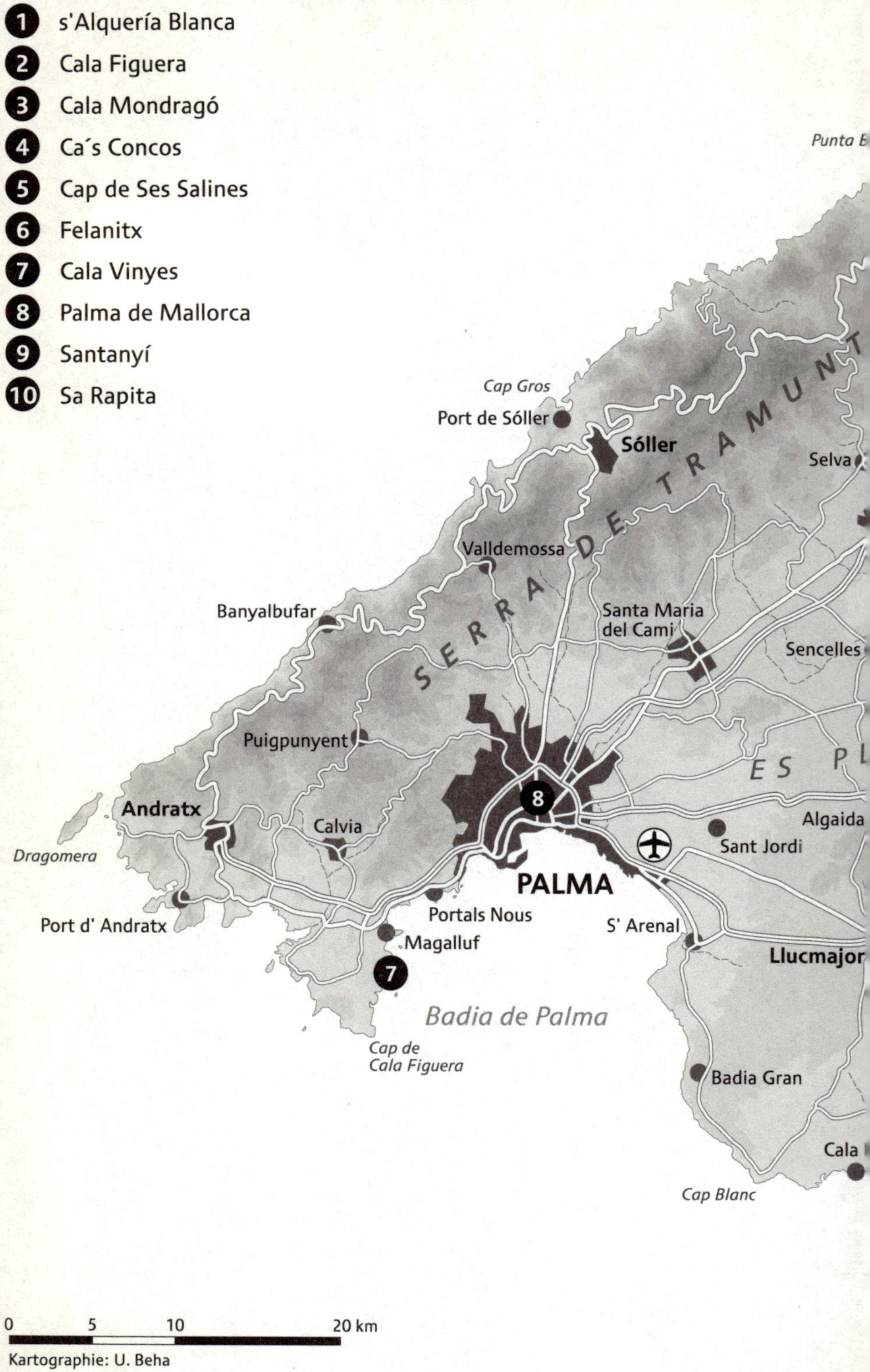

1 s'Alquería Blanca
2 Cala Figuera
3 Cala Mondragó
4 Ca´s Concos
5 Cap de Ses Salines
6 Felanitx
7 Cala Vinyes
8 Palma de Mallorca
9 Santanyí
10 Sa Rapita
Punta B
Cap Gros
Port de Sóller
Sóller
SERRA DE TRAMUNT
Selva
Valldemossa
Banyalbufar
Santa Maria del Cami
Sencelles
Puigpunyent
ES PL
Andratx
Calvia
8
Algaida
Dragomera
Sant Jordi
PALMA
Portals Nous
S' Arenal
Port d' Andratx
Magalluf
Llucmajor
7
Badia de Palma
Cap de Cala Figuera
Badia Gran
Cala
Cap Blanc
0
5
10
20 km
Kartographie: U. Beha

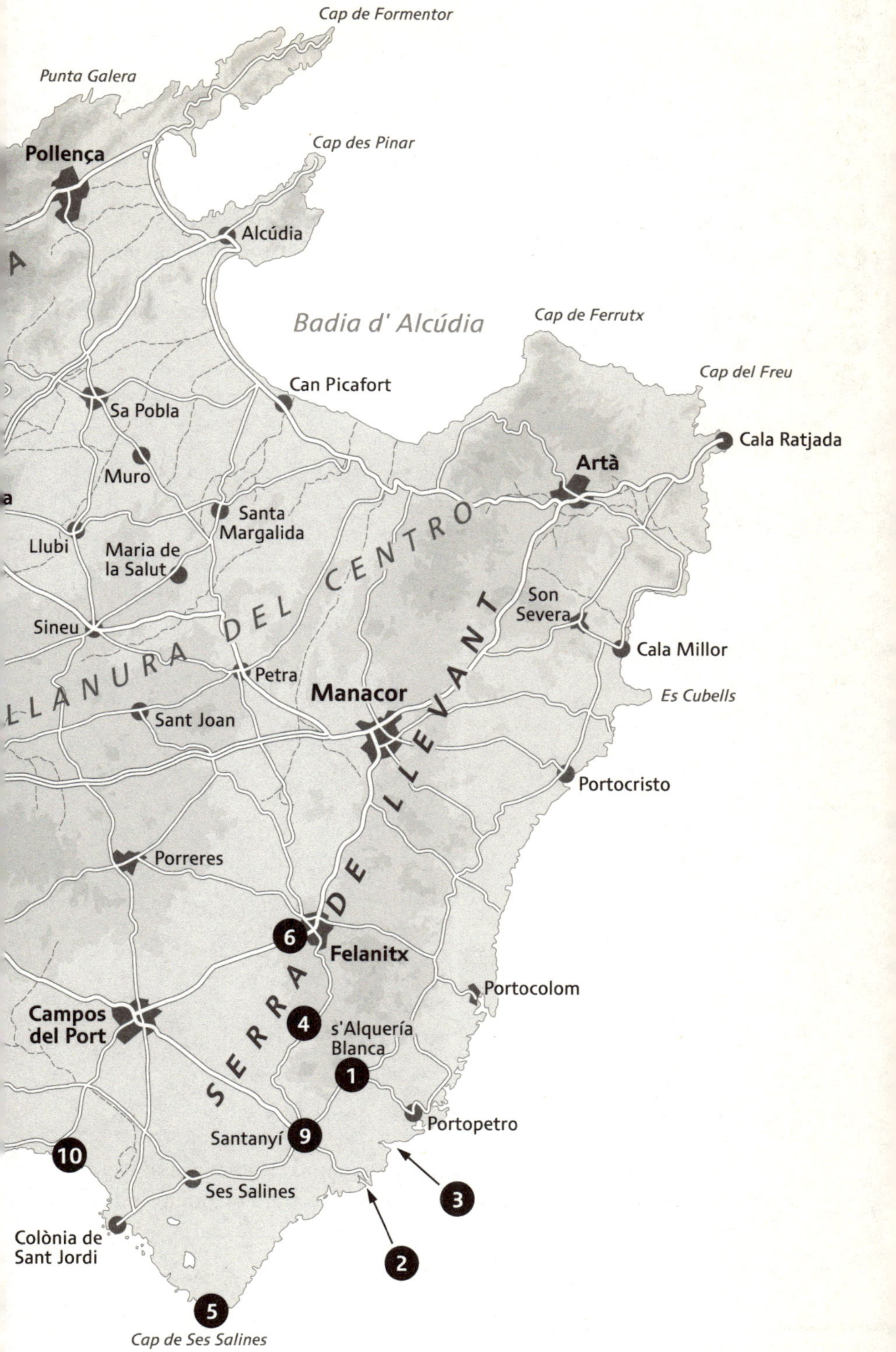
Cap de Formentor
Punta Galera
Cap des Pinar
Pollença
Alcúdia
Badia d' Alcúdia
Cap de Ferrutx
Cap del Freu
Can Picafort
Sa Pobla
Muro
Cala Ratjada
Artà
Santa Margalida
Llubi
Maria de la Salut
LLANURA DEL CENTRO
SERRA DE LLEVANT
Son Severa
Sineu
Cala Millor
Petra
Manacor
Es Cubells
Sant Joan
Portocristo
Porreres
6
Felanitx
Portocolom
Campos del Port
4
s'Alquería Blanca
1
Portopetro
Santanyí
9
10
Ses Salines
3
Colònia de Sant Jordi
2
5
Cap de Ses Salines

Als ausgebildeter Rettungssanitäter, Hauptbrandmeister, Taxifahrer, Rundfunkreporter, RTL-Sportredakteur, TV-Producer, Filmproduzent, Event- und TV-Regisseur, Theaterautor, Ghostwriter, Briefträger und Familienvater hat Andreas Schnabel (Jahrgang 1953) viel erlebt und ausreichend Stoff für die nächsten Jahre als Schriftsteller. Der geborene Hamburger, verlebte Berliner, Verlegenheitsluxemburger und Zwangsrheinländer bewohnt seinen Schreibtisch derzeit in Pulheim bei Köln. Im Emons Verlag erschien »Tod oder Finca«.

ANDREAS SCHNABEL

Tod in Palma

MALLORCA KRIMI

emons:

Mix
Produktgruppe aus vorbildlich bewirtschafteten Wäldern und anderen kontrollierten Herkünften
www.fsc.org Zert.-Nr. GFA-COC-001223
© 1996 Forest Stewardship Council

Umschlagzeichnung: Heribert Stragholz
Druck und Bindung: CPI – Clausen & Bosse, Leck
Printed in Germany 2010
ISBN 978-3-89705-724-1
Mallorca Krimi
Originalausgabe

Für meine Söhne
Lukas und Johannes

1

Berger hatte kein gutes Gefühl an diesem Morgen. Es lag nicht an seiner Gesundheit. Für Mitte fünfzig war er noch gut in Schuss. In jüngeren Jahren hatte er schon erheblich mehr Kilos auf den Rippen gehabt, jetzt waren es nur noch zehn zu viel.

Er fuhr sich durch sein kurzes, spärliches Haar.

Schon das Aufstehen an seinem ersten offiziellen Arbeitstag als gräflicher Privatdetektiv war ihm ausgesprochen schwergefallen.

»Warum lässt sie mich mitten in der Nacht antanzen«, schimpfte er vor sich hin, »das ist doch glatte Schikane.«

Seine Uhr zeigte zwei Minuten nach neun, und er suchte in seinem funkelnagelneuen Autoradio »Mallorca 95,8, das Inselradio«, den deutschsprachigen Sender aus Palma.

Überhaupt hatte er das Gefühl, in einem völlig neuen Auto zu sitzen, so gut war alles wieder in Schuss. Seine nunmehr zwanzig Jahre alte Dyane 6 war sogar neu lackiert worden und sah aus, als wäre sie frisch aus dem Laden.

»Da lässt sie sich ja nicht lumpen, die Gräfin«, murmelte er etwas versöhnlicher, »wenn die was verspricht, dann hält sie es, und wenn der ganze Schnee verbrennt.«

Silbermetallic war sein Liebling jetzt. Auf jedem Ententreffen wäre er damit der Star. Natürlich war das ein Stilbruch, denn nun passte sein eigenes Auto gar nicht mehr zu ihm, dem leicht verlotterten Eigenbrötler, den er so gern gab, der er aber nicht war.

Zufrieden strich Berger mit der Rechten über das weiche, helle Leder der Sitze. Er war sich sicher, die einzige Ente mit Ledersitzen zu besitzen. Dann fühlte er verstohlen über seine Leinenhose, die er heute anstelle seiner völlig verwaschenen, speckigen Jeans trug.

Ich entwickle mich immer mehr zu meinem eigenen Feindbild, dachte er belustigt. Aber mit Speck fängt man Mäuse, und die Maus in dieser Rechnung war ganz offensichtlich er.

Seine Wandlung rührte von einem dringend benötigten neuen Kühlschrank und der damit erforderlichen neuen Elektrik in seinem Haus. Das war der Lohn, den ihm die Gräfin von Zastrow für seine Hilfe im Kampf gegen die russische Grundstücksmafia versprochen hatte, die sich ihr wunderbares Anwesen an der südöstlichen Steilküste dieser herrlichen Insel illegal hatte aneignen wollen. Immerhin handelte es sich dabei um dreihunderttausend Quadratmeter besten Grundes, an der Primera Linea zwischen Porto Petro und Cala Figuera.

Nachdem Berger die Gräfin aus den Fängen ihrer Widersacher befreit hatte, war das Versprechen prompt und in höchster Qualität erfüllt worden. Außerdem hatte er eine Generalüberholung seiner Dyane und obendrein einen ganzen Batzen Geld auf sein Konto bekommen, nachdem diese wunderbare Frau ihm auch noch nonchalant seinen Arsch vor dem Finanzamt gerettet hatte. Dass er neuerdings fest bei ihr eingestellt war, schmeckte ihm zwar überhaupt nicht, aber was konnte er dagegen tun? Er hatte es während der vergangenen Jahre versäumt, sich anzumelden, und ohne diese Festanstellung hätte er die Insel verlassen müssen. Doch das wollte er auf keinen Fall. Mallorca war immer sein Traum und der seiner verstorbenen Frau gewesen. Santanyí und die Wohnung in der Carrer de la Platja aufzugeben hieße auch, die Erinnerung an sie aufzugeben, und das war ihm unmöglich. Seine Liebe zu ihr war das, was ihn sein Leben lang davon abgehalten hatte, völlig abzugleiten.

Nun war vor einer Weile plötzlich diese Gräfin in sein Leben gepoltert, diese wunderbare Frau Mitte vierzig, klein, blond, schlank, mutig, liebenswürdig, zielstrebig, intelligent, Aristokratin und Kumpel zugleich – normalerweise ein Traum. Doch er hatte Angst. Nicht vor ihr, sondern vor einer neuen Beziehung, denn sie würde die Erinnerung an seine Frau zwangsweise verblassen lassen.

Berger konzentrierte sich auf die Sprecherin im Radio, um auf andere Gedanken zu kommen. Es wurde wieder in epischer Breite vom bevorstehenden Wohltätigkeitsball berichtet, zu dem die Präsidentin des Inselrates alljährlich einlud. Ähnlich wie der Rot-Kreuz-Ball in Monaco war das ein feststehender Termin in jedem Promikalender, den man einfach nicht verpassen durfte, wenn man dazugehören wollte. Ganz wichtig schien auch die Frage zu sein, was der Herr von Welt an diesem Abend tragen würde.

»Ha«, rief er gehässig, »da könnten die auch das Ferkel der Gräfin in einen Frack zwängen. Filou würde darin eine bessere Figur machen, als die meisten der erlauchten Besucher. Gott möge verhindern, dass ich so einen Scheiß jemals mitmachen muss!«

Als säße er in einem Maybach, fuhr er mit seinem Zweizylinder vor das schwere Tor des gräflichen Grundstücks und drückte zum ersten Mal die in seinem Auto fest installierte Fernbedienung. Das Gitter glitt wie von Geisterhand zur Seite.

»Sensationell«, murmelte er fasziniert, »vor vierzehn Tagen war ich noch froh, wenn die Kiste überhaupt ansprang, und nun so etwas. Das glaubt mir kein Mensch, wenn ich das in der Bar erzähle.«

Damit meinte er die Bar Sa Seu, seine Stammbar, die, mitten in Santanyí, an der Plaça vor der Kirche gelegen, nicht nur für ihn täglicher Anlaufpunkt war. Hier traf sich halb Santanyí. Überall auf Mallorca gab es diese für die Insel typischen Bars, in denen man stets einen Querschnitt der Menschen antraf, die hier lebten oder zu Besuch waren. So unterschiedlich sie auch sein mochten, die Liebe zu diesem herrlichen Fleckchen Erde verband sie.

Als er die Auffahrt hochfuhr, winkte ihm Tomeu, der gräfliche Gutsverwalter, bereits von Weitem zu. Dieser Bär von einem Mann war genau das Gegenteil von dem, was man sich unter einem Gutsverwalter vorstellte. Er war fast so breit wie hoch, behaart wie ein Schwarzfell-Yeti und eine Seele von Mensch. Er hatte ein Lächeln, dass einem das Herz aufging, stotterte aber zum Gotterbarmen. Dort, wo er war, konnte man mit Sicherheit auch Shakespeare finden, seinen riesigen Irischen Wolfshund, der nie von seiner Seite wich, und hin und wieder auch Filou, das gräfliche Hausschwein, wenn es mal wieder einen Hundekumpel zum Quatschen oder zum Spielen brauchte. Ansonsten wich Filou seiner Herrin nicht von der Seite. Als Schwein sei es eine absolute Katastrophe, betonte Gräfin Rosa von Zastrow immer wieder, aber als Mensch sei ihr das Ferkel unersetzlich.

Sie selbst saß, wie es ihr inzwischen zur Gewohnheit geworden war, auf der Terrasse ihres riesigen Anwesens. Von ihrem Schreibtischstuhl sah sie über den großzügigen Swimmingpool hinweg auf das heute spiegelglatte Mittelmeer. Sie liebte diesen Platz, und wenn es nicht gerade stürmisch war, dann erledigte sie dort sogar ihren Bürokram, denn bis so ein Laptop abhebt, braucht es schon einige Windstärken.

Ohne vom Bildschirm aufzuschauen, machte sie Berger ein Zeichen, dass er es sich auf einem der Stühle bequem machen solle. Er kam der Aufforderung nach und beobachtete diese anscheinend ewig junge und zierliche Frau schweigend bei der Arbeit.

»Glauben Sie vielleicht, ich merke das nicht?«

»Was denn?«

Sie löste ihre Augen nicht eine Sekunde lang vom Bildschirm. »Ihre abschätzenden Blicke.«

»Seien Sie froh, dass ich um diese nachtschlafende Zeit überhaupt etwas schätze.«

Sie lächelte in sich hinein. »Wieso nachtschlafend?«

»Neun Uhr morgens ist nachtschlafend!«

»Viertel nach neun.«

Er war beleidigt. »Sehen Sie, ich habe Ihnen gleich gesagt, dass das mit uns nicht klappen kann. Ich bin keine zwanzig Minuten in Ihren Diensten, schon machen Sie mir Vorhaltungen, dass ich zu spät komme.«

»Mache ich doch gar nicht. Ich habe nur Ihre Zeitangabe etwas korrigiert. Wenn Ihnen das nicht passt, können Sie sich ja an den Betriebsrat wenden.«

Berger runzelte die Stirn: »Ach, und wer ist das?«

»Filou«, gab die Gräfin lächelnd zurück. »Ist doch geschickt, oder? Einem Schwein kann man wenigstens keine Ferkeleien mit der Geschäftsführung vorwerfen.«

Das konnte ihn nicht aufheitern.

»Sie nehmen mich und meine Sorgen nicht ernst.«

»Wenn dem so wäre, säßen Sie jetzt in der Bar und warteten auf Ihre Abschiebung – wenn man Sie überhaupt wieder aus dem Knast gelassen hätte.«

Er zuckte mit den Achseln. »Aber ich hätte wenigstens eine Ensaimada und einen Cortado im Magen und müsste mich nicht nüchtern abkanzeln lassen.«

»Sie können sich ja an unseren Betriebspsychologen wenden, wenn ich Ihnen derartige Pein zufüge.«

»Und wer ist das nun wieder?«

Sie grinste schelmisch. »Shakespeare ist ein exzellenter Zuhörer, und Sie können sich sicher sein, dass er Ihre Geheimnisse für sich behält.«

»Ha, ha!« Er beugte sich zu ihr hinüber und versuchte das, was auf dem Bildschirm stand, zu lesen. »Was schreiben Sie da eigentlich?«

»Ich erledige Ihre Post an das Finanzamt und erbitte Aufschub für die noch fehlenden Steuererklärungen.«

»Ich denke, Sie können kein Spanisch.«

»Stimmt, ich habe einen Übersetzer angeheuert und maile ihm alles.«

»Müssen Sie sich unbedingt in meine Angelegenheiten einmischen?«

»Sí Señor! Da Sie es nicht tun, bin ich dazu gezwungen. Ich brauche Sie nämlich noch.«

»Ach, und wozu brauchen Sie mich konkret, wenn ich fragen darf?«

»Gern.« Sie überlegte kurz. »Zum Fischen zum Beispiel.«

»Zum Fischen nimmt man in erster Linie Freunde mit, richtige Kumpels. Keine Frauen, schon gar keine Chefinnen.«

»Na, wunderbar, dann kann Filou ja auch mitkommen.«

Berger stöhnte auf. »Schon wieder dieses Schwein an Bord?«

»Warum nicht? Es heißt doch, alle Männer seien Schweine. Dann passt er in die Crew.«

Er winkte resignierend ab. »Meinetwegen, dann haben wir wenigstens einen anständigen Köder, wenn wir auf Haie gehen.«

Das Ferkel, das bis dahin friedlich schlummernd unter dem Tisch gelegen hatte, sprang laut quiekend auf. Die Gräfin streichelte es beruhigend.

»Das ist ein ganz böser Onkel, und Frauchen beschützt dich vor ihm, keine Angst. Außerdem gibt es hier im Mittelmeer gar keine Haie.«

Berger lachte auf. »Wo haben Sie denn den Quatsch her? Natürlich gibt's hier Haie. Das ist schließlich ein richtiges Meer. In meinen Netzen hat sich sogar schon mal ein Hammerhai verheddert.«

Ihre Augen weiteten sich erschreckt. »Beißen die auch Menschen?«

Sie erntete nur ein Achselzucken.

»Unter zehntausend Haien wird mit Sicherheit auch irgendein Schwachkopf sein, der Spaß daran hat, Touristen zu beißen. Das kann man dann aber getrost als Jugendsünde eines Einzelgängers abtun.«

Die Gräfin sah ihn einen Moment lang wortlos an. Dann klappte sie den Laptop zu und erhob sich von ihrem Platz.

»Apropos Haie füttern – wenn ich Sie richtig verstanden habe, haben Sie bisher noch nichts gegessen.«

Er nickte. »Kein Mensch mit Kultur hat um diese Zeit schon etwas gegessen.«

»Okay, dann fahren wir erst zum Steuerbüro, um noch ein paar Meldeformulare abzuholen, und danach erfolgt die Speisung der Kreativen, einverstanden?«

»Dieses ›Einverstanden‹, das war doch nur eine rhetorische Frage, oder?«

Sie legte leicht genervt ihren blonden Lockenkopf schief. »Wenn Sie so wollen?«

»Was heißt hier ›wenn ich so will‹?«, giftete Berger. »War das nun eine Frage oder eine Anweisung?«

Sie lächelte ihn breit an. »Das war ein in Fragepapier eingewickelter Frühstücksbefehl.«

»Aha!«, triumphierte er. »Und wenn ich gar nichts essen will?«

»Es steht Ihnen jederzeit frei, sich über die Grausamkeit dieser Welt auszuweinen, aber gegessen wird etwas.«

***

In der Bar Sa Seu war inzwischen schon der zweite Run vorbei. Morgens um sechs wimmelte es hier nur so von Bauarbeitern und Landwirten, die vor der Arbeit noch schnell einen Cortado und einen Hierbas kippten. Zwischen acht und neun kamen die Touristas, und so gegen elf folgten ganz vorsichtig die Kreativen der Gegend. Berger gehörte eigentlich zu keiner dieser drei Gruppen. Er war ein Residente, ein Zugezogener. Ein Einheimischer würde er nie werden, ein Tourist hatte er nie sein wollen, und um erfolgreich als Kreativer zu gelten, hatte er zu oft schlechte Laune. Um von den Touristen als Künstler anerkannt zu werden, müsste er sich so benehmen, wie es einem wirklichen Künstler peinlich wäre. Doch einfach nur ein Meister seines Faches zu sein, reichte nicht, um von der Kunst leben zu können.

Die Gräfin und er nahmen am großen runden Tisch zwischen Tresen und Schaufenster Platz. Mit einem freundlichen Nicken stellte Monika, die Frau des Wirtes, zwei dampfende Cortados auf die Marmorplatte.

Während beide den Zucker in den Milchkaffee rührten, machte Berger alles andere als eine entspannte Miene.

»Was ist, Residente? Was braut sich in Ihrem Kopf zusammen? Raus damit, tun Sie sich keinen Zwang an.«

Er runzelte die Stirn. »›Lass dir ruhig Zeit‹, sagte die Dompteurin, als sie den Tiger zum Sprung durch den brennenden Reifen aufforderte.«

Die Gräfin sah ihn irritiert an. »Wie meinen Sie?«

»Wer sich bei so einem Sprung Zeit lässt, verbrennt sich das Bauchfell.«

»Es tut mir leid, ich kann Ihnen nicht folgen.«

»Sie sagten, ich solle mir keinen Zwang antun.«

»Richtig.«

»Ein ungezwungenes Verhalten würde bedeuten, dass ich mir jetzt die ›Ultima Hora‹ vornehme und lese.«

»Und warum tun Sie es nicht?«

»Weil Sie sofort nörgeln würden, wenn ich mich nicht um Sie kümmere.«

Sie warf ihm einen tadelnden Blick zu. »Ich wäre Ihnen dankbar, wenn Sie mir überlassen würden, wann ich nörgele.« Gleich darauf lächelte sie aber bereits wieder. »Wir bekommen Besuch, mein Lieber. Es scheint, als würde die Obrigkeit mal wieder Verlangen nach Ihnen verspüren.«

Berger wandte sich um und sah, wie Comisario García Vidal von der *Policia National* die Bar betrat. An der Seite dieses drahtigen, mit einem Meter fünfundsechzig relativ kleinen Mittvierzigers ging eine Frau, die er noch nie gesehen hatte.

Sie war etwas größer als García Vidal, hatte halblange braune Haare und machte einen durchtrainierten Eindruck. Sie war dabei aber dennoch absolut weiblich. Lächelnd stellte der Comisario sie ihnen vor.

»*Buenos días*, Condesa, Señor Berger, darf ich Ihnen eine Landsmännin«, er stutzte, »sagt man das so, Landsmännin?«

Die Gräfin nickte.

»Darf ich Ihnen also Ihre Landsmännin und Kollegin Frau Angela Bischoff vorstellen.« Er zeigte auf seine Begleitung, dann auf die Gräfin und den Residente. »Das ist Gräfin Rosa von Zastrow und das ist Kriminalhauptkommissar Michael Berger aus Bonn.«

Berger nickte nur mürrisch, während sich Gräfin Rosa lächelnd erhob.

»Willkommen in Santanyí, Frau Bischoff.«

Angela Bischoff war sichtlich angetan von dieser freundlichen Begrüßung. »Ich danke Ihnen, Durchlaucht.«

Die Gräfin winkte ab. »Fangen Sie mit den Förmlichkeiten bitte gar nicht erst an. Nennen Sie mich einfach nur Rosa.«

»Gern, Frau von Zastrow.« Angela Bischoff musste lachen. »Entschuldigung, ich meine Rosa.«

»Was machen Sie hier auf der Insel, Urlaub?«

»Nein, ich bin dem deutschen Konsulat als Verbindungsbeamtin zu den spanischen Polizeibehörden zugeteilt.«

Der Residente verzog das Gesicht. »Zugeteilt, das hört sich für mich an, als seien Sie eine Notration.« Er orderte mit einem Handzeichen bei der Bedienung vier Cortados.

»Im Gegenteil, Señor Berger, sie ist eine absolute Bereicherung.« Der Comisario strahlte bei diesen Worten. »Sie wissen doch selbst, was hier auf der Insel los ist. Frau Bischoff wird uns als Kriminalbeamtin eine große Hilfe sein, wie auch die zehn uniformierten Kolleginnen und Kollegen, die täglich im Streifendienst eingeteilt werden. Verbrecher und Betrüger machen auf unserer schönen Insel bekanntlich keinen Urlaub.«

Berger blickte Angela Bischoff prüfend an. Vielleicht mochte er sie deshalb nicht, weil sie ihr Haar wie seine verstorbene Frau trug – halblang, stufig und gelockt. Da gab es noch mehr, was ihn an sie erinnerte. Ihre schlanke Figur, ihre großen Brüste, ihre wohlgeformten Hüften. Er bemühte sich jedoch, nicht allzu unhöflich zu wirken.

»Und wo warten Sie in Deutschland auf Ihre Pension?«

»In Köln.« Sie lächelte ihn freundlich an. »Dass wir noch jemanden auf Mallorca haben, wusste ich gar nicht. Ich habe nur von einem etwas wunderlichen Exkommissar gehört, der hier als eine Art Mister Marple sein Unwesen treiben soll. Ich hoffe, den lerne ich auch einmal kennen. Soll ein ziemlich bunter Vogel sein.«

Die Gräfin tätschelte grinsend Bergers Hand. »Das hat sie wirklich nett gesagt, Mister Marple. Finden Sie nicht auch?«

Der Comisario begann zu lachen, während Angela Bischoff rot anlief.

»Das tut mir jetzt aber leid. Ich wollte Ihnen nicht zu nahe treten.«

Berger verzog keine Miene. »Ich wusste nicht, dass ich inzwischen als kriminalistisches Unikum verschrien bin. Das erfüllt mich, ehrlich gesagt, mit Unbehagen.«

Die Gräfin trank einen großen Schluck von ihrem Cortado. »Auf so eine PR kann man eigentlich nur neidisch sein.«

Berger war erbost. »Finden Sie das wirklich besonders vorteilhaft?«

»Darauf kommt es doch gar nicht an. Auch ein schlechtes Image ist ein Image, und das bedeutet in Ihrem Job Aufträge.« Sie wandte sich an den Comisario. »Aber ich kann mir nicht vorstellen, Señor García Vidal, dass Sie nur gekommen sind, um uns Ihre neue Kollegin vorzustellen.«

»Sie haben wie immer recht, Condesa. Ich habe, oder präziser, die Präsidentin des Inselrates hat ein Problem.«

»Hat ihr Sohnemann mal wieder einen Bock geschossen?«

»Keineswegs. Es geht um den alljährlichen Wohltätigkeitsball, zu dem der gesamte Geldadel der Insel erwartet wird.«

Berger lehnte sich demonstrativ in seinem Stuhl zurück. »Ich habe, Gott sei Dank, keine Einladung bekommen.«

Die Gräfin lächelte süffisant. »Die bekommen auch nur Menschen, die sich das Rückporto für die Antwort leisten können.«

Der Comisario sah die Gräfin bedauernd an und machte eine abwägende Geste. »Nun ja, den ganz speziellen VIPs wird sie durch Boten überbracht. Wie in Ihrem Fall, Señor Residente.« Sein Mund verzog sich zu einem breiten Grinsen.

»Machen Sie keinen Quatsch«, raunte Berger entgeistert. »Das kann doch nur ein Irrtum sein!«

García Vidal schüttelte den Kopf und erwiderte mit Nachdruck: »Man braucht Sie, Residente.«

»Und wozu, wenn ich fragen darf?«

»Sie sollen den Verbrechern durch Ihre bloße Anwesenheit suggerieren, dass Diebstahl absolut sinnlos ist.«

Berger kniff verblüfft die Augen zusammen. »Wenn das keine Blitzkarriere ist. In nur einem Tag vom Detektiv zum Präservativ.«

Angela Bischoff runzelte die Stirn. »Ziehen Sie eigentlich alles ins Lächerliche?«

»Nur, wenn es dahin gehört«, antwortete Berger knapp. Dann wandte er sich wieder an den Comisario. »Können Sie mir mal sagen, wer auf diese Schnapsidee gekommen ist?

»Die Präsidentin, Señora Delgado Bunyol höchstselbst.«

»Und warum, wenn ich fragen darf?«

»Weil an diesem Abend Klunker spazieren getragen werden, mit denen man locker die ganze Insel kaufen könnte.«

Berger lachte auf. »Und Sie glauben wirklich, die Dinger wären echt? Es tut mir leid, wenn ich Sie enttäuschen muss, aber die Diademe der Damen sind üblicherweise genauso echt wie ihre Dekolletés.«

»Das wäre schön, Señor Berger«, seufzte der Comisario, »aber in diesem Fall irren Sie sich leider. Der diesjährige Event wird als der Ball der echten Diamanten in die Geschichte der High Society eingehen.«

Die Gräfin sah ihn erstaunt an. »Und warum ausgerechnet dieser?«

García Vidal schaute sich in der Bar um und senkte seine Stimme. »Ich kann auf Ihre Diskretion zählen?«

Rosa nickte.

»Weil die reichen und superreichen Europäer und die Ölscheichs den neureichen Russen mal so richtig eins auswischen wollen.«

Berger grinste. »Nach dem Motto: Wir zeigen euch mal, wo der Luxushammer hängt!«

»Sí, Señor.«

»Und ausgerechnet ich mittendrin?«

»Sí.«

»Da lachen ja die Hühner.« Berger winkte ab. »Sie werden doch nicht ernsthaft glauben, dass ich auch nur einen Fuß in dieses Irrenhaus setze, oder?«

Die Gräfin setzte ein zuckersüßes Lächeln auf. »In was für ein Haus würden Sie besser passen, Señor Berger?«

Er schaute sie fassungslos an. »Ich und superreich?«

»Nein, aber irre.«

Berger sah ihr prüfend in die Augen. »Sie meinen das ja richtig ernst.«

»Sí, Señor. Gibt es einen besseren Start für unsere kleine gräfliche Detektei als diesen?«

Eine Weile saßen sie reglos da und starrten einander an. Bis Berger gequält aufstöhnte.

»Habe ich eine Chance, Nein zu sagen?«

Sie lächelte freundlich. *»Nada, Residente, absolutamente nada.«*

***

In der Carrer Monti-Sion beschloss Meister Jordi, es für heute in seiner Juwelierwerkstatt gut sein zu lassen. Sorgfältig verschloss der alte Mann die angefangene Arbeit in seinem stabilen Safe und wollte sich gerade einen Kaffee kochen, da klopfte es an der Tür.

»Nanu«, murmelte er, »jetzt noch Kundschaft, wo gibt es denn so etwas?«

Missmutig schlurfte er nach vorne und öffnete die Tür nur einen Spaltbreit, um zu sehen, wer draußen war. Im selben Moment wurde sie ihm mit Gewalt aus der Hand gedrückt. Etwas Dunkles schoss über seinen Kopf hinweg und legte sich über sein Gesicht. Seine Arme wurden brutal auf den Rücken gedreht. Ehe er etwas dagegen hätte tun können, waren sie auch schon mit etwas Weichem rücklings gefesselt. Es schienen gepolsterte Bandagen zu sein. Sie schnürten nirgendwo ein, saßen jedoch bombenfest.

»Was geht hier vor?«, jammerte Meister Jordi. »So sagen Sie doch etwas!«

Er spürte, wie sich ähnliche Fesseln um seine Beine legten, und bemühte sich angestrengt, das Gleichgewicht zu halten, denn er wusste nur zu genau, dass ein Sturz jetzt, da er sich nicht abstützen konnte, böse Folgen haben würde. Er konnte nicht sehen, was um ihn herum vorging, aber den schweren Schritten nach zu urteilen, musste es sich bei dem Unbekannten um einen Mann handeln. Er roch nach billigem Rasierwasser. Jordi kannte diesen Geruch. Er hatte ihn schon oft in britischen Ferienfliegern gerochen, wenn er selbst in London zu tun gehabt hatte.

Aha, dachte er grimmig, der Kerl ist ein Brite. Er versuchte, sich alles so genau wie möglich einzuprägen, jeden Schritt, den der Unbekannte tat, um der Polizei später bei der Aufklärung behilflich sein zu können. Ein Geräusch, das er nicht auf Anhieb einordnen konnte, ließ ihn den Atem anhalten. Es war ein Scharren auf Holz. Der Mann musste ein Seil über einen der Deckenbalken in seiner

Werkstatt geworfen haben. Kurz darauf erklang es wieder, aber etwas langgezogener, als ob der Mann etwas an dem Seil hochzog. Der Gegenstand konnte aber nicht sehr schwer sein, sonst hätte sich das Geräusch tiefer angehört.

Mit einem Mal war da ein neues Geräusch, ein leises Quietschen von mehreren kleinen Rollen. Es erinnerte ihn an einen alten Flaschenzug.

Plötzlich wurde er von zwei starken Armen gegriffen, die ihn in Schräglage kippten und einige Meter weit zogen, als wäre er ein Paket.

Als er wieder aufrecht stand, spürte er, wie das schwarze Tuch über seinem Kopf etwas angehoben wurde. Nicht aber, um es ihm vom Gesicht zu ziehen, sondern um etwas Neues um seinen Hals zu legen. Es fühlte sich an wie ein Seil. Meister Jordi wurde heiß und kalt zugleich.

»Was machen Sie da?«, fragte er ängstlich. »Sie wollen mich doch wohl nicht etwa umbringen? Ich kann Ihnen doch gar nichts anhaben, ich habe Sie ja nicht einmal gesehen.«

Erleichtert spürte er gleich darauf, dass seine Beinfesseln gelöst wurden. In der Hoffnung, dass nun auch seine Armfesseln gelöst werden würden, wandte er dem Mann den Rücken zu, doch nichts passierte. Er hörte nur wieder dieses Quietschen. Im selben Augenblick schloss sich das Seil eng um seinen Hals und zog ihn langsam nach oben. Instinktiv machte er sich immer länger, bis ganz zuletzt, als er schon in der Luft hing, seine Schuhspitzen aber noch immer versuchten, Halt auf dem rutschigen Linoleum zu finden.

Das Quietschen wurde indessen immer lauter, und es krachte und knackte so seltsam in seinem Hals. Er spürte, wie er sich in der Luft drehte. Bisher hatte er vor Schreck die Luft angehalten, aber nun wollte er ausatmen. Es ging nicht. Er wollte etwas sagen, aber wie sollte er gegen dieses unerträglich grelle Geräusch ankommen? Er war sein ganzes Leben lang doch ein so leiser Mensch gewesen.

Der alte Meister spürte, wie sein Kopf anschwoll, doch dieses unangenehme Gefühl ließ bald nach. Auch das grelle Quietschen wurde endlich leiser, und schließlich blieb nur ein seltsames, aber nicht unangenehmes Rauschen, das rhythmisch von einem lauten

Pochen übertönt wurde, als würde jemand auf einer großen Pauke direkt neben seinem Ohr spielen. Jordi wurde es leicht ums Herz. Fast beglückt hörte er zu, wie er starb.

***

Rosa und Berger fuhren mit dem Geländewagen der Gräfin nach Palma, um sich dort mit der Präsidentin des Inselrates, Señora Delgado Bunyol, in deren Büro zu treffen. Der Comisario nahm Frau Bischoff in seinem Dienstwagen mit.

Zu Beginn der Fahrt war Berger nahezu stumm. Die Gräfin beobachtete ihn aus dem Augenwinkel und versuchte, ihn in ein Gespräch zu verwickeln.

»Was halten Sie von Frau Bischoff?«

»Sie ist nett«, kam es etwas unwirsch.

»Aha, und ist Ihnen etwas Wesentliches aufgefallen?«

»Sie hat schöne Brüste.«

»Ist Ihnen vielleicht auch aufgefallen, dass sie sympathische Augen hat?«

»Sie fragten nach wesentlichen Merkmalen.«

»Ihr Männer seid manchmal das Letzte, wissen Sie das?«

»Ihr Frauen wollt uns ja gar nicht anders.«

»Blödsinn, wir hätten es schon ganz gerne, nicht sofort von euch Kerlen in eine ›Brustschublade‹ gesteckt zu werden.«

»Sie haben sich bisher doch recht wohl darin gefühlt.«

Rosa bekam einen roten Kopf.

»Nun ja«, räusperte sie sich, »und was machen Sie mit einer Frau, die einen ganz normalen Busen hat?«

»Die kommt in die Schublade für normale Brüste.«

Sie lachte sarkastisch auf. »Und was geschieht mit einer Frau, die weder in die eine noch in die andere Schublade hineinpasst?«

Er zuckte mit den Achseln. »Die kommt in die ›Loser-Tonne‹.«

»Und was fehlt einer Frau, die von Ihnen in die ›Loser-Tonne‹ gesteckt wird?«

Er schaute sie ganz unschuldig von der Seite an. »Natürlich Brüste!«

Um aus dem Gespräch keine ernsthafte Meinungsverschiedenheit werden zu lassen, schwiegen beide und beobachteten, wie das klare Sonnenlicht dieses wunderbare Fleckchen Erde wieder einmal in faszinierende Farben tauchte.

Nach einer Weile machte die Gräfin einen erneuten Versuch.

»Was ist los, Señor? Sie sind so schweigsam, obwohl sich unsere Insel mal wieder von ihrer prächtigsten Seite zeigt. Aus was für einer Tonne gucken Sie denn jetzt?«

Er hob die Augenbrauen. »Das ist ja seltsam, kaum sind Sie einen Monat hier, schon ist das auch Ihre Insel?«

Die Gräfin ließ sich nicht aus der Ruhe bringen.

»Ihre Reaktion zeigt mir Ihr Unbehagen. Sortieren Sie noch immer Brüste, oder ist es jetzt etwas anderes, was Ihnen querliegt?«

»Letzteres, Gnädigste. Ich kann es noch immer nicht fassen, dass ich plötzlich in der High Society mitmischen soll.«

»Warum nicht?« Sie grinste ihn an. »Wenn Sie mich nur einen Vormittag lang zum Friseur und danach zum Herrenausstatter begleiten würden, könnte ich Sie zum Schwarm der weiblichen Hocharistokratie machen.«

Er schüttelte den Kopf. »Das mag ja sein, aber dann bin ich noch lange kein Sicherheitsexperte für schmuckbehängte Promis. Nur weil ich jemanden kenne, der gerne Fischstäbchen mag, gebe ich mich ja auch nicht als Meeresbiologe aus.«

Am Amtssitz der Präsidentin wurden sie von einem Bediensteten begrüßt, kaum dass sie aus dem Auto gestiegen waren. Dessen Freundlichkeit wich einem ungläubigen Staunen, als die Gräfin den Kofferraum öffnete und ein Schwein heraussprang. Der Widerstand des Sicherheitsbeamten regte sich denn auch erst, als die Gräfin das Tier an die Leine nahm und Anstalten machte, mit Filou das Palais zu betreten.

»No, Señora, bitte haben Sie Verständnis dafür, dass in Regierungsgebäuden nicht sein dürfen Schweine!«

In diesem Augenblick fuhr die Präsidentin vor, und der Beamte hechtete geradezu an die Tür des Wagens, um seiner Chefin beim Aussteigen behilflich sein zu können.

Sie nickte ihm kurz zu, um gleich danach die Gräfin anzustrahlen.

»*Hola*, meine Liebe. Ich sehe Sorgenfalten auf Ihrer Stirn. Kann ich Ihnen bei irgendetwas behilflich sein?«

Rosa zeigte auf den Wachmann. »Ihr Pförtner hier glaubt, Filou sei einfach nur ein Schwein.«

Die Präsidentin schaute sie irritiert an. »Ohne Ihnen zu nahe treten zu wollen, liebste Gräfin, aber ich schließe mich dem jungen Mann an. Ihr Filou, so nett und intelligent er auch sein mag, ist nichts weiter als ein Schwein.«

Berger trat dazwischen. »Meine Damen, nun lassen Sie uns daraus doch bitte keine diplomatische Affäre machen. Es gibt so viele Regierungspaläste auf der Welt, in denen Schweine residieren, da wird doch hier wohl mal eins zu Besuch kommen dürfen, wenn schon keines an der Macht ist, oder etwa nicht?«

Die Präsidentin lächelte ihn an. »Vielen Dank, Residente, ich glaube, Sie haben da tatsächlich mal etwas Nettes gesagt.« An den Wachmann gewandt, verkündete sie: »Das Schwein darf rein.«

Der Mann war wie vom Blitz getroffen.

»Aber Señora, es hat keinen Sicherheitsausweis.«

»Dann beantragen Sie einen!«

»Auf welchen Namen denn?«

Die Damen gingen ohne weiteren Kommentar an dem Beamten vorbei in das Palais, nur Berger klopfte ihm aufmunternd auf die Schulter. »Nennen Sie es einfach ›Osama Bin Ferkel‹.«

Der Beamte staunte ihn mit großen Augen an.

Rosa konnte sich das Lachen nicht verkneifen. »Haben Sie eine Ahnung, was dem armen Kerl widerfährt, wenn er einen Sicherheitsausweis mit den Vornamen ›Osama Bin‹ beantragt?«

»Mallorca würde, so nehme ich an, umgehend von einer riesigen Nato-Armada angegriffen werden. Bei Gott, was wäre das für ein Schauspiel!«

2

Im Arbeitszimmer der Präsidentin kam man, nachdem der Comisario und Angela Bischoff dazugestoßen waren, sogleich auf das anstehende Mammutprojekt, die Durchführung des Wohltätigkeitsballes im Präsidentenpalais, zu sprechen.

Señora Delgado Bunyol nahm sich dazu ein paar Aufzeichnungen zu Hilfe. »Erst einmal danke ich Ihnen, Frau Gräfin, Frau Bischoff und Ihnen, meine Herren, dass Sie mich tatkräftig unterstützen wollen.« Sie sah in die Runde. »Gibt es irgendwelche Fragen, bevor wir uns mit Details befassen?«

»Ja«, murmelte Berger. »Wie kommt man überhaupt auf die Idee, so einen Wahnsinn durchzuführen?«

Die Präsidentin nickte. »Ich kann Ihr Unverständnis nachvollziehen, aber diesen Wahnsinn, wie Sie es nennen, hat niemand geplant. Da hat eine ganz harmlose Benefizveranstaltung, wie wir sie jedes Jahr veranstalten, eine absolut dramatische Eigendynamik bekommen, weil es den Reichen heute nicht mehr reicht, einfach nur reich zu sein. Sie müssen sich auch noch gegenseitig ausstechen – frei nach dem Motto: Spieglein, Spieglein an der Wand, wer ist der Reichste im ganzen Land?«

»Für die Boulevardpresse ist das natürlich ein gefundenes Fressen.«

»Leider, Residente. Ansatzweise hatten wir das ja schon bei anderen Events, aber die Ausmaße, die es dieses Jahr annimmt, konnte niemand voraussehen.«

»Bei allem Respekt, Señora«, unterbrach sie Rosa, »wir haben keinerlei Ahnung von der Durchführung eines solchen Balles. Wenn Sie derartige Veranstaltungen schön öfter durchgeführt haben, dann verfügen Sie doch sicher über ein eingespieltes Team.«

»Es gibt kein Besseres weit und breit. Hugo Bolivar und seine Agentur leisten da wirklich exzellente Arbeit. Sie werden ihn später sicher kennenlernen. Diesmal benötige ich aber noch eine weitere Crew, die mit dem Programm überhaupt nichts zu tun hat und sich nur um die Sicherheit der Gäste und natürlich ihres persönlichen Besitzes kümmert.«

»Also machen wir das Beste daraus!«, versuchte García Vidal, den Residente aufzumuntern.

Der war jedoch längst nicht bereit, dem Ganzen etwas Gutes abzugewinnen.

»Da kommen alle neureichen Idioten, die sich ihre nervenden und obendrein auch noch hässlichen Weiber durch Brillis unbezahlbar machen, und wir müssen auf diesen Schwachsinn auch noch aufpassen.«

»Aber dafür werden wir auch nicht schlecht bezahlt! Das bitte ich bei der ganzen Jammerei zu bedenken«, kam es von der Gräfin.

»Wieso jammere ich, nur weil ich behaupte, dass das, wofür wir eingekauft wurden, Schwachsinn ist?«

»Weil wir damit der Präsidentin einen Gefallen tun.«

»Einen Gefallen tun ist gar kein Ausdruck!« Die Präsidentin warf einen flehenden Blick in die Runde. »Ich stecke bis zum Hals in Schwierigkeiten, und Sie, meine Herrschaften, sollen mich da rausziehen.«

Der Residente vergrub das Gesicht in den Händen. »Das scheint ja langsam eine Familienmarotte zu werden.«

Frau Bischoff wurde neugierig. »Gibt es da etwas, das ich vielleicht wissen sollte?«

Der Comisario winkte ab. »Nichts, was in dieser Sache von Interesse sein könnte«.

»Natürlich ist es von Interesse!«, unterbrach ihn die Präsidentin. »Sonst hätte die Kollegin ja nicht gefragt.«

Sie beugte sich zu Angela Bischoff vor und erklärte: »Mein Sohn war vor gar nicht langer Zeit drauf und dran, auf die schiefe Bahn zu gelangen, und die beiden Herren hier haben ihn sich Gott sei Dank noch so rechtzeitig vorgenommen, dass er sich jetzt sogar für den Polizeidienst beworben hat.«

»Wie schon gesagt, olle Kamellen«, warf Berger ein und kam zielstrebig auf ihr Thema zurück. »Frau Kollegin, was uns jetzt erwartet, ist wesentlich schwerer. So einen Sack reicher Flöhe zu hüten ist in sich schon ein Problem. Wenn denen noch einer an den Kragen will, dann kämpft man an zwei Fronten. Aber was erzähle ich Ihnen da? Sie haben ja auf den Prunksitzungen des Domstadtklüngels sicher auch schon VIPs beschützen müssen?«

Angela Bischoff nickte. »Richtig, das habe ich, aber hier wird das Ganze doch noch etwas hochkarätiger, nehme ich an!«

»Worauf Sie Gift nehmen können.« Die Präsidentin legte eine Liste auf den Tisch. »Zum Beispiel die Thurn und Taxis, die Hohenzollern, die Welfen, das sind alles Namen von Rang und Reichtum.«

Der Comisario kräuselte nachdenklich die Stirn. »Was sind Welfen?«

»Das sind kleine, giftige Pinkel-Prinzen, die gern an fremden Messepavillons ihr Beinchen heben«, zischte Berger.

Die Präsidentin versuchte, die Debatte wieder auf den Punkt zu bringen. »Von den tausend Reichsten und Schönsten auf dieser Welt haben mindestens fünfhundert eine Macke. Das wissen wir, damit können wir umgehen. Bisher mussten wir immer nur auf sie aufpassen, oder auf ihre Damen. Dass der Schmuck jetzt in den Vordergrund tritt, ist für uns Neuland.«

Berger lachte auf. »Ich schätze einige der Herren so ein, dass sie ganz glücklich darüber wären, wenn sie ihre Frauen los wären. Nach dem Motto ›Die Klunker kannst du behalten, du musst nur meine Alte entsorgen‹!«

Der Comisario machte ein unglückliches Gesicht. »Es mag sich vielleicht übervorsichtig anhören, aber wir sollten diese Möglichkeit der extravaganten Dienstleistungen in unsere Planung mit einbeziehen.«

Berger grinste. »Wir sollten sie selbst anbieten. Damit ließe sich ein Riesengeschäft machen.«

»Aber jetzt haben wir dafür zu sorgen, dass das nicht passieren kann.« Die Präsidentin schaute bedeutungsvoll in die Runde. »Und allein das ist schon teuer genug. Was kostet es dann erst, noch zusätzlich den Schmuck zu bewachen?«

Das Handy des Comisarios läutete. Mit entschuldigender Geste klappte er es auf. »Sorry, das ist dienstlich.«

Gespannt lauschte er seinem Gesprächspartner und beendete dann das Telefonat.

»Ich muss leider los, mein Damen, und ich wäre Ihnen dankbar, wenn Sie auch auf den Residente verzichten würden.«

»Wieso müssen Sie beide weg?«, wollte die Gräfin wissen.

»Weil wir eine Leiche haben. Meister Jordi Alejos wurde erhenkt in seiner Werkstatt gefunden.«

Die Präsidentin war erschüttert. »Der Juwelier Jordi Alejos?«

»Sí.«

»Dem ging es doch gut, warum sollte der sich erhängen?«

»Vielleicht wurde der Selbstmord von jemandem, der es auf etwas anderes abgesehen hatte, vorgetäuscht. Um dies zu ermitteln, wurde ich angerufen, Señora. Und weil es sich bei Meister Jordi um einen Prominenten handelt, möchte ich auch auf die geschätzte kriminalistische Meinung von Señor Berger zählen können.«

»Aber Meister Jordi hat Modeschmuck hergestellt. Wer bringt denn einen Menschen um, der Modeschmuck herstellt?«

García Vidal erhob sich. »Vielleicht ein Idiot, der alles für echt gehalten hat. Wenn es überhaupt Mord war. Im Moment wissen wir nichts, bis auf die Tatsache, dass Meister Jordi tot ist. Alles Weitere wird sich am Tatort finden.«

Die Präsidentin nickte verdrossen. »Und was wird aus meinem Ball? Wer kümmert sich jetzt darum?«

Angela Bischoff lächelte sie freundlich, aber bestimmt an. »Wenn Sie nichts dagegen haben, dann werden wir drei Damen das so lange allein übernehmen, bis die Herren sich nicht mehr um das Alltagsgeschäft kümmern müssen.«

Berger erhob sich ebenfalls und fügte beruhigend hinzu: »Und ich möchte Ihnen versichern, Señora Presidente, dass Sie mit Frau Bischoff eine absolute Fachkraft für derartige Sicherheitsfragen engagiert haben.«

»Okay, aber sowie Sie sicher sind, dass das Selbstmord war, sind Sie hier wieder gefragt, meine Herren. Und ich wünsche, dass das Selbstmord war, verstanden?«

Die beiden Männer nickten grinsend und wandten sich zur Tür.

»Wenn Sie im Auto sind«, bat Rosa den Residente, »dann rufen Sie doch bitte kurz Tomeu an und sagen ihm, dass er Filou abholen soll. Das war ja nicht abzusehen, dass das hier den ganzen Tag dauern wird, und hier im Palais kann sich niemand um das Tier kümmern.«

»Sind Sie sich auch sicher, meine Damen, dass wir das allein stemmen können?«, wollte Señora Delgado Bunyol wissen.

»Sí, Señora, keine Sorge. Das bedeutet aber natürlich nicht, dass wir auf die männliche Mitarbeit bei diesem Projekt ganz verzichten werden.« Die Gräfin setzte ihr süßestes Lächeln auf. »Wer soll uns denn sonst bei den kommenden Sitzungen den Kaffee servieren?«

Unter dem Gelächter der Damen verließen Berger und der Comisario das Büro.

Die Präsidentin war noch immer nicht ganz überzeugt. »Und Sie sind sich absolut sicher, meine Damen, dass wir das schaffen?«

Angela Bischoff nickte entschlossen. »Was wir alles benötigen, um aus so einem Gebäude einen Hochsicherheitstrakt zu machen, kann ich Ihnen erklären, Señora Presidente, Sie müssen dann nur entscheiden, ob Sie sich das leisten können.«

»Wird die Liste lang?«

»Ich befürchte es.«

***

Am Tatort eingetroffen, fanden Berger und der Comisario eine peinlichst aufgeräumte kleine Wohnung mit angrenzender Werkstatt vor, die offensichtlich von einem geradezu zwanghaft ordentlichen Menschen bewohnt wurde. Es war absolut nichts da, was einfach nur zur Verschönerung hätte dienen können. Da war keine Pflanze, die das Zimmer wohnlicher machen könnte, keine Vase, in die ein Besucher Blumen stellen könnte, und kein einziges Bild an den Wänden. Nicht einmal ein persönliches Foto. Dennoch hatte Meister Jordi nachweislich über dreißig Jahre lang in dieser kleinen Wohnung gelebt und gearbeitet. Jetzt hing seine Leiche zwischen Wohnzimmer und Werkstatt an einem Balken und pendelte leicht im Luftzug hin und her.

Die Werkstatt war ebenso sauber und ordentlich wie die Wohnung, aber hier war wenigstens so etwas wie Wandschmuck in Form einer riesigen Pinnwand mit unzähligen farbigen Vergrößerungen von diversen Schmuckstücken zu finden.

Sie schauten sich verwundert um.

»Ich habe ja schon viel erlebt, aber so eine sterile Behausung noch nicht«, murmelte der Comisario. »Wie kann man in so was nur leben?«

»Lebend hätte der Meister dieses Bild nur gestört, befürchte ich. Seine Leiche hingegen passt in das Ambiente blendend rein.«

Sie gingen zum Drucker, in dessen Ausgabefach ein Blatt Papier lag. Der Comisario übersetzte, ohne es zu berühren: »Ich kann so nicht mehr weiterleben, bitte verzeiht mir. Gott sei meiner Seele gnedig.«

Berger grinste. »Das soll doch wohl nicht etwa ein Abschiedsbrief sein, oder?«

»Offensichtlich doch.« García Vidal zuckte mit den Achseln. »Was denn sonst?«

»Das ist der Versuch, einer Leiche einen Abschiedsbrief unterzuschieben.«

»Was macht Sie da so sicher?«

Berger zeigte um sich. »Schauen Sie sich doch mal hier um. Glauben Sie wirklich, ein derart pedantischer Mensch würde einen so wichtigen Brief nicht mit Datum versehen und unterschreiben? Außerdem ist da ein Rechtschreibfehler – ›gnädig‹ schreibt man anders.«

»Sie wollen nur nicht wieder in das Palais zurück.« Der Comisario lächelte verschmitzt.

»Um das zu erreichen, würde ich zur Not auch morden. Aber diesen Job hat mir ja, Gott sei Dank, schon jemand abgenommen.«

Berger betrachtete die Hände der Leiche genauer. »Sehen Sie mal hier, Comisario!« Er zeigte auf eines der Handgelenke. »Da ist ein Abdruck, der halb um das Gelenk geht.« Er fingerte einen Bleistift aus seiner Jacke und hob damit die Hemdmanschette des anderen Armes leicht an. »Hier auch!«

Der Comisario bückte sich, um besser sehen zu können. »Richtige Hämatome sind das nicht, eigentlich nur eine Art von Hautveränderung.«

Berger untersuchte die Hemdmanschetten.

»Da, schauen Sie, diese Hemdsärmel haben hier unten scharfe Knicke, wie eingebügelt. Die könnten von einer Handfessel stammen.«

»Was für eine Handfessel?«

Berger grinste übers ganze Gesicht. »Die, die der Mann getragen hat, als er sich erhängte.«

»Aber wie soll er sich bitte erhängen, wenn er gefesselt ist?«

»Genau das frage ich mich auch.«

García Vidal nickte. »Okay, dann war es also Mord. Aber wer würde auf so eine idiotische Idee kommen, einen alten Mann wegen eines bisschen Modeschmucks umzubringen?«

»Wer sagt, dass es deswegen war?«

»Schauen Sie ihn sich doch mal an. Sieht so ein Mensch aus, der so gehasst wurde, dass man ihn umbringt?«

»Selbst Generalissimo Franco sah auf dem Totenbett friedlich aus«, konterte Berger, »und doch gab es Millionen von Menschen, die diesen im Tode alt und hilflos wirkenden Mann zu seinen Lebzeiten kaltlächelnd ermordet hätten. Das ist also kein Kriterium.«

Der Comisario griff nach seinem Handy, um die Spurensicherung zu alarmieren.

Berger nutzte die Zeit, um sich weiter umzusehen. Immer wieder fielen seine Blicke auf die vielen Fotos an der Pinnwand. Eines der dort abgebildeten Schmuckstücke glaubte er schon einmal irgendwo gesehen zu haben, aber er konnte sich beim besten Willen nicht mehr erinnern, wo.

»Was wollte der alte Mann mit diesen Fotos?«, murmelte er. »Das ist doch kein Modeschmuck.«

García Vidal hatte zu Ende telefoniert.

»Vielleicht sind das Fotos, nach denen er seine Arbeiten anfertigte.«

»Sie glauben doch nicht allen Ernstes, dass sich irgendein junges Mädchen in der Disco mit solchen Dingern behängen würde!«

Der Comisario lächelte nachsichtig. »Meister Jordi hat seinen Schmuck zwar nicht aus echten Edelsteinen gefertigt, aber unsereins hätte sich selbst so ein Stück niemals leisten können. Wenn die Netrebko auf der Opernbühne irgendeine Königin gibt, dann trägt die so etwas.«

»Aber gerade die könnte sich den Quatsch doch auch in echt leisten«, gab Berger irritiert zurück.

»Schon, sie würde nur keine Gesellschaft finden, die den echten Schmuck auf der Bühne versichert.«

»Aha, also wird auch auf den Brettern, die die Welt bedeuten, beschissen. Wusste ich es doch.« Bergers Blicke wanderten über die Fotos. »Woher wissen Sie eigentlich, dass das hier die echten Klunker sind? Könnten die nicht auch von Jordi stammen?«

García Vidal kam näher, um die Fotos genauer betrachten zu können.

»Rein theoretisch schon, aber der alte Mann war gut.«

»Wie gut?«

»Er soll der Beste gewesen sein.«

»Und woher wissen Sie das alles?«

»In einer Illustrierten war vor Kurzem ein Artikel über Meister Jordi. Ich selbst habe von der Materie gar keine Ahnung, ich zitiere nur.«

Berger schaute sich weiter um, doch je intensiver er nach irgendetwas suchte, das ihm einen Anhaltspunkt über die Geschehnisse geben konnte, die sich hier abgespielt haben mussten, desto missmutiger wurde er. Da war einfach nichts, woran seine Blicke hängen bleiben konnten, wenn er sie schweifen ließ. Er schaute in einen absolut sterilen Raum. Selbst Möbelprospekte wirkten dagegen wohnlich.

»Herrgott, das ist eine Werkstatt. Es muss doch irgendetwas rumliegen, woran der Meister gearbeitet hat!«

Obwohl er Gummihandschuhe trug, öffnete Berger eine Hängeregistratur vorsichtig mit spitzen Fingern. Kopfschüttelnd blätterte er darin herum. »Der Typ hatte sie nicht mehr alle. Schauen Sie doch mal, der scheint sämtliche Akten vor dem Ablegen gebügelt zu haben.«

García Vidal schaute ihm über die Schulter und zeigte auf eine Akte, die leicht auseinandergeklappt war. »Was ist denn das für ein Foto?«

Berger holte es hervor. Darauf war Meister Jordi händeschüttelnd mit einem Scheich abgebildet. Das Bild war auf einer sehr großen Motorjacht aufgenommen worden, die dem Anschein nach im Hafen von Palma lag.

»Mein Gott«, wunderte sich Berger. »Das ist ja ein Riesenpott. So ein Ding dürfte sogar für einen Scheich eine große Nummer sein.«

Der Comisario versuchte, auf dem Bild irgendwo den Namen des Schiffes zu entdecken. »Der steht doch sonst immer überall, auf Rettungsringen, auf Glocken und auf jeder Schwimmweste.«

»Vielleicht ist das Ding so vornehm, dass das Weglassen dieser Information ein furchtbar teures Extra ist.«

»Trotzdem dürfte es für die Kollegen der Küstenwache kein Problem sein, Schiff und Eigner zu identifizieren.«

Berger blätterte weiter. »Langsam steige ich durch die Ablage durch. Das hier scheint eine Registratur der Schmuckstücke zu sein, die Jordi angefertigt hat. Aber nirgendwo in diesen Akten ist vermerkt, für wen er gearbeitet hat. Hier muss es irgendwo noch eine Kundenkartei geben.«

»Vielleicht in dem Tresor da drüben. Dazu müssen wir allerdings erst mal einen Schlüssel finden.«

»Der Schlüssel allein reicht nicht. Da ist auch noch ein Zahlenschloss dran. Der alte Mann war auch in diesem Punkt sehr gründlich und auf Sicherheit bedacht, vom Typ Gürtel *und* Hosenträger.«

García Vidal zückte sein Handy, um einen Schlosser zu bestellen. Schon nach wenigen Fragen bezüglich der äußeren Merkmale des Safes kam schnell die Rückmeldung, dass man für ein derartiges Modell einen Fachmann aus Barcelona kommen lassen müsse.

Sie beschlossen, alles Weitere der Spurensicherung zu überlassen. Eine intensivere Suche nach Details würde nur wichtige Spuren zerstören, außerdem würde es in den Vliesoveralls, die man ihnen verpassen würde, viel zu warm sein.

Berger nahm einige Fotos von Schmuckstücken von der Wand.

»Während Sie hier auf die Spusi warten, kann ich ja mal kurz zu einem Juwelier fahren. Der wird mir doch sicher sagen können, um was für Geschmeide es sich hier handelt.«

Der Comisario zog sich die Handschuhe aus.

»Sie wollen sich nur wieder den spannenden Teil unter den Nagel reißen, aber daraus wird nichts. Ich komme mit.«

***

Señora Delgado Bunyol, Angela Bischoff und Gräfin Rosa hatten sich voller Tatendrang in die Vorbereitungsarbeiten gestürzt. Dabei zeigte sich die Kölner Kriminalbeamtin als wahre Kennerin der Materie, denn sie war in enger Zusammenarbeit mit den Veranstaltern jahrelang für die Sicherheit der UNESCO-Gala verantwortlich gewesen, und das dortige Publikum war auch nicht ohne.

»Uns wird nichts anderes übrig bleiben, als den Ballsaal, den VIP-Bereich und das Foyer in eine Hochsicherheitszone zu verwandeln.«

»Und warum?« Der Präsidentin war ihr Entsetzen anzusehen.

»Weil wir einfach nicht wissen, ob Gefahr nur von außen droht.

Potenzielle Übeltäter könnten sich auch unter den Gästen befinden.«

»Das ist richtig, aber wie sollen wir das machen? Wir können doch bei einer gesellschaftlichen Veranstaltung dieser Art keine Leibesvisitationen vornehmen.«

Die Gräfin zeigte sich von diesem Einwand gänzlich unbeeindruckt. »Was wollen die Leute, Sicherheit oder ihre Ruhe?«

»Sie wollen beim ungezügelten Bad in der Menge ihre Sicherheit«, entgegnete Angela Bischoff.

»Und wie haben Sie das bei Ihrer deutschen Gala gemacht? Da hatten die Leute doch alles, was sie wollten.«

»Da wurde alles, was eine Einladung hatte, schon im Vorfeld sicherheitstechnisch überprüft. Es gab nichts über diese Personen, was wir nicht in unseren Computern gespeichert hatten, bis hin zur Konfektionsgröße. Es waren somit alle geladenen Gäste VIPs.«

Rosa grinste gehässig. »Da waren die wirklichen VIPs aber ganz schön geschockt, dass sie sich plötzlich nicht mehr groß von der Menge abhoben, oder?«

»Nein, wir haben sie einfach ›Very-VIPs‹ getauft, sie bekamen ihre Very-VIP-Zone, und schon hatten wir keine Probleme mehr mit ihnen.«

Die Präsidentin lächelte zufrieden. »Wenn wir es genauso machen, hätten wir ja alles im Griff, oder?«

Angela Bischoff schüttelte den Kopf. »Uns fehlen ausreichende Kenntnisse über den Schmuck, der wirklich wertvoll ist. Wir benötigen einen Spezialisten in Sachen Schmuck.«

»Und woher sollen wir den nehmen?«, fragte Rosa.

Die Präsidentin schob ihr eine Visitenkarte hin. »Lloyds of London« war darauf zu lesen, darunter der Name Charlott Bings.

»Sie ist ›Special Agent‹.«

Die Gräfin musste grinsen. »Das hört sich nach James Bond an. Was hat sie für eine Lizenz?«

»Die Lizenz zu nerven«, stöhnte Señora Delgado Bunyol. »Ich hatte bereits das Vergnügen. Bei denen ist alles an Schmuck versichert, was mehr als eine halbe Million wert ist.«

»Sind die dann überhaupt die richtigen für unsere Sache? Die sollen sich doch auch um den Schmuck kümmern, der weniger als eine halbe Million kostet.«

Frau Bischoff zuckte mit den Achseln. »Das wären dann die Manschettenknöpfe der Kellner, wenn wir Glück haben. Für den Rest reichen keine Fünfhunderttausend.«

***

Meister Jordis Kollege war sichtlich erschüttert über den Tod des alten Mannes.

»Ich kann es gar nicht fassen, meine Herren. Welch ein Verlust!«

»Señor Faro, wann haben Sie Meister Jordi zuletzt gesehen?«

Der Mann wirkte überrascht. »Ich habe ihn noch nie getroffen.«

»Ich denke, er war Ihr Kollege?«, fragte García Vidal irritiert.

»Lassen Sie es mich bitte anders ausdrücken. Sie kennen doch auch unseren König, ohne ihm jemals wirklich begegnet zu sein, oder?«

»Sie wollen doch wohl nicht seine Majestät mit Meister Jordi vergleichen?«, wandte Berger belustigt ein.

Señor Faro schüttelte über so viel Ignoranz indigniert den Kopf. »Sie haben recht, damit würden wir Jordi nicht gerecht werden.«

Berger pfiff anerkennend durch die Zähne. »Der alte Herr muss ja eine ganz dolle Nummer gewesen sein.«

»Allerdings. Beim König bekommt man eine Audienz, wenn man lange genug wartet. Meister Jordis Dienste waren wesentlich schwerer in Anspruch zu nehmen.«

Der Comisario wurde neugierig.

»Er war doch nur ein Juwelier.«

»Nicht *ein*, sondern *der* Juwelier«, schwärmte Señor Faro. »Jordi war der König der Juweliere. Niemand hatte derart traumhafte Gewinnspannen wie er.«

»Wir können unmöglich von demselben Meister Jordi sprechen«, warf Berger ein. »Unser Toter war zu Lebzeiten Hersteller von Modeschmuck.«

»Den Sie sich als Polizist wohl niemals werden leisten können.« Der Juwelier war sichtlich beleidigt. »Wir reden hier auch nicht von Billigschmuck, der Ihnen von irgendwelchen Senegalesen auf jedem x-beliebigen Wochenmarkt angedreht wird, sondern von wahrhaft meisterlichen Kopien. Die Nachbildungen hatten nicht selten sehr viel mehr Glanz als die Originale.«

»Und was hat so ein gutes Stück gekostet?« Berger reichte dem Juwelier die Fotos aus der Werkstatt des Meisters. Gleich das erste löste offensichtliche Begeisterung aus.

»Was Sie hier sehen, das ist der Stern von Kashmir, einer der teuersten Rubine der Welt. Sollte Jordi dieses Juwel nachgebildet haben, werden Sie sein Imitat nicht unter dreißigtausend Euro bekommen. Die Materialkosten betragen dabei vielleicht dreitausend Euro, wenn es hoch kommt.« Er strahlte die beiden an. »Ich kenne keinen anderen Juwelier auf der Welt, der mit nur einem Stück tausend Prozent Gewinn macht.«

Berger und García Vidal zeigten sich beeindruckt.

»Und was sind das noch so für kleine Schätzchen, die wir hier fotografiert haben?«

Señor Faro blätterte den Stapel durch.

»Das ist das ›Who is Who‹ der wertvollsten Steine dieser Welt. Wenn Sie Interesse an den Originalen haben, dann sollten Sie versuchen, Prinz Philip die Queen auszuspannen. Der allein gehört etwa ein Viertel dieser phantastischen Stücke.«

»Da diese Fotos in Meister Jordis Werkstatt hingen, kann man wohl davon ausgehen, dass die Kronjuwelen, für deren Besichtigung man viel Geld zahlen muss, zum größten Teil nicht echt sind«, mutmaßte García Vidal.

»Ganz recht. Wertvoll sind sie aber dennoch.«

»Vielleicht sind sie aber doch echt, und Jordi hatte diese Fotos nur aus Liebe zu seinem Beruf?«, kam es von Berger.

Der Juwelier lächelte ihn sarkastisch an. »Kein Künstler ist so objektiv, dass er sich ausschließlich an der Arbeit anderer erfreut. Nein, meine Herren, seien Sie versichert, dass es diese Stücke hier alle doppelt gibt, einmal das Original und dann noch das Meisterstück.«

Berger verließ Señor Faro mit einem unbehaglichen Gefühl in der Magengegend.

»Wieso«, hob er an, »gehen bei mir nach diesem Gespräch plötzlich alle Alarmanlagen an?«

»Weil Sie jetzt zurück zum Büro der Präsidentin müssen?«

»Davon einmal abgesehen. Sträubt sich denn bei Ihnen gar nichts?«

»Dass an der ganzen Sache etwas stinkt, ist offensichtlich. Nur: Was ist es, und wo kommt dieser Geruch her, um mal bei diesem Bild zu bleiben.«

»Das ist kein Geruch, sondern schon ein ausgewachsener Gestank.«

»Das sagt mir zwar meine Nase, aber wir haben nichts als unsere wilden Vermutungen. Sie, Señor Residente, sollten mich lange genug kennen, um zu wissen, dass ich die Ermittlungen in diesem Fall erst dann schließen werde, wenn selbst Sie nichts anderes als Veilchenduft in der Nase haben, wenn die Rede von Meister Jordi ist.«

»Und wie gehen wir also weiter vor?«

»Wir können nichts anderes machen, als auf das Ergebnis der Gerichtsmedizin zu warten. Und darauf, dass wir im Safe etwas Verwertbares entdecken. Vielleicht finden wir dort die von Ihnen so schmerzlich vermisste Kundenkartei. Dann könnten wir uns ein paar von Meister Jordis Meisterwerken persönlich anschauen.«

Berger grinste ihn an. »Wohl scharf auf eine Dienstreise, was?«

»Spielen Sie auf die falschen Kronjuwelen in London an?«

»Warum nicht, das wäre immerhin besser als ein Präsidentinnenbüro voller Gala-Planerinnen.«

»Warum London? Einige von Jordis Prachtstücken kommen doch sicherlich zum Ball hierher nach Mallorca. Wir müssen nur noch lernen, die Spreu vom Weizen zu unterscheiden.«

Berger lachte sarkastisch auf. »Warum warten wir nicht einfach, bis die Damen und Herren Meisterdiebe zuschlagen? Was die liegen lassen, ist Jordis Werk.«

García Vidal lächelte zustimmend. »Und wissen Sie, was mich am meisten dabei freut?«

»Nein.«

»Dass Sie, lieber Residente, sowohl auf die Spreu als auch den Weizen aufpassen müssen.«

3

Keine der drei Frauen mochte Mrs Bings, weder die Präsidentin noch Angela Bischoff. Und schon gar nicht die Gräfin, die in ihrer Nähe sogar einen allergischen Juckreiz verspürte. Die Engländerin war schon rein äußerlich der Inbegriff schriller Geschmacklosigkeit. Außerdem war sie laut in dem, was sie sagte, durchdringend in dem, wie sie es sagte, und absolut inakzeptabel in dem, wie sie es meinte. Rosa hatte beim Gedanken an das erste Treffen zwischen dieser Dame und dem Residente sofort allergrößte Bedenken.

Wenn sich die beiden begegnen, gibt es sofort Mord und Totschlag, dachte sie und lächelte verhalten.

Der Vortrag, den die unsympathische Agentin des Lloyds of London in ›Denglish‹ hielt, wollte einfach nicht enden. Zur allgemeinen Erleichterung war sie inzwischen immerhin beim letzten Teil ihrer Forderungen angekommen.

»Und des Weiteren«, schrillte ihre schnarrende Stimme durch das Büro, »erwarte ich für mich und meine Mitarbeiter ›All-Area-Pässe‹. Es ist uns zuzumuten auf keinen Fall, dass wir kontrolliert werden an jedem Checkpoint.« Mit diesen Worten reichte sie Señora Delgado Bunyol eine Liste ihrer Mitarbeiter.

Es war der Präsidentin deutlich anzumerken, dass sich ihr beim Lesen die Nackenhaare aufstellten. Ihr Blick verfinsterte sich erheblich. »Und gehe ich recht in der Annahme, dass Sie für Ihre Mitarbeiter nebst Anhang auch noch drei Zwölfer-Tische im Ballsaal fordern, also sechsunddreißig Plätze?«

Mrs Bings Gesicht wurde noch kantiger. »Wenn Sie es so ausdrücken wollen, ja.«

»Primera Linea, versteht sich?«

Das Lächeln von Mrs Bings wirkte aufgesetzt.

»Die Mitarbeiter des Lloyds wären Ihnen verbunden dafür. Mr Cunnings, unser Aufsichtsratsvorsitzender, selbstverständlich auch.«

In diesem Augenblick betraten der Comisario und Berger das Büro. Als sich die Blicke der Britin und des Deutschen trafen, konnte man die Eiskristalle rieseln hören. Um die Situation zu entschärfen, stellte die Präsidentin die beiden Herren der Dame vor.

»Mrs Bings, das sind Comisario García Vidal, Chefinspektor der hiesigen Kriminalpolizei, und Kriminalhauptkommissar Berger von der Kripo Bonn.«

Mrs Bings schaute sich unsicher um. »Dann leiten die Herren die Organisation des Balles?« Sie wirkte ungehalten, da sie offenbar befürchtete, von Mitarbeitern der Präsidentin Anweisungen entgegennehmen zu müssen.

García Vidal verbeugte sich formvollendet. »Nein, gnädige Frau, die Leitung des Sicherheitsbereiches der Benefizgala unterliegt Frau Bischoff.«

Sie schaute erst auf Angela Bischoff, dann wieder zum Comisario. »Aber warum schickt man dazu einen Constable, wenn ein Chief Inspektor ist vor Ort?«

Rosa konnte förmlich sehen, wie Bergers Blutdruck in diesem Augenblick hochschnellte.

»Keinen Constable. Sie dürfen Frau Bischoff mit Mrs Chief Superintendent ansprechen.«

»Chief Superintendent, oh!«, mokierte sich Mrs Bings und rümpfte die Nase.

Berger lächelte sie breit an: »Warum nicht, M'am? Lloyds of London hat uns ja auch nur den kleinen Bruder von ›Dame Edna‹ geschickt.«

Würde Mrs Bings tot in ihrem Sarg liegen, so hätte sie mit Sicherheit ein wenig mehr Farbe im Gesicht als in diesem Augenblick. Sie erhob sich kerzengerade, würdigte den Residente keines weiteren Blickes und strebte dem Ausgang zu. Bevor sie hinausging, drehte sie sich noch einmal zur Präsidentin um.

»Ich gehe davon aus, dass Sie meiner Bitte nachkommen werden, Señora Presidente, und erwarte, von Ihnen einen Termin für ein neues Treffen übermittelt zu bekommen.« Ohne eine Antwort abzuwarten, verließ sie das Büro.

Der Comisario sah Berger tadelnd an. »Señor, war das wirklich nötig?«

Alle drei anwesenden Damen nickten heftig, und Rosa antwortete unter zustimmendem Gemurmel: »Sí, Comisario, bei Gott, das war es wirklich! Und hätte er diese Dame nicht rausgeekelt, dann hätten wir es getan.««

Auf ihrem Heimweg von Palma nach Santanyí schwiegen Berger und die Gräfin. Berger schätzte das an ihrer Beziehung. Sie konnten miteinander schweigen, ohne dass zwischen ihnen eine unangenehme Stimmung aufkam. Nach einiger Zeit machte er seinem Ärger über die Konfrontation mit der Lady, der er in Gedanken nachhing, Luft.

»Mein Gott, gegen diese Schnepfe ist die Queen ja eine originelle Betriebsnudel. Wer kam denn auf die Idee, diese dusselige Kuh einzukaufen?«

»Die wurde der Präsidentin von Lloyds quasi aufgenötigt«, kam es eintönig von Rosa.

»Aber warum? Mit Ihnen und Frau Bischoff hat sie doch zwei Expertinnen.«

»In was bin ich denn, bitte schön, eine Expertin?«

»In Sachen Adel, denke ich.«

»Wie soll bitte ein Enfant terrible eine Sachverständige sein?«

»Warum nicht? Dieter Bohlen sitzt ja auch in der Superstar-Jury, ohne richtig singen zu können.« Er schaute auf die Felder, die an ihnen vorbeizogen. »Was wollte diese Bings eigentlich von Ihnen, mal abgesehen von ihrer überdimensionierten Freikartenvorstellung, von der Sie mir berichteten? Sie schienen ja alle recht bedient gewesen zu sein.«

»Sie wollte schlicht und ergreifend das Sagen haben. Alles sollte nach ihrer Pfeife tanzen.«

»Und, werden Sie?«

»So weit müssten Sie die Präsidentin doch wohl kennen, oder? Außerdem scheint mir Frau Bischoff in Sachen Sicherheitsmanagement viel zu kompetent, als dass wir uns den Vorstellungen dieser Gewitterziege ausnahmslos beugen würden. Sie mag von Diamanten Ahnung haben, aber was den Rest betrifft, sind wir die Besseren.«

Sie fuhren durch Santanyí.

Berger fühlte Appetit nach Kaffee in sich aufsteigen. »Wollen wir noch zu Julian an die Plaça, auf einen kurzen Cortado?«

»Nachher gern, aber zuerst will ich rasch nach Hause. Tomeu hat heute die Olivenbäume beschnitten, und das will er mir bestimmt zeigen und erklären.«

Berger lächelte. »Für einen ehemaligen Kleinkriminellen hat er sich doch gut gemacht, oder?«

Berger hatte Tomeu kennengelernt, als dieser vor einigen Jahren aus dem Gefängnis entlassen worden war. Der Comisario hatte ihn darum gebeten, bei Tomeu den Job eines von der Polizei bestellten Bewährungshelfers zu übernehmen. García Vidal hatte gewusst, dass es der falsche Einfluss gewesen war, der den einfachen, grundehrlichen Tomeu auf die schiefe Bahn geraten ließ, und keine kriminelle Energie. Im Schlepptau des Residente würde er vielleicht wunderlich werden, aber nicht mehr kriminell.

García Vidal hatte recht behalten. Inzwischen war Tomeu sogar mit einer Polizeikadettin liiert.

Die Gräfin nickte zustimmend. »Tomeu ist eine Perle. Ohne ihn hätte ich mich schon längst aufhängen müssen. Dass Sie mir den angeschleppt haben, dafür werde ich Ihnen ewig dankbar sein.«

Er nickte. »Keine Ursache. Und wie läuft es mit seiner Jungpolizistin?«

»Wunderbar, nach allem Anschein. Er kümmert sich rührend um Carmen und wenn sie Zeit haben, dann paukt er mit ihr für ihre Abschlussprüfung.«

Berger musste lachen. »Dass nenne ich wahrhaft ›Fallstudie‹, wenn eine Polizistin für ihre Kommissarsprüfung von einem Exknacki abgehört wird.«

Der Jeep der Gräfin passierte das Tor ihres herrlichen Anwesens, das inzwischen überall nur »La Granja de Zastrow« hieß. Man hatte die Gräfin in der Stadt als Landwirtin akzeptiert, und wenn sie erst einmal Mallorquin beherrschte, dann würde sie mit Sicherheit auch morgens um sechs Uhr in die Bar kommen, um mit ihren Kollegen einen ersten Johannisbrotschnaps zu heben. Dessen war sich der Residente sicher.

Mitten auf der Einfahrt zum Haupthaus bremste Berger abrupt. Beide schauten irritiert auf einen weißen Rolls-Royce, der neben der Garage stand.

»Es scheint Besuch gekommen zu sein«, meinte Rosa verdutzt.

»Bei einem Besuch mit so einem Auto kann es sich nur um eine Heimsuchung handeln.«

»Mein Gott, nur weil da ein Rolls steht, müssen Sie nicht gleich wieder Ihre Adelsallergie aktivieren.«

»Ich aktiviere sie nicht, ich bekomme sie.«

Kaum hatten sie den Jeep abgestellt, kam auch schon Filou mit lautem Gequieke angerannt und hopste in Rosas ausgebreitete Arme.

Berger grinste. »Ich freue mich schon auf die Begrüßungsszenen, wenn das Tierchen ausgewachsen ist. Da kommen dann gut und gern zwei Zentner überschwängliche Liebe auf sie zu.«

»Bis dahin werden wir an dem Begrüßungsritual noch etwas feilen müssen, fürchte ich.«

»Vor allem müssen wir am Status ›Eber‹ etwas ändern, sonst kommt das liebe Tierchen regelmäßig in die Rausche, wenn es Sie sieht, liebste Gräfin.«

»Sie meinen eine Sterilisation?«

»Ich meine eine Kastration. Schnipp, schnapp, Eier ab.«

Heftig quiekend sprang das Ferkel zurück auf den Boden, um sich in Sicherheit zu bringen.

»Sehen Sie, jetzt haben Sie ihn verunsichert. Wieso müssen Sie auch von Kastration reden? Man muss doch nicht immer gleich alles abschneiden!«

»Das müssen Sie allerdings, wenn Sie einen Deckversuch Ihres Lieblings verhindern wollen. Oder dachten Sie daran, nur zu verhüten?«

»Michael, ich muss doch sehr bitten.«

In diesem Augenblick kam Tomeu mit einer Grabesmiene aus dem Wirtschaftstrakt.

»Was ist denn mit Ihnen los?«, fragte Rosa verwundert.

»D-d-d-as hät-t-ten S-s-s-ie m-m-m-m-mir auch s-s-s-a-a-gen k-k-könn-n-n-nen, d-d-das S-ss-sie m-m-mit m-m-mir n-n-n-icht z-z-zuf-r-r-ieden s-s-sind.«

»Wie kommen Sie denn darauf?«

»W-w-w-weil S-s-sie p-p-plötzl-l-lich ein-n-nen B-b-but-t-tler h-h-haben.«

»Das wüsste ich aber! Keine Sorge, Tomeu, es muss sich um einen Irrtum handeln.«

In diesem Augenblick öffnete sich die Eingangstür des Herrenhauses und ein Butler schaute indigniert heraus.

Die Gräfin stutzte kurz, dann rannte sie wie ein kleines Mädchen auf den Mann zu und rief: »Anatol, das ist mein Anatol!«

Und schon sprang sie dem nun ebenfalls lächelnden Mann an den Hals.

Tomeu schüttelte beleidigt den Kopf. »S-s-s-sie b-b-benimmt s-s-sich w-w-w-ie ihr Sch-sch-schwein, f-f-finden S-s-sie n-n-nicht auch?«

Berger lächelte. »Das stimmt Tomeu, sie quiekt dabei aber etwas aristokratischer.«

Die Gräfin sah sich nach ihnen um und rief: »Kommt doch mal her, das ist mein Anatol.«

Berger ging auf die beiden zu. »Angenehm, ich bin Michael und das ist Tomeu, wir gehören ihr ebenfalls.«

Nachdem er die Gräfin wieder abgestellt hatte, wich die Rührung über das Wiedersehen aus Anatols Gesicht, und er war wieder ganz der perfekte Butler.

»Ich freue mich, Ihre Bekanntschaft zu machen, Herr?«

»Berger, Herr Anatol, mein Name ist Berger.«

»Ich wäre Ihnen dankbar, wenn Sie das ›Herr‹ weglassen würden. Diese Anrede steht nur Herren von Stand zu.« Er drehte sich zum Haus. »Wenn ich Sie nun zur Großherzogin führen dürfte.«

Das Gesicht der Gräfin leuchtete vor Freude.

»Das wird aber auch Zeit, Anatol, ich wollte schon fragen, was du mit Tante Auguste gemacht hast.«

»Wer, bitte, ist Tante Auguste?«, fragte Berger.

Der Körper des Butlers spannte sich.

»Die Großherzogin Auguste von Schleswig-Holstein Gottorf.«

Tomeu machte große Augen. »D-d-d-ie G-g-g-g-ro …«

»Vergiss es!«, kam es vom Residente. »Bis du das raus hast, ist die schon lange tot.«

Dass die alte Dame, die sie im Wohnzimmer erwartete, eine wahrhaftige Großherzogin war, musste ihnen nicht gesagt werden, das konnten sie spüren. Sie hatte so viel Majestätisches an sich, dass es locker für eine Kaiserin gereicht hätte.

Rosa sprang wie ein junges Mädchen auf sie zu und umarmte die alte Dame. »Tante Auguste, ich freu mich so, dass du den weiten Weg nach Mallorca auf dich genommen hast. Wie lange willst du bleiben?«

»Ach, Liebchen, nun lass mich doch erst einmal da sein.«

Die Frauen küssten sich zur Begrüßung. Als Tante Auguste Berger entdeckte, musterte sie ihn durch ihr Lorgnon, das ihr an einer Kette um den Hals hing, von Kopf bis Fuß.

»Wen hast du denn da mitgebracht? Ist er das?«

Rosa nickte bedeutungsvoll. »Ja, das ist er.« Sie schien richtig stolz auf ihn zu sein.

Berger war diese Situation unangenehm. »Wenn Sie schon bei meinen Vorzügen sind: Ich bin preiswert und mache kaum Dreck.«

Die Großherzogin lächelte zufrieden. »Das ist schön. Stubenreine Männer sind heute recht selten zu bekommen.«

Das Wesentliche über Tante Auguste war Berger, der das Wort gern wie ein Florett benutzte, von diesem Moment an klar: Die Großherzogin wäre bei einem verbalen Duell wahrlich nicht unbewaffnet.

Anatol war, wie Tomeu neidlos anerkennen musste, nicht nur ein vollendeter Butler, sondern auch ein begnadeter Koch. Was dieser Mann innerhalb kürzester Zeit in einer fremden Küche zauberte, war nicht nur optisch ansprechend, es schmeckte auch vorzüglich.

Zuerst war Tomeu etwas beleidigt, dass der Butler den Tisch für Berger und die Damen auf der Terrasse deckte. Er war dann aber versöhnt, als er merkte, dass das keine Geringschätzung seiner Person war. Anatol betrachtete ihn als Seinesgleichen, und das empfand er, da es von so einem beeindruckenden Mann stammte, durchaus als Auszeichnung.

Trotz des opulenten Mahls war Bergers Stimmung beim Essen eher unterkühlt. Er fühlte sich neben den beiden Damen, die die ganze Zeit fröhlich vor sich hin schnatterten, schlichtweg überflüssig.

Umso unvorbereiteter traf ihn der plötzliche Versuch der Großherzogin, ihn in die Gesprächsrunde mit aufzunehmen.

»Nun, mein Herr, meine Großnichte hat Sie als einen kommunikativen Menschen beschrieben. Den Beweis dafür sind Sie mir bisher schuldig geblieben.«

Äußerlich ungerührt pulte er nach einer Gräte in seinem Fisch.

»Großherzogin, es tut mir leid, Ihren Vorstellungen nicht gerecht geworden zu sein.«

Sie lachte auf. »Was heißt hier Vorstellungen? Es mag zwar nicht so aussehen, junger Mann, aber ich bin durchaus in der Lage, auf das zu reagieren, was ich vorfinde.«

»Und was finden Sie vor?«

»Einen Menschen, der es versteht, in den passenden Momenten zu schweigen. Das gefällt mir schon mal.«

Er nahm einen Schluck Wein.

»Ich bitte um Nachsicht, wenn ich es nicht tat, um Ihnen zu gefallen.«

»Verbuchen wir es unter Kollateralschaden.« Sie prostete zuerst ihm zu, dann der Gräfin. »Liebchen, wo hast du diesen jungen Mann nur her, gegen Graf Ernst ist er ja geradezu ein Plaudertäschchen.« An Berger gewandt, fuhr sie fort. »Kannten sie Graf Ernst?«

Berger schüttelte bedauernd den Kopf. »Leider nicht. Allerdings hatte ich nicht den Eindruck, einen verschwiegenen Mann zu sehen, wenn er sich in der Bar aufhielt.«

Die Großherzogin wiegelte ab. »Verstehen Sie mich bitte nicht falsch, ich schätzte Graf Ernst sehr. Er war es schließlich, der meine Kleine hier aus dem Schlamassel gezogen hat.« Sie tätschelte Rosa liebevoll die Hand. »Er war es, der ihr, als sie und ihre Familie durch ihren versoffenen Vater ganz unten angekommen waren, die Hand reichte.« Sie wiegte ihren Kopf hin und her. »Zugegeben, sie war ihm auch von Nutzen, denn so konnte er in Ruhe seinen homosexuellen Neigungen nachgehen. Sie gab der Ehe den Schein, dass es sich beim Grafen um einen glücklichen, heterosexuellen Familienvorstand handelte. Tja«, sie zuckte mit den Achseln, »es war keine einfache Zeit für meine Kleine.«

Das war das Stichwort für Berger.

»Und wo waren Sie damals? Ich nehme an, dass es Ihnen finanziell ebenfalls möglich gewesen wäre, ihr zu helfen. Dann hätte sie keine ›Scheinehe‹ eingehen müssen.«

Rosa wurde sauer.

»Michael, ich wünsche nicht, dass Sie Tante Auguste auf diese Art und Weise angreifen.«

Die alte Dame beruhigte sie. »Lass nur, mein Kind. Erstens macht der Mann das mit offenem Visier, das ist aller Ehren wert, und zweitens hat er vollkommen recht.«

Sie sah ihn prüfend an.

»Sie gefallen mir wirklich, junger Mann. Natürlich hätte ich ihr damals geholfen, wenn ich nur annähernd von ihrer Situation gewusst hätte. Ihr Vater war jedoch nichts weiter als Reisig in unserem riesigen Familienstammbaum. Wir haben vor ihrer Vermählung mit Graf Ernst nicht einmal voneinander gewusst, geschweige denn ein Wort miteinander gewechselt. Er war der Sohn der Halbschwester einer meiner vielen Schwägerinnen. Ich hatte keine Ahnung, dass er bereits Haus und Hof versoffen hatte und die ganze Verantwortung auf Rosas jungen Schultern ruhte, denn damals kannten wir uns gar nicht. Zum ersten Mal gesehen habe ich sie auf ihrer Hochzeit, zu der der gesamte deutsche Hochadel eingeladen war. Wir waren uns auf Anhieb sympathisch. Als wir feststellten, dass wir um dreiundneunzig Ecken miteinander verwandt sind, da war es um uns geschehen. Ich habe mich feierlich bei ihr um die Planstelle einer Erbtante beworben, und ich habe sie bekommen.« Sie trank einen Schluck Wein. »Aber nun zu Ihnen, junger Mann. Ich hörte, dass Sie Ihre Familie auf sehr tragische Art und Weise verloren haben?«

Berger wollte nicht unhöflich sein und antwortete mit einem leichten Kopfnicken. »Das stimmt, aber darüber möchte ich jetzt nicht so gern reden.«

»Warum nicht?«

»Weil ich darüber noch nicht einmal gern Selbstgespräche führe.«

Tante Auguste legte ihre Hand auf seine. »Das verstehe ich, junger Mann, das würde mir ganz genauso gehen.«

Er wollte seine Hand instinktiv wegziehen, doch dann spürte er plötzlich, wie viel herzliche Wärme die alte Dame zu vergeben hatte, und ließ sie gewähren.

Zum Dessert gab es Früchte mit Portwein, den Anatol im Weinkeller des Anwesens gefunden hatte. Berger berichtete von dem vermeintlichen Mord an Meister Jordi. Natürlich war das bisher nur eine Vermutung, die sich auf Ungereimtheiten stützte, doch er war sich ziemlich sicher, dass die gerichtsmedizinische Untersuchung und die Spurensicherung entsprechende Beweise erbringen würden.

»Jetzt stellt sich nur noch die Frage nach dem Motiv.«

Rosa war nicht so leicht zu überzeugen. »Wenn man es nur auf den Schmuck abgesehen hat, und das scheint das Besondere an Meister Jordi gewesen zu sein, macht ein fingierter Selbstmord doch gar keinen Sinn. Dann erschlägt man den alten Mann einfach, nimmt all das, was wertvoll aussieht, und gut.«

Die Großherzogin staunte über ihre zarte Rosa. »Kind, ich wage langsam zu bezweifeln, dass der Residente ein guter Umgang für dich ist.«

Berger hob die Hand. »Ich weise alle Schuld von mir. Nicht ich kam auf die Idee, eine Detektei zu eröffnen.«

»Aber ich, und dazu stehe ich.« Die Gräfin goss sich noch etwas Portwein über die Orangenscheiben. »Jemand, der so viel draufhat wie Sie, den sollte man auch ermitteln lassen.«

Berger grinste. »Und was hätten Sie gemacht, wenn ich gut Geige gespielt hätte?«

»Ein Orchester gegründet.«

»Aber nun gilt es, einen Mord aufzuklären.« Die Großherzogin gab Anatol ein Zeichen, dass sie jetzt einen Kaffee wünschte. »Was mich an diesem Juwelier interessieren würde, ist die Frage, wer seine Auftraggeber waren. Immerhin lebte er vom Anfertigen von Strass.«

»Falsche Klunker braucht man vielerorts, zum Beispiel in Opern, im Theater, beim Karneval in Rio oder in Köln ...«, begann Berger, doch die Großherzogin winkte ab.

»Derartig hochwertige Imitate, wie Sie sie beschrieben haben, würden ein jegliches Theaterbudget sprengen, und Karnevalsvereine könnten sich das erst recht nicht leisten.«

Rosa wurde skeptisch. »Tantchen, ich kenne dich lange genug. Dir geistert etwas im Hinterkopf herum.«

»Natürlich geistert da etwas herum, nämlich dass der Mord an dem Juwelier in unmittelbarem Zusammenhang mit deiner Gala steht.«

»Herr Berger, hat sich meine Tante diesen Floh bei Ihnen geholt?«, fragte Rosa entrüstet.

Der Residente grinste genüsslich. »Natürlich, wir haben uns in der Stunde, die wir uns kennen, schon dreimal heimlich auf dem Klo getroffen, um uns gemeinsam die Nasen zu pudern.«

Doch sein Scherz stieß auf taube Ohren.

»Michael, ich meine das ernst.«

»Hör mal, Kindchen, ich bin zwar alt, aber nicht blöd. Wenn jemand über erstklassige Kopien berühmter oder wertvoller Schmuckstücke etwas wusste, dann war es offenbar dieser Meister Jordi.«

»Und das allein soll schon ausreichen, um ermordet zu werden?«

»Wenn jemand an diesem Abend einen großen Coup landen will, bei dem echt und unecht eine Rolle spielt, dann ja.«

»Wir müssen also herausbekommen, warum er gestorben ist«, folgerte Rosa, »um bei der Gala für die Sicherheit der Schmuckstücke garantieren zu können.«

In diesem Augenblick kam Anatol und flüsterte ihr etwas ins Ohr.

Rosas Gesicht hellte sich auf. »Den können Sie jederzeit reinlassen, Anatol, der gehört quasi dazu.«

Die Großherzogin schaute sie fragend an.

»Tantchen, draußen wartet der Comisario, von dem ich dir erzählt habe, und wenn Sherlock Holmes schon hier ist, darf Dr. Watson natürlich nicht fehlen.«

Tante Auguste zeigte amüsiert auf Berger. »Schau ihn an, Liebes, ich weiß nicht, ob deinem Chefermittler dieser Vergleich so recht ist.«

Berger winkte ab. »Ich bin ja schon froh, dass sie nicht Tünnes und Schäl bemüht hat.«

Nachdem er sich kurz der Großherzogin vorgestellt hatte, kam García Vidal gleich zu Sache.

»Wir wissen inzwischen, wer der Scheich auf dem Foto ist und auf was für einem Schiff das Bild entstanden ist.« Er las die Informationen von einem Zettel ab: »Es handelt sich um seine Königliche Hoheit Scheich Mahmud bin Khalil al Yasseen aus den Emiraten. Sein Schiff ist die ›Pearl of Bahrain‹, die im Augenblick in Palma vor Anker liegt.«

»Dann werden wir den Herrn morgen wohl um eine Audienz bitten, wenn er an Bord ist«, sagte Berger

»Laut Einwanderungsbehörde ist er das.« García Vidal schlürfte behaglich den Espresso, den Anatol ihm inzwischen serviert hatte. »Des Weiteren habe ich Bescheid, dass der Tresorknacker morgen um sieben Uhr mit der Fähre hier eintrifft. Spätestens um neun Uhr sei die Kiste auf, hieß es.«

»Und wann werden die Kollegen der Gerichtsmedizin so weit sein?«

»Da rechne ich im Laufe des Vormittags mit den ersten Ergebnissen.«

Rosa rührte Zucker in ihren Kaffee.

»Mal abgesehen davon, dass wir Sie hier jederzeit gern sehen, hätten Sie wirklich nicht extra zu uns rausfahren müssen, um uns diese Informationen mitzuteilen.«

»Nun ich denke, dieser Umstand ist meiner eigenen Unsicherheit geschuldet.«

Berger hob die Augenbrauen. »Die sieht man Ihnen aber nicht an.«

»Es reicht mir schon, wenn ich sie spüre, und im Falle des Strassmachers tappe ich völlig im Dunkeln.«

»Wir haben auch schon über ein Motiv nachgedacht, falls es wirklich Mord gewesen sein sollte«, kam es von der Gräfin.

»Und, mit welchem Ergebnis?«, fragte García Vidal neugierig.

Berger zuckte mit den Achseln. »Wir tappen im Grunde neben Ihnen durch die Dunkelheit. Was wir vor allem wissen müssen, ist, ob die ganze Sache tatsächlich mit dem Benefizball zu tun haben könnte.«

García Vidal trommelte nervös mit den Fingern auf den Tisch. »In unserer Planung müssen wir vom schlimmsten aller anzunehmenden Fälle ausgehen.«

»Und der wäre?«

»Dass Meister Jordi wegen des Balls ermordet wurde und wir jeden einzelnen Teilnehmer unter Personenschutz stellen müssen.«

Die Gräfin schnappte nach Luft.

»Dann wird das ein Festival der Bodyguards!«

»Das ist doch Schnickschnack«, rief die Großherzogin ungeduldig. »Wäre Meister Jordi auch ermordet worden, wenn er Milchmann gewesen wäre?«

»Mit an Sicherheit grenzender Wahrscheinlichkeit nicht.«

»Sehen Sie? Hier geht es nicht um die Personen, sondern um den Schmuck, also müssen Sie den überwachen, egal wer ihn trägt.«

»Sie meinen also, dass es völlig egal ist, wem der Schmuck gehört?«, fragte García Vidal unsicher nach.

»Moment«, unterbrach ihn Berger, »dieser Denkansatz ist gut, aber was ist, wenn der Mörder es nicht auf die Schmuckstücke abgesehen hatte, sondern an Jordis Kundenkartei heranwollte, um damit die Besitzer des falschen Schmucks zu erpressen?«

»Warum sollte jemand wegen Strass erpressbar sein?«

»Weil ihm Jordis Duplikat gestohlen wurde, er aber die Versicherungssumme für das Original eingestrichen hat.«

Der Comisario sackte in sich zusammen. »Dann wird das Ganze noch unübersichtlicher.«

»Dennoch besteht die Gefahr, dass es um den Schmuck ging und der Ball irgendeine Rolle spielt«, warf die Gräfin ein. »Vielleicht hat der Täter es ja nicht mal auf die echten Klunker abgesehen. Wenn sich nur reiche Leute Jordis Fälschungen leisten können, dann stellen die doch auch ein lukratives Diebesgut dar. Von welchen Versicherungssummen sprechen wir in diesem Fall?«

»Weiß ich nicht, vielleicht irgendetwas zwischen zehn- und zwanzigtausend Euro.«

»Ja, aber lohnt es sich denn überhaupt, für diese Summe ein Lebenslänglich zu riskieren?«

»Eigentlich nicht.« Der Comisario ließ die Schultern hängen. »Von dieser Seite her wird das Ganze nicht rund. Wenn Jordi wirklich ermordet wurde, dann war das ein Profi aus der ersten Liga. Der gibt sich aber nicht mit zwanzigtausend Euro ab.«

»Also geht es doch um die Originale, und dann sind wir ganz schnell bei einer Million – eine auch für einen Profi akzeptable Summe.« Berger goss sich Wein nach. »Aber warum wird Meister Jordi umgebracht, wenn jemand ein Collier klauen will? Das kann er doch auch machen, wenn der alte Mann noch lebt.«

»Es sei denn, wir kommen wieder zu Ihrer Betrugstheorie und gehen davon aus, dass das hoch versicherte Imitat gestohlen, der Gesellschaft aber der Diebstahl des Originals gemeldet wird.«

»Aber was hat Meister Jordi damit zu tun?«

»Wer konnte Original und Fälschung kompetenter zertifizieren als er?«

Die Runde schwieg. Jeder ließ sich das eben Gesagte noch einmal durch den Kopf gehen.

Berger nahm einen großen Schluck Wein. »Das hört sich gut und schlüssig an, aber irgendwo ist da noch ein Haken.« Er schloss die Augen, um sich zu konzentrieren.

Rosa grinste. »Der große Sherlock hätte in diesem Augenblick sicher zu seiner legendären Geige gegriffen und sich einen gefiedelt.« Sie schaute ihn verträumt an. »In diesem Hirn wäre ich jetzt zu gern Mäuschen.«

García Vidal lächelte. »Da der Residente das Geigenspiel nicht beherrscht, wäre ich an Ihrer Stelle vorsichtig, Condesa. Vielleicht singt er sich gerade etwas vor.«

4

Als sich Berger und der Comisario am nächsten Morgen auf den Weg machten, um pünktlich bei der Tresoröffnung zu sein, telefonierte die Gräfin bereits mit Angela Bischoff und Señora Delgado Bunyol, um eine neue Sitzung anzuberaumen.

Es war wieder einmal ein wunderschöner Tag, und Berger bedauerte, diesen Morgen in Palma verbringen zu müssen. Hitze und Großstadt waren für ihn zwei Dinge, die einfach nicht zusammenpassten, zumal die engen Gassen im jüdischen Viertel von Palma die Tageshitze dauerhaft speicherten. Wenn nicht gerade Sturmwinde von der Seeseite her hereinpeitschten, wehte dort kein Lüftchen.

Sie waren überpünktlich in Santanyí gestartet, sodass sie noch eine halbe Stunde Zeit hatten, um sich in Ruhe in der Werkstatt umzusehen. Nun mussten sie auch nicht mehr auf eventuelle Spuren Rücksicht nehmen.

Der Comisario schaute sich aufmerksam um. Er hoffte, gestern doch irgendein wichtiges Detail übersehen zu haben. Doch so sehr er sich auch bemühte, seine Blicke fanden nichts, was er nicht schon kannte.

»Was machen wir, wenn sich in dem Tresor keine Kundenkartei befindet?«, fragte er schließlich.

Berger zuckte mit den Achseln. »Dann müssen wir hier alles auseinandernehmen. Irgendwo müssen seine Geschäftsunterlagen ja sein. Meister Jordi hat schließlich offiziell ein Gewerbe angemeldet und auf seine Einkünfte Steuern gezahlt. Reingekommen ist also etwas, und das muss, wo auch immer, dokumentiert sein.«

Der Mann von der Tresorfirma war auf die Minute pünktlich. Zum großen Erstaunen der beiden Ermittler kam er völlig ohne Werkzeug.

»Und wie wollen Sie das Ding aufbekommen?«, fragte García Vidal erstaunt.

»Señor Alejos war bei uns Kunde. Wir haben sowohl vom Schlüssel als auch von der Zahlenkombination eine Kopie.« Feierlich präsentierte er ihnen einen stabilen Pappumschlag.

Der Comisario als Auftraggeber und zwei Zeugen mussten unterschreiben, dass dieser Umschlag noch versiegelt war und erst in ihrem Beisein geöffnet wurde. Das gleiche Prozedere war für einen zweiten Umschlag erforderlich, in dem sich die Zahlenkombination befand. Sie mussten erneut warten, bis ein Kollege der Schutzpolizei vom nächstgelegenen Polizeirevier herbeigeeilt war.

Dann ging alles sehr schnell. Innerhalb von zwei Minuten war der Tresor offen. Wie zu erwarten war, herrschte auch im Innern des Panzerschrankes penible Ordnung. Es befanden sich zehn mit Jahreszahlen versehene Ordner darin und eine Blechbüchse mit Schlüsseln, die zu einem oder zu mehreren Bankschließfächern zu gehören schienen. In einem Extrafach lag ein halb fertiges Collier mit einem Foto als Vorlage. Des Weiteren befanden sich hinter einer kleinen Stahltür noch kleine Kästchen mit diversen Einzelsteinen, die anscheinend noch verarbeitet werden sollten.

Während García Vidal die unvollendete Arbeit des Juweliers mit seinem Handy fotografierte, nahm Berger einen Stein und hielt ihn gegen das Licht.

»Haben Sie Ahnung davon?«, fragte der Comisario.

»Kein Stück. Ich habe mal im Fernsehen gesehen, wie Experten das machen.«

»Die haben doch immer so eine kleine, schwarze Lupe, die sie sich ins Auge klemmen.« García Vidal nahm sich so ein beschriebenes Augenglas von der Werkbank, klemmte es sich zwischen Jochbein und Augenbraue, griff nach einem weiteren Stein und hielt ihn dicht vor die Lupe.

»Was sehen Sie?«

»Dass ich Dreck unter den Fingernägeln habe.«

»Wie viel Karat?«

»Sicherlich eine ganze Menge.« Er schaute an der Lupe vorbei auf seine ausgestreckten Finger. »Ohne Lupe sehen sie sauberer aus.«

Berger nahm sich ebenfalls eine Lupe und begutachtete seinen Stein.

»Und, was sehen Sie?«, fragte nun der Comisario.

»Dass wir uns beide die Hände waschen sollten. Ansonsten sehe ich etwas Rotes, das entweder Glas sein könnte oder auch ein Rubin.«

»Und wie kann man das nun auseinanderhalten?«

»Man sucht nach hektischen Flecken im Gesicht des Besitzers, wenn einem so ein Klunker aus der Hand fällt.«

Der Comisario zückte sein Handy.

»So hat das keinen Zweck. Ich bitte Señor Faro, noch einmal kurz rüberzukommen. Der wird uns doch wohl sagen können, ob das hier echt ist oder nicht.«

***

Während die Herren auf den Schmuckexperten warteten, saßen die Gräfin, Angela Bischoff und Señora Delgado Bunyol bereits im Präsidentenbüro.

»Sollte ich Mrs Bings auch dazuladen oder nicht?«, fragte die Präsidentin verunsichert.

Rosa schaute flehentlich. »Können wir nicht ganz auf sie verzichten? Ihr Beitrag gestern war mehr als nur dürftig.«

»Ich denke nicht, dass das klug wäre«, warf Angela Bischoff ein. »Seitens der Versicherer gibt es niemanden, der kompetenter wäre, aber wir sollten ihr nicht zu viel Mitspracherecht einräumen. Es muss klar sein, dass die Chefin in unserer Runde Sie sind, Señora Presidente.«

Die winkte ab. »Nein, Señora Bischoff, ich bin nur Gastgeberin. Sicherheitschefin sind Sie, wenn die Gräfin keine Einwände hat.«

»Im Gegenteil. Mir wäre das sogar sehr recht.«

»Und die Männer werden nichts dagegen haben?«

Die Präsidentin lachte. »Dann können die in Ruhe ihren Mördern nachjagen.«

»Also gut, fangen wir an. Was ergab sich gestern, was wir heute noch umsetzen müssen?«

Rosa hatte sich Notizen gemacht und fasste kurz die wichtigsten Bedenken zusammen, die durch Meister Jordis Tod aufgekommen waren.

»Dann kamen wir nach endlosen Debatten auf die Idee, dass es vielleicht besser wäre, die Schmuckstücke zu sichern, und nicht die VIPs.« Die beiden Zuhörerinnen stutzten. »Denn wenn etwas wegkommt, dann ist es der Schmuck.«

Die Präsidentin überlegte. »Und wie stellen Sie sich das vor?«

»Könnte man nicht die einzelnen Schmuckstücke zum Beispiel mit einem Mikrochip versehen, sodass sie jederzeit von uns geortet werden können?«

Angela Bischoff griff diese Idee sofort auf. »Technisch wäre das kein Problem. Aber wie sollen wir an den Schmuck herankommen?«

»Uns wird nichts anderes übrig bleiben, als die Gäste zu bitten, den Schmuck, den sie am Abend zu tragen wünschen, im Vorfeld in einer extra dafür vorgesehenen Suite zu registrieren. Dabei dürfte es doch kein Problem sein, an den einzelnen Schmuckstücken einen Chip zu installieren, oder?«

Angela Bischoff nickte. »Schon, aber sollte das mit dem Wissen der Besitzer geschehen oder ohne?«

»Ich weiß nicht, wie die rechtliche Lage ist und ob man so etwas überhaupt heimlich machen darf.«

Señora Delgado Bunyol zückte ihr Handy.

»Wenn wir schon eine Expertin hier auf Mallorca haben, dann sollte die sich auch darum kümmern, so unangenehm sie auch sein mag. Und bis sie begriffen hat, dass das mit ihren drei Extratischen nichts wird, dürfte die Arbeit wohl getan sein.«

***

Der herbeigeeilte Juwelier nahm die Steine aus Jordis Safe genauestens unter die Lupe. Aufmerksam hielt er sie ins Licht und drehte sie immer wieder zwischen seinen Fingern.

»Nein, meine Herren, das hier sind Glassteine der absolut untersten Kategorie. Sie sind lediglich dazu geeignet, Modelle für die in Auftrag gegebenen Arbeiten anzufertigen. Das ist billigste Industrieware, mit der sich höchstens Laienschauspieler in irgendwelchen Schmierenkomödien behängen.« Er nahm das halb fertige Collier aus dem Safe. »Sehen Sie nicht den Unterschied, meine Herren? Das hier ist eine Arbeit, die dem Meister zur Ehre gereicht.«

Für Berger sahen die Steine alle gleich wertvoll aus. Er machte ein ratloses Gesicht. Der Comisario hingegen hatte eine Idee.

»Señor Faro, ich danke Ihnen für Ihre Hilfe. Wären Sie eventuell dazu bereit, uns am Abend des Benefizballes und auch in dessen Vorfeld als offizieller Ratgeber zu unterstützen?«

»Was wäre dabei meine Aufgabe?«

»Im wahrsten Sinne des Wortes die Spreu vom Weizen zu trennen. Von uns wäre niemand in der Lage, einen echten Diamanten von einem Imitat zu unterscheiden. Könnten Sie es?«

Señor Faro schüttelte den Kopf. »Wenn ich ehrlich bin, dann muss ich Ihre Frage mit Nein beantworten. Es werden heutzutage derartig hervorragend verarbeitete künstliche Diamanten angeboten, dass man sie auf keinen Fall mit bloßem Auge von echten unterscheiden kann. Manche von ihnen sind so perfekt, dass da erst eine Radiokohlenstoffdatierung Aufschluss bringen kann.«

»Und was ist das genau?«, fragte Berger neugierig.

»Bei der Radiokohlenstoffdatierung wird der Gehalt an radioaktivem Kohlenstoff C^{14} gemessen. Der hat eine Halbwertzeit von fünftausendsiebenhundertdreißig Jahren. Echte Diamanten sind alt und haben kein C^{14}, gepresste sind neu und haben viel davon. So einfach ist das.«

»Und könnte man sich so ein Messgerät für ein paar Tage irgendwo ausleihen?«

Señor Faro warf Berger einen pikierten Blick zu. »Das halte ich für völlig ausgeschlossen. So ein Beschleunigungsmassenspektrometer wiegt zig Tonnen!«

»Señor«, überging der Comisario die Irritation des Mannes, »wir haben im Nachlass des Meisters verschiedene Schlüssel für Bankschließfächer gefunden.«

»Das wundert mich nicht. Bankschließfächer sind für unsere Branche eine Notwendigkeit. Unsere Versicherungen wären nicht mehr zu bezahlen, wenn wir unser gesamtes Material im eigenen Safe aufbewahren würden.«

»Und welche Bank bevorzugt die Branche?«

»Da kämen eigentlich alle großen, seriösen Banken infrage.«

»Danke, Señor Faro. Dann werden wir uns wieder an Sie wenden, wenn wir uns einen Durchsuchungsbeschluss besorgt haben. Wir können doch auf Sie zählen?«

»Selbstverständlich kann sich der Staat jederzeit auf die Mitarbeit eines loyalen Bürgers berufen.«

Der Juwelier verabschiedete sich steif, während der Comisario den Durchsuchungsbeschluss per Handy in die Wege leitete. Es dürfte zwar noch ein kleines Kunststück werden, den auch für alle relevanten Banken zu bekommen, aber er vertraute dabei voll auf die Kollegen in seiner Dienststelle.

Berger und der Comisario verließen die Werkstatt. Die wenigen Meter von der Carrer de Monti-Sion zum Jachthafen wollten sie sich nicht in den Glutofen von Auto zwängen, also machten sie sich zu Fuß auf den Weg zum königlichen Jachthafen. Dort wollten sie dem Scheich von Meister Jordis Foto auf seinem Schiff, der »Pearl of Bahrain«, einen Besuch abstatten.

***

Mrs Bings schien ihren Ohren nicht zu trauen, als sie von dem Vorhaben der drei Damen hörte, die einzelnen Schmuckstücke vor Beginn der Veranstaltung digital zu kennzeichnen.

»Ich bin mir nicht sicher, ob dieses ist überhaupt erlaubt«, sagte sie. »Meine Erfahrung sagt mir, dass die feinen Herrschaften das sehen als einen Eingriff in ihre Privatsphäre.«

Frau Bischoff schüttelte den Kopf: »Tu Gutes und sprich darüber, heißt es. Viele kommen eigentlich nur, um von den Promifotografen aufgenommen zu werden. Ob man ein Promi ist, und damit auch Geld verdienen kann, hängt schließlich einzig und allein davon ab, wie viele Pressekontakte man hat. Die meisten von denen sind froh, wenn sie gar keine Privatsphäre haben.«

Die Präsidentin spürte die Ablehnung der Britin und ging dieses Problem direkt an. »Hätten Sie einen Alternativvorschlag?«

»Man sollte die Menschen feiern lassen in Ruhe. Sie haben schließlich gezahlt viel Geld für ihr Vergnügen. Und wir sollten ihnen nicht machen Umstände.«

»Für Ihren Arbeitgeber, Mrs Bings, wird es mit Sicherheit kein Vergnügen sein, viel Geld zu zahlen, nur weil wir die Bequemlichkeit der Versicherungsnehmer über die Sicherheit der Schmuckstücke stellen.« Angela Bischoff war sichtlich verärgert. »Wenn Sie hier bei uns im Team mitmachen wollen, dann bitte ich um etwas konstruktivere Mitarbeit.«

Mrs Bings wurde blass. »Señora Delgado Bunyol, ich wurde von Lloyds of London vorgesehen, zu leiten diese Aktion als Expertin für Sicherheit. Ich glaube nicht, dass ich mir sagen lassen muss derartig feindliche Dinge.«

»Mrs Bings«, gab die Präsidentin ruhig zurück und bemühte sich, jegliche Schärfe aus ihrer Stimme zu nehmen. »Sie haben mir angeboten, in Ihrer Eigenschaft als Agentin von Lloyds of London bei unserer Arbeit mitzuwirken.«

»Das ist richtig, und ich bin es gewohnt, in leitender Funktion zu tun meine Arbeit.«

»Señora, da diese Position bereits kompetent durch Frau Bischoff ausgefüllt wird, bitte ich Sie, sich zu überlegen, ob Sie unserem Team stattdessen als untergeordnete Expertin für Edelsteine und Schmuck zur Verfügung stehen wollen. Dafür wären wir Ihnen äußerst dankbar.«

Die Luft im Büro der Präsidentin war zum Schneiden.

»Und der Fairness halber möchte ich Ihnen hier und jetzt sagen, dass wir für Ihre Mitarbeiter keine sechsunddreißig Plätze im Ballsaal reservieren werden. Das wäre ein Einnahmeverlust von über vierzigtausend Euro, auf die ich nicht verzichten werde.«

Mrs Bings schluckte. »Ich bitte darum, mich absprechen zu können mit meine Boss in der Zentrale.«

Den Tränen nahe, griff sie sich ihre Unterlagen und verließ grußlos das Büro.

***

Berger war schon diverse Male am Jachthafen von Palma vorbeigefahren, diese riesigen Millionenjachten im Augenwinkel registrierend, aber er hatte noch nie direkt davor gestanden. Es dauerte eine Weile, bis das ausgeprägte Neidgefühl in ihm von ehrlicher Bewunderung für diese herrlichen Schiffe verdrängt wurde.

»Was meinen Sie, Comisario, wie lange müssten wir sparen, um uns so einen Pott leisten zu können?«

»Wenn wir unser gesamtes Gehalt zurücklegen, dann könnten wir es mit Zins und Zinseszins in vier- bis fünftausend Jahren geschafft haben.«

Die »Pearl of Bahrain« war mit über vierzig Metern Länge ein riesiges Schiff. Sie war strahlend weiß und trotz ihrer Größe unglaublich elegant.

Berger war begeistert.

»Wenn wir auf dem Dampfer wirklich empfangen werden, kann

es sein, dass ich spontan als Matrose anheure, sind Sie sich dessen bewusst?«

»Warten wir es ab, bis Sie den Kapitän kennengelernt haben«, gab García Vidal lächelnd zurück. »Wenn der Sie haben möchte, werde ich ihm erzählen, dass Sie sich ab und zu mit einem Schwein unterhalten, dann verzichtet er freiwillig auf Sie.«

Ein bewaffneter Bootsmann empfing sie noch vor der Gangway.

»Sie wünschen?«

»*Hola*, Señor, mein Name ist García Vidal von der *Policia National*. Und das ist«, er zeigte auf den Residente, »mein Kollege aus Alemania, Comisario Berger. Wir möchten gern mit dem Eigner dieses Schiffes sprechen.«

Der Mann schaute irritiert. Allein dieses Anliegen schien für ihn schon den Tatbestand der Majestätsbeleidigung zu erfüllen.

»Ich bin mir nicht sicher, ob das möglich sein wird.«

Der Comisario lächelte den Mann an. »Señor, Sie befinden sich hier auf spanischem Boden. Bewaffnet, wie ich sehe. Damit verstoßen Sie gegen die europäischen Einreisebestimmungen. Es gibt jetzt zwei Möglichkeiten für Sie: Entweder Sie ermöglichen uns bei Ihrem Chef einen sofortigen Termin, oder ich lasse Sie bis zur Rente im Knast schmoren. Haben Sie das verstanden?«

Der Bootsmann hatte plötzlich nichts mehr von einem Sicherheitschef seiner Königlichen Hoheit. Wie ein geölter Blitz verschwand er im Innern des Schiffes, um kurz darauf mit einer einladenden Handbewegung an der Reling wieder aufzutauchen. »Prinz Khalil wird Sie umgehend empfangen.«

García Vidal und Berger gingen an Bord und wurden direkt auf die obere Heckveranda des Schiffes geführt, wo sie bereits erwartet wurden. Seine Königliche Hoheit trug einen weißen Burnus und die für einen Scheich typische Kopfbedeckung. Er begrüßte sie wie zwei uralte Freunde.

»Señores, ich freue mich, Sie hier auf meinem bescheidenen Schiff willkommen heißen zu können. Womit kann ich Ihnen helfen?« Der leicht untersetzte, knapp ein Meter siebzig große bärtige Mann lächelte freundlich. »Ich hoffe doch sehr, es liegt nichts gegen mich oder gegen ein Mitglied meines Gefolges vor.«

»Absolut nicht, Königliche Hoheit, wir sind durch ein Bild auf Sie aufmerksam geworden, das wir bei einer Person gefunden haben, die auf bisher ungeklärte Weise ums Leben gekommen ist. Es spricht aber alles dafür, dass dieser Señor auf nicht natürliche Art und Weise vom Leben zum Tode befördert wurde.«

Prinz Khalil schaute den Comisario an, als hätte er es mit einem der Psychiatrie Entsprungenen zu tun.

»Er ist also vom Leben zum Tode befördert worden? Seien Sie mir bitte nicht böse, aber ich ging durch Ihr Äußeres davon aus, dass Sie der spanische Kollege wären.«

»Das bin ich auch«, kam es vom erstaunten Comisario.

Der Scheich lächelte freundlich. »Verbal vom Leben zum Tode befördert wird man eigentlich nur von deutschen Beamten.«

Berger wurde hellhörig.

»Sie scheinen sich auszukennen, Königliche Hoheit. Waren Sie schon in Deutschland?«

»Ich habe dort studiert.«

»Dann verzeihen Sie bitte diesen verwaltungstechnischen Wortsalat. Der Deutsche von uns beiden bin ich, und ich möchte mich für meinen Freund und Kollegen entschuldigen. Ich befürchte, er war zu lange mit mir zusammen.«

Berger hielt dem Prinzen das Foto hin, auf dem er zusammen mit Meister Jordi zu sehen war.

»Señor, Sie wollen doch hoffentlich nicht sagen, dass Meister Jordi das Mordopfer ist?«, sagte Prinz Khalil betroffen, als er den Juwelier darauf erkannte.

García Vidal sah ihn bedauernd an. »Leider ja. Also kannten Sie ihn?«

»Selbstverständlich, ich war sein äußerst zufriedener Kunde. Meister Jordi hat für sämtliche wertvolleren Schmuckstücke meiner Frauen Imitate angefertigt. Das war eine Auflage meiner Versicherung. Seitdem reisen wir ausschließlich mit diesen nahezu perfekten Kopien, was den Sicherheitsaufwand erheblich reduziert.« Er lächelte etwas verlegen. »Auch ein Scheich sollte hier und dort sparen.«

García Vidal zeigte Prinz Khalil die Fotos, die sie bei Jordi von der Wand genommen hatten. »Ist da eventuell ein Schmuckstück von Ihnen dabei?«

Der Prinz schaute ratlos auf die Bilder. Plötzlich klatschte er in die Hände und rief etwas Arabisches. Fast unmittelbar danach traten drei komplett verschleierte Damen auf die Veranda und verbeugten sich schüchtern. Der Scheich gab die Bilder seinen Frauen, die jedes einzelne genau anschauten. Acht Fotos sortierten sie aus und reichten sie zurück.

»Diese acht Stücke hat Meister Jordi für mich angefertigt. Eines fehlt aber in Ihrer Sammlung.«

García Vidal nahm die Bilder irritiert entgegen. »Sind Sie sicher? Das waren alle Fotos, die wir bei ihm fanden.«

Prinz Khalil lächelte wieder etwas verlegen. »Wie Sie sehen, habe ich drei Frauen, und wenn sie zusammen nur acht Colliers besitzen würden, dann hätte ich das hier auf Erden, was die Christen so trefflich als Hölle bezeichnen würden.«

»Kann es sein, dass das neunte Imitat gerade in Arbeit ist?«, wollte Berger wissen.

»Nein, meine Herren, mit Sicherheit nicht. Das Foto von Meister Jordi und mir ist entstanden, als er mir gerade das letzte, das neunte Imitat überreicht hatte.«

Der Comisario suchte etwas in seiner Akte.

»Meister Jordi hatte noch ein Foto von einem Collier, an dem er gerade arbeitete. Darf ich Ihnen das einmal zeigen?« Er überreichte es dem Scheich.

Der zeigte es seinen Frauen und runzelte die Stirn, als die Damen bestätigend nickten und etwas auf Arabisch erwiderten.

»Meine Herren, Sie müssen sich irren. Das ist das neunte Schmuckstück, das Meister Jordi für mich angefertigt hat. Es befindet sich hier an Bord.«

Er sagte etwas zu einer seiner Ehefrauen, die sich sofort von der Gruppe entfernte.

García Vidal zückte sein Handy und lud das Foto auf das Display, das er von dem halb fertigen Collier gemacht hatte.

»Schauen Sie doch bitte einmal, Königliche Hoheit. Das ist zwar nur eine Hälfte des Colliers, aber was Sie hier sehen können, ist doch mit dem Foto identisch, oder?«

In diesem Augenblick kam die Ehefrau mit Jordis Collier aus dem Innern des Schiffes. Sie überreichte es ihrem Mann, und der gab es an den Comisario weiter. Alle drei verglichen das Stück nun zuerst mit dem Foto, dann mit dem Handybild. Es bestand kein Zweifel, sie waren miteinander identisch.

Meister Jordi war vor seinem Tod im Begriff gewesen, eine zweite, mit Sicherheit ebenso aufwendige Kopie des Colliers anzufertigen.

»Was ist das für ein Stein, hat der einen besonderen Namen?«, fragte Berger und wies auf den großen rosafarbenen Klunker, der das Schmuckstück dominierte.

»Selbstverständlich ist das ein besonderer Stein. Es ist ein uralter, in Indien gefundener rosa Diamant von über vierzig Karat und hat den schönen Namen ›Das Lächeln Goas‹. Er wurde im Jahre 1930 im Auftrag Kaiser Haile Selassis von einem New Yorker Juwelier in dieses wunderschöne Collier eingefügt. Seine Frau trug es im selben Jahr bei ihrer Krönung zur Kaiserin.«

»Und Sie sind mit Sicherheit im Besitz des Originals und des einzigen Imitats?«, fragte Berger erneut.

»Davon ging ich bisher aus.« Prinz Khalil zuckte mit den Achseln. »Aber kann ich mir jetzt noch hundertprozentig sicher sein?«

Auf der Fahrt zum Gerichtsmedizinischen Institut versuchten die beiden Kollegen jeder für sich abzuschätzen, in was für eine Sache sie da gerade hineinstolperten.

»Da musste man aber nicht lange kratzen, bis man an die Dreckschicht kam, die unser Meister Jordi am Stecken hat«, sagte Berger lakonisch.

»Nun mal langsam. Vielleicht war das Collier im Tresor gar kein Imitat, sondern nur ein Modell, das er im Auftrag der Versicherung gemacht hat.«

»Quatsch, Sie haben doch den Juwelier gehört.« Er setzte einen unheilvollen Blick auf und imitierte Señor Faro. »Das hier ist eine Arbeit, die dem Meister zur Ehre gereicht … Nix mit Modell, Comisario, der edle Meister hat beschissen.«

»Ich hätte nicht gedacht, dass Sie jemanden so schnell verurteilen.«

»Aber, Cristobal, ich bitte Sie! Wäre Jordi nicht Mallorquiner, sondern ein Deutscher, und wir hätten ihn besoffen in der Schinkenstraße gefunden, dann wären Sie schon längst meiner Meinung.«

Leicht schmollend chauffierte sie der Comisario in das Parkhaus der Gerichtsmedizin. Mit jedem Schritt in das Innere des alten Gemäuers wurden die Temperaturen erträglicher. Im Sektionsraum selbst herrschte sogar angenehme Kühle.

»Señor Mantero, warum haben Sie nicht auch Ihr Büro hier unten, dann würde ich Sie viel öfter besuchen«, begrüßte García Vidal den Gerichtsmediziner.

Die Antwort war wenig freundlich.

»Deswegen!« Der Arzt zeigte auf den Seziertisch.

Angesichts der geöffneten Leiche Meister Jordis wunderte sich Berger, wie ein Mensch, der eben gerade erst dabei ertappt worden war, krumme Dinger zu drehen, so unschuldig daliegen konnte.

»Was ist, Doc, war es nun Mord oder nicht?«, drängte García Vidal.

Der Gerichtsmediziner schob sich seine Brille zurecht.

»Es war Mord, da bin ich mir sicher. Wer sonst sollte dem Mann die Handfesseln abgenommen haben, wenn nicht der Mörder?«

»Könnte es nicht die Person gewesen sein, die ihn gefunden hat?«

»Das hätte uns die Putzfrau doch gesagt«, wandte Berger ein.

»Außerdem hätten die Handfesseln dann auch noch dort gelegen. Gegen einen Selbstmord«, dozierte der Arzt weiter, »spricht auch der enorme Adrenalinspiegel, den ein Mensch nur bei ausgeprägter Todesangst produziert. Des Weiteren waren die Bänder in seinem rechten Schultergelenk gerissen, was darauf hinweist, dass er versucht hat, sich mit aller Kraft von diesen Fesseln zu befreien.«

»Wieso Todesangst?«, kam es von Berger. »Der Mann sieht doch ganz entspannt aus.«

»Die Menge an Adrenalin ließ diesen Mann absolut nichts mehr spüren, weder Angst noch Schmerzen oder Panik.«

Der Comisario war verärgert. »So ein Mist. Jetzt haben wir in ein paar Tagen diesen Ball der Verrückten, und nun wird auch noch ein Juwelier ermordet.«

»Na und?«, kam es von Berger.

»Haben Sie eine Ahnung, was die Presse daraus machen wird?«

»Die sind nicht blöd. Die werden nichts anderes denken als wir.«

»Richtig, womit wir hier das reinste Irrenhaus hätten.«

»Na, dann lassen wir Jordi doch sanft entschlummern. Wie wäre es mit einem Schlaganfall?«

»Wer soll uns das denn abkaufen?«

»Die Presse natürlich, wer sonst? Die haben etwas, womit sie um Meister Jordi pathetisch trauern können, und wir haben Ruhe, um zu ermitteln.«

García Vidal schaute fragend den Arzt an. »Würden Sie da mitmachen, Doc?«

Der nickte bedächtig. »Sí, Señor. Wenn ich Ihnen damit einen Vorteil verschaffen kann, dann mache ich natürlich mit. Der Mörder muss ja nicht wissen, was uns der tote Meister noch alles ›flüstern‹ konnte.«

***

Gräfin Rosa von Zastrow, Angela Bischoff und Señora Delgado Bunyol waren nach zwei Stunden ohne Mrs Bings bester Dinge, als der Residente und García Vidal wieder zu ihnen stießen.

Der Bericht der beiden Männer dämpfte ihre gute Laune allerdings maßgeblich.

Señora Delgado Bunyol war sich angesichts des nunmehr erwiesenen Mordes an Meister Jordi nicht sicher, ob sie die Gala nicht lieber doch absagen sollte.

»Es ist also eindeutig, dass der Mord etwas mit unserer Veranstaltung zu tun hat?«

Der Comisario zuckte mit den Achseln. »Sicher können wir uns nicht sein, aber die Wahrscheinlichkeit ist zumindest sehr groß.«

»Señora Presidente«, hob Frau Bischoff an, »wenn wir die Gala jetzt abblasen, dann weichen wir der Gewalt. Ich möchte mich nun nicht als glühende Demokratin hinstellen, aber allein der Gedanke daran geht mir ganz gehörig gegen den Strich.«

»Das geht mir ganz genauso. Doch wenn wir die Gala durchführen, dann bringen wir die Gäste in Gefahr. Sie können keiner Dame verbieten, ihr mühsam wie auch immer erworbenes Collier nicht mit Klauen und Zähnen zu verteidigen, und wenn dabei wirklich jemandem etwas passieren sollte, weil wir unseren Job nicht gründlich gemacht haben, dann gibt es auf der ganzen Insel kein Loch, das tief genug für uns beide wäre, um uns darin zu verstecken.«

»Der Mord an Meister Jordi war Mittel zum Zweck«, fuhr Berger dazwischen. »Wir wissen noch nicht zu welchem Zweck, aber das Ziel scheint voll und ganz erreicht worden zu sein, denn gestohlen wurde offensichtlich nichts.«

»Okay.« Die Präsidentin spielte nervös mit einem Stück Papier, das sie zu einem immer kleineren Paket faltete. »Wir müssen uns mit der Tatsache abfinden, dass Jordi nicht ganz sauber war. Gehen wir also davon aus, dass das Motiv für den Mord allein durch diesen Umstand begründet ist und für unbescholtene Bürger relativ wenig Gefahr besteht. So werde ich es mit Ihrem Einverständnis in unser Sitzungsprotokoll aufnehmen.«

»Das klingt ja fast so«, platzte es aus Gräfin Rosa heraus, »als wollten Sie sich Kritikern gegenüber mit dieser Formulierung absichern, falls doch etwas auf dem Ball passieren sollte.«

»So in etwa.«

Frau Bischoff nickte. »Um so wichtiger ist es, dass wir den Schmuck kennzeichnen, damit man uns obendrein nicht auch noch Blauäugigkeit vorwerfen kann.«

»Mindestens genauso wichtig«, warf Berger ein, »wäre es, herauszufinden, wer mit seinen echten Steinen anreist und wer Jordis Werke spazieren trägt.«

Der Comisario goss sich bedächtig Wasser ein. »Das soll bloß leider nicht ganz einfach sein, wie uns Señor Faro erklärte.« Er erläuterte den Damen die Funktion und Notwendigkeit eines Beschleunigungsmassenspektrometers.

»Ich habe vor Kurzem eine Rechnung von einem Archäologischen Institut in Barcelona bezahlt«, sagte die Präsidentin. »Die hatten mit so einem Gerät einige Funde für uns datiert, die man bei Ausgrabungen in den Bergen gefunden hatte.«

»Aber brauchen wir wirklich so ein Ding?« Rosa schaute verständnislos. »Wir haben doch unsere Expertin. Hat Mrs Bings nicht gesagt, dass sie jederzeit echt von unecht unterscheiden kann?«

»Für ganz doof halte ich unseren Juwelier aber auch nicht. Warum behauptet der das Gegenteil?« Berger kratzte sich am Nacken. »Wir sollten die Dame einfach rausschmeißen und dann einen weiteren Fachmann befragen.«

Die Präsidentin stutzte. »Warum erst rausschmeißen und danach recherchieren?«

»Weil man sie auf jeden Fall rausschmeißen sollte. Ich mag die Frau nicht.«

»Wenn man jeden der Insel verweisen würde, den Sie nicht mögen«, winkte Rosa ab, »dann wäre Mallorca eine Einöde.«

»Ich wollte schon immer mit Ihnen allein sein, Gräfin.«

Die Präsidentin unterbrach das Geplänkel ungeduldig. »So gern ich es tun würde, wir können die Dame nicht feuern, ohne es uns mit Lloyds of London zu verscherzen. Bei denen ist bei dieser Veranstaltung alles versichert, was man versichern kann.«

»Vielleicht ginge sie von allein, wenn in Zukunft Filou den Sitzungen beiwohnen würde«, kam es trocken vom Residente.

Die Präsidentin musste lächeln. »Es wäre zumindest einen Versuch wert. Das erinnert mich übrigens an einen Anruf von heute Morgen. Am Empfang liegen die Akkreditierungen für Sie alle bereit, darunter auch eine für einen gewissen Grafen von Zastrow.«

Rosa sah sie erstaunt an. »Für meinen Mann?«

»Nein, für Graf Filou von Zastrow. Es sei ein ausgesprochen ungünstiges Foto, hieß es. Er sähe darauf seltsamerweise aus wie ein Schwein.«

***

Auf der Fahrt nach Santanyí war Berger nachdenklich. Sie hatten beschlossen, jetzt erst einmal mit vereinten Kräften die Vorbereitungen für die Gala anzugehen. Solange die Spurensicherung keine verwertbaren Hinweise gefunden hatte, waren ihnen bei der Aufklärung des Mordes an Meister Jordi sowieso die Hände gebunden.

Er fühlte sich dabei jedoch ziemlich schlecht. Es gab nichts, was er mehr hasste, als einen Fall liegen zu lassen. Während seiner Dienstzeit bei der Kripo Bonn war er als Terrier bekannt gewesen, der, wenn er einmal zugeschnappt hatte, nicht mehr losließ, egal wie lange die Aufklärung auch dauerte.

Rosa beobachtete ihn aus dem Augenwinkel heraus. »Was hat Ihnen denn die Petersilie verhagelt?«

»Dass da draußen irgendwo ein Mörder herumläuft und sich einen feixt.«

»Wenn das wirklich nur das Vorspiel für eine große Sache ist, und davon gehen Sie ja aus, dann werden Sie noch auf Ihre Kosten kommen.«

»Außerdem stört es mich, dass ich mich mit ultrareichen Pinkeln herumschlagen muss, einer Klientel, gegen die ich allergisch bin. Wenn ich nur an diese Schnösel denke, dreht sich mir der Magen um.«

»Reden Sie keinen Blödsinn. Bei Tante Auguste hat sich bei Ihnen auch nichts gedreht, und die hat mehr Euros auf dem Konto als Sie Haare auf dem Kopf.«

»Dann bezieht sie also nur eine kleine Rente?«

»Ich meinte das sinnbildlich.«

»Ich dachte, das wäre eine Anspielung auf meine Platte.«

Rosa schüttelte den Kopf. »Hören Sie endlich damit auf, die Reichen und Schönen ständig als die Buhmänner dieser Erde hinzustellen. Sie kommen mit ihnen doch blendend aus. Tantchen liebt Sie geradezu, und Ihnen ist sie auch nicht unsympathisch.«

»Ach, und woher wissen Sie das?«

»Weil Sie im Grunde genommen beide aus dem gleichen Holz geschnitzt sind. Sie ist genau wie Sie ein Mittelding aus einem ganz feinen Kerl und einem Ekelpaket.«

Für einen Moment war Berger regelrecht sprachlos.

»Und was überwiegt?«, fragte er vorsichtig.

»Das kommt ganz auf die Tagesform an.«

Als sie vor der gräflichen Finca vorfuhren, wunderten sie sich über die Leere auf dem Hof. Weder der Rolls noch die alte Jeepente von Tomeu waren da. Es kam auch kein Filou um die Ecke gebraust.

»Wo sind die denn alle hin?«

Berger wählte die Nummer von Tomeus Handy und hatte kurz darauf die Antwort.

»Sie sind allesamt in der Bar.«

Sogleich setzte sich Rosa wieder ans Steuer. »Dann los, was machen wir noch hier?«

Als sie auf die Plaça kamen, spielte Filou dort mit Shakespeare und Fidel, dem Hund des Barbesitzers. Es war nicht genau zu bestimmen, ob Filou nun ein beleidigtes oder ein faules Schwein war, jedenfalls registrierte er die Ankunft der Gräfin lediglich mit einem kurzen Blick. Dann spielte er mit seinen fröhlich bellenden Freunden weiter.

Tomeu war dabei, der Großherzogin und ihrem Diener gestenreich seinen Werdegang zu erklären. Rosa und Berger bestellten sich jeweils einen Cortado und gesellten sich zu ihnen.

Die alte Dame nickte ihnen freundlich zu und versuchte sich dann erneut auf Tomeus Ausführungen zu konzentrieren, was ihr aber sichtlich schwerfiel.

»R-r-rr-esid-d-dente, b-b-bitte h-h-helfen S-s-s-sie m-m-mir«, kam es verzweifelt von ihm.

»Kein Problem, Tomeu, beruhige dich erst einmal.« Berger legte ihm seine Hand auf die Schulter. »Mein Freund Tomeu versucht Ihnen gerade von seiner Vergangenheit zu erzählen«, erklärte er.

Die Großherzogin nickte. »So weit konnte ich folgen. Aber habe ich richtig verstanden, dass der junge Mann im Gefängnis gesessen hat?«

»Richtig, Großherzogin, wegen Diebstahls.«

Sie schüttelte den Kopf: »Na ja, wenn er so geklaut hat, wie er redet, dann wundert es mich nicht, dass sie ihn erwischt haben.«

Berger gab ihr schmunzelnd recht. »Als Krimineller war er vielleicht grottenschlecht, aber den zuverlässigen und treuen Freund in ihm, den möchte ich auf keinen Fall missen, darin ist Tomeu einfach großartig.«

»Und was gibt es an der Benefizfront zu berichten?« Die Großherzogin rührte in ihrem Café con leche. »Habt ihr die vielen Hunderkaräter nun in Sicherheit?«

»Schön wär's«, winkte Rosa ab. »Aber wir sind deinem Vorschlag gefolgt und kümmern uns nun mehr um den Schmuck als um seine Besitzer. Leider fehlt uns das nötige Fachwissen, um echt von unecht unterscheiden zu können.«

»Papperlapapp!«, unterbrach sie die alte Dame. »Echte Diamanten haben eine Seele. Sie schauen dich an, wenn sie echt sind, du schaust zurück, wenn du es ernst mit ihnen meinst, und dann bist du von ihnen gefangen. Nenne es Intuition. Man hat es einfach, oder man hat es nicht.«

»Die Wissenschaftler haben es, und da heißt es schlicht und ergreifend Beschleunigungsmassenspektrometer.«

Sie winkte ab. »Genau das meine ich. Wer so etwas benötigt, der hat es eben nicht.«

»Aber unser Problem, liebes Tantchen, ist, dass wir weder das eine noch das andere haben. Wir verfügen über zwei Experten, von denen der eine es nicht beurteilen kann oder will und der andere nicht unser Vertrauen hat. Was sollen wir also machen?«

»Besorgt euch so einen Massendingsbums.«

»Das geht nicht, weil der viel zu groß ist.«

»Wenn ihr weder das eine noch das andere habt, dann besorgt euch wenigstens einen Stein von Rang, von dem ihr sicher sein könnt, dass er echt ist.«

Rosa stutzte. »Und was sollen wir damit?«

»Das Ding bewachen, ist ja schließlich wertvoll. Wenn der Stein Langfinger anlockt und ihr den Dieb schnappt, dann habt ihr eventuell auch einen Mörder am Haken.«

»Womit wir wieder bei unserem Grundproblem angelangt wären«, schaltete sich Berger ein. »Die reichen Herrschaften behaupten ja alle, dass ihre Steine echt seien, und der Einzige, der das problemlos widerlegen könnte, den hat rein zufällig gerade mal jemand umgebracht.«

»Ich würde am liebsten schon einmal sicherheitshalber alles verhaften, was teuren Schmuck besitzt«, meinte Rosa.

Die Großherzogin lachte. »Dann wird das keine Benefizgala, sondern eine Wohltätigkeitshaft.«

»Wenn alle Sicherheitsmaßnahmen greifen«, fuhr Berger fort, »könnte man das wirklich so nennen, egal ob es sich bei dem jeweiligen Schmuckstück um das Original handelt oder nur um einen echten Jordi.«

Die Großherzogin stützte ihr Kinn auf ihren Stock und schaute verschmitzt in die Runde. »Ich sage es noch einmal: Besorgt euch einen echten Stein von Güte. Wer immer ihn klauen will, war, wenn das Motiv nicht ganz woanders liegt, vermutlich auch Jordis Mörder.«

Rosa war etwas genervt. »Aber, Tantchen, wer hat schon solch einen echten Stein zu Hause rumliegen?«

Die alte Dame grinste in die Runde. »Fragt doch einfach euer Tantchen!«

Anatol, der das Gespräch bisher reglos verfolgt hatte, reagierte entsetzt. »Aber, Hoheit, ich bitte Sie!«

»Ach, Schnickschnack«, fuhr sie ihm über den Mund. »Es wird Zeit, dass das olle Ding einmal entstaubt wird. Diamanten, denen man das Funkeln verbietet, werden trüb mit der Zeit.«

»Es wäre nett, wenn du Klartext reden würdest«, bat Rosa verwirrt.

»Ihre Lieblingstante versucht Ihnen wohl gerade klarzumachen, dass sie einen Siebzigkaräter zu Hause in der Küchenschublade hat, der mal wieder geschrubbt werden müsste«, kam es von Berger.

»Das glaube ich nicht!« Rosa schaute ihre Tante forschend an. »Hast du oder hast du nicht?«

»Nein!«

Rosa verschränkte ihre Arme vor der Brust und sagte triumphierend: »Sehen Sie, ich kenne doch meine Tante!«

Berger trommelte vergnügt mit den Fingern auf die Marmorplatte. »Mir scheint, Sie kennen sie nicht so gut«, sagte er und fragte die Großherzogin: »Wie viel Karat hat Ihr Steinchen denn?«

»Zweiundsiebzig.«

Rosa klappte der Kiefer herunter.

»Und wenn ich ehrlich bin«, fügte Tante Auguste hinzu, »ist die Schublade in einem Tresor, und nicht in der Küche.«

»Und der ist wirklich echt?«, fragte Rosa ungläubig.

»So wahr ich hier sitze, mein Kind.«

»Was ist das für ein Stein?«

»Er wird ›Träne der Romanows‹ genannt. Wie du weißt, war meine Ur-ur-ur-urgroßtante, da fehlen bestimmt noch ein paar ›Urs‹, die russische Zarin Katharina die Große, eine geborene von Schleswig-Holstein Gottorf. Diesen Stein hat sie als Mitgift von ihrem Vater zur Hochzeit mit dem russischen Zaren bekommen. Ebenfalls als Mitgift gab es Anatols genauso ›urige‹ Großmutter. Die Nachkommen der Zarin erbten den Schmuck, und die Nachkommen der Urzofe blieben in den Diensten der Romanows.«

Anatol nickte, und die Großherzogin legte ihre Hand auf die seine. »Irgendwann war Zar Nikolaus II. der Besitzer dieses Steins und Anatols Großvater sein Kammerdiener. 1918 kam dann das Schicksalsjahr der Zarenfamilie. Sie wurden bekanntlich von den Bolschewiki erschossen. Den Familienschmuck, darunter auch diesen Diamanten, hatten die Zarin und ihre Töchter in ihre Korsetts eingenäht. Davon wussten die Bewacher der Familie nichts, sonst wäre er weg gewesen. Kurz bevor es zur Exekution kam, gab die Zarin diesen Stein und noch ein paar andere nicht ganz so wertvolle Schmuckstücke Anatols Großvater mit dem Auftrag, sie zurück zum Stammsitz der Familie in Deutschland zu bringen. Als seine Herrschaft tot war, begab sich der treue Mann auf die Flucht, die dann aber fast drei Jahre dauerte. Seitdem ist Anatols Familie wieder in unseren Diensten.«

»Und weiß jemand, dass du diesen Stein besitzt?«

»Nein, offiziell ist er verschollen, aber wäre das jetzt nicht ein wunderbarer Anlass, um ihn wieder zum Leben zu erwecken?«

Rosa seufzte. »Tante Auguste, du bist wahnsinnig. Ich würde mich noch nicht einmal auf so eine Sache einlassen, wenn ein ganzes SEK bereitstände, um dich zu bewachen.«

Die alte Dame blieb sorglos. »Ich habe Anatol, der mich beschützt. Es wäre schön, wenn ihm Tomeu dabei helfen würde. Mehr Leute würden nur auffallen.«

»Königliche Hoheit«, sagte Berger und lächelte sie freundlich an. »Wenn es an der Zeit ist, werden wir uns wieder an Sie wenden. Im Augenblick könnten wir noch nicht einmal sagen, wie Ihre Mitarbeit genau aussehen müsste. Wenn wir uns denn überhaupt dazu entschließen werden, sie anzunehmen.«

Die Großherzogin lächelte genauso freundlich zurück und konterte: »War der Mensch, mit dem Sie das letzte Mal derartig freundlich sprachen, eigentlich normal?«

Berger grinste. »Das müssen Sie schon selbst beurteilen. Es war Ihre Nichte.«

5

Es war schon spät, als Berger bei seinem Bootshaus in Cala Figuera eintraf. Eigentlich wäre es klüger gewesen, morgen auszuschlafen, bevor es wieder in das Büro der Präsidentin ging, aber er brauchte unbedingt ein paar Stunden auf See. Ihm reichte es nicht, die Seele einfach nur so baumeln zu lassen, er musste dabei etwas Sinnliches tun, und es gab für ihn nichts Sinnlicheres als das Fischen. Da festigten sich bei ihm die Gedanken, die er sich am Vorabend bei einem guten Glas Wein gemacht hatte. Er nahm sich eine Flasche Wein aus dem Regal im Bootsschuppen und ging auf sein Boot, das fest am Steg vertäut im Hafenwasser dümpelte.

Rasch entkorkte er den Rioja und machte es sich in der Hängematte, die er auf seinem Boot zwischen Mast und Ruderhaus aufgespannte hatte, gemütlich.

Er genoss die Aussicht auf das Firmament. Er war sich sicher, dass es nirgends so viele Sterne am Himmel gab, wie in diesem kleinen, romantischen Hafen, wenn die Menschen das Licht gelöscht hatten. Sicher gab es die gleichen Sterne auch über dem Mittelmeer, aber dort hatte er nicht die Zeit, sie zu beobachten und mit ihnen zu sprechen, wenn er allein war.

Er liebte es auch, seine Probleme dort oben zu parken und sie von seiner Hängematte aus von allen Seiten zu betrachten.

Auf einmal sah er das Gesicht des alten Juweliers vor sich.

»Na, alter Mann, nun sind wir dir doch noch auf die Schliche gekommen. Du hast geschummelt. Du hast Schmuck gefälscht, aber für wen? Wie hast du es geschafft, deine Imitate so perfekt zu machen, dass man sie von den Originalen nicht mehr unterscheiden kann?«

Das Bild des Juweliers verschwand, und die Sterne formierten sich zu einer Silhouette, die ihm seltsam vertraut war. Langsam nahm ihr Funkeln Gestalt an, und Berger war, als würde seine verstorbene Frau vor ihm stehen.

»Hallo, Meisterdetektiv«, hauchte sie ihm entgegen, »wieder auf Verbrecherjagd?«

»Hallo, Liebes«, murmelte er, »so spät noch auf?«

Sie lächelte traurig. »Seitdem ich tot bin, kann ich nicht mehr so gut schlafen.«

Es versetzte ihm einen Stich, das zu hören.

»Quält dich das, was du erlebt hast?«

Sie schüttelte leicht den Kopf. »Nein, das ist weit weg. Tot ist tot, weißt du, und das ist gut so.«

»Siehst du die Kinder ab und zu?«

»Ja, gerade, vor einer kleinen Ewigkeit, waren sie hier. Sie sind es noch, oder sind sie schon wiedergeboren? Ich weiß es nicht, aber sie fühlen sich wohl.«

»Aber was raubt dir dann den Schlaf, wenn alles in Ordnung ist?«

Sie sah ihm verklärt in die Augen und flüsterte: »Du lässt mich nicht ruhig schlafen.«

Berger lief eine Träne über die Wange. »Möchtest du denn, dass ich dich loslasse?«

Ihm war, als würde sie ihm mit ihren Fingerspitzen zärtlich über die Stirn streicheln.

»Bitte, sei so lieb, ich bin so müde …«

***

Geoffrey Hinckeby mochte es, nachmittags in Magaluf an der Strandpromenade zu flanieren und die vielen Touristen zu beobachten. Als britischer Konsulatssekretär hatte er immer nur mit ihnen zu tun, wenn sie aufgeregt waren, nach einem Überfall oder einem Verkehrsunfall zum Beispiel. Hier aber herrschte eine fröhliche Stimmung, und hier konnte er sie auch ansprechen, wenn er glaubte, dass sie wie er auf ein pikantes Abenteuer aus waren.

Er hatte gerade eine Britin mittleren Alters ins Auge gefasst, als neben ihm ein etwa gleichaltriger Mann abrupt anhielt.

»Ich werd verrückt, ist das nicht der gute, alte Geoffrey Hinckeby, die Küchenschabe?«

Er zuckte zusammen. Wie lange hatte er dieses ›Küchenschabe‹ – Gott sei Dank! – schon nicht mehr gehört? Er schaute den Mann prüfend an und war sich sicher, ihn noch nie gesehen zu haben.

»Mit wem habe ich das Vergnügen?«, fragte er reserviert.

Der Mann strahlte über das ganze Gesicht. »Ich bin Timothy Tippit, du alter Kochlöffelakrobat, Tim von der C-Deck-Kantine.«

An die C-Deck-Kantine konnte er sich erinnern, aber da hatte es doch gar keinen Tim gegeben.

»Komm, altes Haus, lass uns einen trinken, ich lade dich ein.«

Widerwillig folgte Hinckeby dem Mann in eine Strandbar. Eigentlich war es noch zu früh dafür, aber er wollte diesen freundlichen Menschen nicht grundlos brüskieren, und vielleicht waren sie ja wirklich auf dem gleichen Schiff gewesen.

Kurze Zeit später kam Tippet mit zwei Pints San Miguel an ihren Tisch.

»Britische Gläser, aber leider nur spanisches Bier.« Sie stießen an. »Aber was soll's, Hauptsache, es erfrischt einen!«

Trotz seiner anfänglichen Vorbehalte trank Hinckeby mit großem Appetit. Er hatte sowieso Durst, und das Bier lief herrlich kühl seine Kehle hinunter.

Hätte er nur geahnt, dass der Genuss eines schönen, kalten San Miguels das Letzte sein würde, was ihm in seinem Leben widerfuhr. Er hätte sich bestimmt ein zweites bestellt.

***

Berger hörte weit entfernt einen Schiffsmotor tuckern. Das leichte Schmatzen, wenn sich eine kleine Hafenwelle unter das Boot schob, war verstummt. Stattdessen hörte er ein Rauschen, als würde der Kiel seines Bootes vorn das Wasser zerschneiden, um es dann mit dem Heck sofort wieder zu glätten. Er schreckte hoch.

Der Tag begann gerade um ihn herum zu grauen, und sein Boot lag nicht mehr im Hafen, sondern schipperte mit ihm querab zur Pontas aufs offene Meer hinaus. Am Bug stand Filou, der genießerisch die Nase in den frischen Fahrtwind hielt. Mühsam schaute Berger sich in seiner schaukelnden Hängematte um und erkannte die Gräfin im Ruderhaus. Eigentlich hätte er jetzt bitterböse aufspringen und ihr eine Riesenszene machen müssen, aber er genoss es, in seiner Matte zu liegen und gefahren zu werden. Seit langer Zeit fühlte er sich wieder einmal geborgen, geborgen auf seinem eigenen Boot.

Rosa trat neben ihn. Sie hatte das Ruder offenbar auf Autopilot gestellt. Eine Neuerung, die ihm die Gräfin zusammen mit dem Seefunk und dem GPS-Gerät für seine kleine »Llaut« spendiert hatte. Nicht aus reiner Nächstenliebe, sondern damit er immer für sie erreichbar war.

»Moin, Käpt'n, unter Ihrem Lager finden Sie frischen Kaffee in einer Thermoskanne und Baguette mit Sobrasada.«

Der Gedanke an diese Köstlichkeiten, vor allem an die mallorquinische Wurst, ließ Berger endgültig wach werden. Er glitt aus seiner Hängematte.

»Woher wussten Sie, wo ich zu finden bin?«

»Ein paar Tage kenne ich Sie ja nun auch schon«, sagte Rosa lachend. »Außerdem habe ich mich selbst nach Seeluft gesehnt und mir gewünscht, wieder einmal mit Ihnen fischen zu gehen.«

Er schaute sie an. »Ausgerechnet mit mir?«

»Ich kenne sonst niemanden mit einem Fischerboot.«

Nachdem sie gefrühstückt und danach die Netze gestellt hatten, steuerten sie eine kleine Bucht an. Dort hatten sie schon einmal zusammen gebadet.

Rosa setzte mit geübten Griffen Anker und rief: »So, ab ins Wasser, das wird uns beiden guttun.«

»Sie werden das Meer allein benutzen müssen, ich habe leider nicht die passende Bekleidung«, sagte Berger mit ehrlichem Bedauern. »Sie hätten mich nicht schlafend entführen dürfen.«

»Dann gehen wir eben nackt baden. Die Fische werden schon nicht tot umfallen.«

Er schaute sie verlegen an, doch Rosa nickte ihm aufmunternd zu.

»Na, machen Sie schon.«

»Aber ich kann doch nicht einfach so ganz ohne …«

»Doch, es geht, glauben Sie mir.«

Während er wie paralysiert sein Hemd aufknöpfte, zog sie sich rasch aus, als wäre es das Normalste von der Welt. Nach kurzer Zeit stand sie nackt vor ihm, lächelte ihn an, stieg auf die flache Holzreling des Bootes und machte einen eleganten Kopfsprung ins Wasser.

Berger war von ihrem Körper, ihrer Anmut und ihrer Natürlichkeit derartig überwältigt, dass er sich beeilen musste, auch ins Wasser zu kommen, um seine Bewunderung nicht versehentlich durch etwas anderes als ein beeindrucktes Gesicht zum Ausdruck zu bringen.

Das Wasser war herrlich erfrischend, und sie schwammen ein paar Minuten wortlos, das angenehme Gefühl genießend, nebeneinander her.

»Na, haben Sie noch immer eine so gute Meinung von Frau Bischoff?«

Er wunderte sich über die Frage, und zugleich war er etwas enttäuscht. Wenn sie das Prickeln zwischen ihnen so empfinden würde wie er, dann hätte sie sich bestimmt nicht nach seinem Eindruck von einer anderen Frau erkundigt.

»Sie macht einen hervorragenden Job. Auch nach dem, was man so aus Deutschland hört, scheint sie wirklich erste Wahl zu sein.«

»Ach, Sie haben sich wohl nach ihr erkundigt?«

Bei Berger gingen sämtliche Alarmglocken an. Jetzt durfte er sich auf keinen Fall verhaspeln.

»Nein, ich habe dort von ihr erzählt, und das, was ich daraufhin über sie hörte, war gut. Man war allgemein enttäuscht, für mindestens ein Jahr auf eine derartig kompetente Kollegin verzichten zu müssen. Ein Exkollege bat mich sogar explizit darum, sie doch bitte von der Insel zu vergraulen.«

»Ich denke, der Comisario macht sich Hoffnungen, wenn ich seine Blicke richtig deute. Hat er Ihnen gegenüber etwas erwähnt?«

Berger schüttelte den Kopf. »Nein, er hatte auch keine Gelegenheit dazu. Mit mir spricht er ohnehin nicht über Beziehungen. Ich denke, er hat Angst, dass dieses Feld seit dem Tod meiner Frau bei mir vermint ist.«

»Und, ist es das?«

»Vermint nicht, ich würde es eher als verbrannte Erde bezeichnen.«

»Das bedeutet aber, dass darauf durchaus wieder etwas wachsen könnte.« Sie sah ihn verstohlen aus den Augenwinkeln an. »Aber Sie haben Angst davor, stimmt's?«

»Es ist nicht die Angst vor etwas Neuem. Ich habe Angst, das Alte dafür verdrängen zu müssen. Die Vergangenheit ist noch viel zu präsent.«

»Können Sie nicht beidem eine Chance geben, also Alt und Neu, beides parallel?«

»Das wäre ja mentale Polygamie.«

Sie ging nicht weiter darauf ein. »Wer als Erster bei der Grotte ist, hat gewonnen.«

Wie ein Pfeil schoss sie los, er hatte nicht den Hauch einer Chance. Er versuchte es auch gar nicht ernsthaft.

***

Nachdem sie drei herrliche, unbeschwerte Stunden verbracht hatten, war es Zeit, die Netze wieder einzuholen. Der Fang war passabel, und jeder Fisch, den sie an Bord zogen, wurde von Filou mit lautem Gequieke begrüßt.

Auf der Heimfahrt nach Cala Figuera klingelte Bergers Handy. Mit kurzen, knappen Sätzen informierte ihn der Comisario darüber, dass ihre Anwesenheit an Land dringend erforderlich war.

Rosa konnte an seinem Gesicht erkennen, dass etwas geschehen sein musste. »Gibt es schon wieder einen Toten?«

»Leider. Auf dem Gelände des Golfclubs de Poniente, westlich von Cala Vinyes, hat sich ein Mann erhängt.«

»Werden Sie mir wenigstens noch dabei helfen können, den Fang in die Restaurants zu bringen?«

Er verneinte. »Ich fürchte, Tomeu wird das allein machen müssen. Wir sind beide gefragt. Die Präsidentin springt deswegen natürlich im Dreieck, und Frau Bischoff bittet Sie, gleich ins Palais zu kommen.«

»Aber das war doch eben der Comisario, oder?«, fragte Rosa verwundert.

»Richtig, sie hat wohl bei ihm im Auto gesessen.«

Rosa grinste. »Nachtigall, ick hör dir trapsen.«

Er schaute sie an. »Nur weil die beiden in einem Auto sitzen, glauben Sie, dass zwischen denen etwas läuft?«

»Warum nicht? Uns beiden glaubt ja langsam auch niemand mehr.«

»Kein Wunder, wir schwimmen ja auch beide nackt in ein und demselben Meer.«

Im Hafen wartete Tomeu bereits auf sie. Er kannte die Verkaufstour des Residente genau, sodass er keine weiteren Anweisungen benötigte, um den frischen Fisch zu den Abnehmern zu bringen. Er dachte zudem stets daran, auch etwas für den Eigenbedarf zu reservieren, sodass sie nicht, wie schon so oft bei Berger, ohne eigenes Abendbrot dasaßen.

Während sich die Gräfin mit Filou zum Palais aufmachte, fuhr Berger nach Cala Vinyes, einer eigentlich englisch zu nennenden Urbanisation, obwohl alle Häuser in ibizenkischem Stil erbaut wurden. Spanisch, und erst recht Mallorquin, war hier eine Fremdsprache. In Cala Vinyes und Umgebung war man gewohnt, in gepflegtem Oxford-Englisch miteinander zu kommunizieren. In dem dazugehörigen Golfclub waren ebenfalls fast nur Briten von durchweg sehr traditionellem Landadel zu finden. Nirgendwo auf der Insel gab es einen steiferen Gin als in der Lobby des Clubhauses, und nirgendwo auf der Welt wurde ehrlicher um Queen Mum getrauert.

Als Berger auf dem Gelände eintraf, waren das Personal und einzelne Mitglieder des Clubs, die ihre Runde beginnen wollten, noch immer völlig geschockt. Nicht über die Tatsache, dass da ein Toter am Fairway baumelte, sondern darüber, dass es sich bei der Leiche angeblich um einen britischen Diplomaten handelte. Eigentlich schloss sich das gegenseitig aus, denn ein echter Brite würde niemals auf die Idee kommen, auf so eine profane Art und Weise einen Golfplatz zu entweihen. Doch leider gab es auch in ihren Reihen zunehmend schwarze Schafe.

Berger wurde standesgemäß mit einem Elektrowagen an das Fairway des siebten Lochs gebracht. Etwas abseits im Rough stand der Galgenbaum.

»Guten Morgen, Residente, es tut mir leid, Sie schon wieder beim Fischen gestört zu haben.«

»Keine Ursache, wobei hat man denn Sie und Frau Bischoff gestört?«

»Beim Frühstück, wenn Sie es genau wissen wollen. Wenn sich zwei erwachsene Menschen sympathisch sind und man schon die Nacht nicht miteinander verbringt, dann sollte man doch wenigstens zusammen frühstücken können, oder?«

Berger nickte. »Das sollte man.« Er zeigte auf den an einem Ast baumelnden Toten. »Weiß man schon, wer er ist?«

»Sí, ein Mitglied dieses Clubs und Mitarbeiter des britischen Konsulats. Sein Name ist Geoffrey Hinckeby, er ist unverheiratet, achtundfünfzig Jahre alt und unbescholten. Er hat sich, obwohl er Diplomatenstatus besaß, in den vergangenen zehn Jahren nicht ein einziges Knöllchen eingefangen. Um sich dort oben zu erhängen, ist er nachts ins Clubhaus eingestiegen und hat aus der Lobby einen Barhocker entwendet. Er scheint ihn selbst umgestoßen zu haben.«

»Das passt zu ihm.« Berger betrachtete den Toten von allen Seiten.

»Selbstmord?«, fragte García Vidal verwundert.

»Nein, das mit dem Knöllchen. Ansonsten war das Mord, lieber Comisario.«

»Dreimal dürfen Sie raten, warum ich Sie vom Wasser geholt habe. Aber kommen Sie jetzt bitte nicht mit so ollen Kamellen, dass sich ein Gentleman niemals auf einem Golfplatz erhängen würde. Worauf basiert also Ihr Mordverdacht?«

»Dass Urin auch bei einem Gentleman niemals nach oben fließt, wenn er sich am Halse erhängt, bis der Tod eintritt. Schauen Sie sich doch mal bitte das Hemd und das Jackett des Toten an. Als der Mann sein Allerletztes von sich gab, hat er offensichtlich gelegen.«

Die Gesichtszüge des Comisarios entspannten sich. »Und woran erkennen Sie noch, dass es sich um Mord handeln muss?«

»Ein wirklicher Gentleman würde *never ever* auf die Idee kommen, nach achtzehn Uhr noch braune Schuhe zu tragen, noch nicht einmal tot. Der Mann war also gestern um siebzehn Uhr neunundfünfzig bereits im Jenseits.«

»Das alles deckt sich auch mit meinen Beobachtungen. Aber irgendetwas stimmt am Äußeren des Toten nicht. Ich komme einfach nicht darauf, was es sein könnte.

»Schauen Sie sich bitte das Jackett des Herrn an.«Berger benahm sich jetzt wie ein Oberlehrer. »Ein wahrer Gentleman würde immer, als letzte rituelle Tat seines Lebens, den mittleren Knopf seines Sakkos schließen, bevor er den Sockel, auf dem er steht, umstößt.«

García Vidal verbeugte sich grinsend vor Berger. »Jetzt wäre ich Ihnen noch sehr verbunden, wenn Sie mir sagen würden, wer ihn umgebracht hat und warum.«

Berger zuckte mit den Achseln. »Es war ein Alzheimerkranker, der seine Schuhe stehlen wollte.«

»Aber der Mann hat seine Schuhe noch an«, gab García Vidal irritiert zurück.

»Eben!«

***

Die Spurensicherung war schon lange bei der Arbeit, da stand Berger noch immer nachdenklich vor dem Toten, den man inzwischen zur Leichenschau vom Strick geschnitten hatte.

»Was ist, Residente«, fragte García Vidal ungeduldig, »was wollen sie noch hier? Wir müssten schon längst im Büro der Präsidentin Diamanten polieren.«

Berger schaute wie gebannt auf die Leiche. »Irgendetwas stimmt hier nicht. Da stört mich etwas, und ich weiß noch nicht, was.«

»Wollen Sie mir jetzt etwa erklären, dass es doch Selbstmord war?«

»Keine Angst, mein Lieber, das will ich nicht. Ich glaube, jetzt hab ich's.«

»Lassen Sie mich raten: Der Mann ist gar nicht tot?«

Berger zeigte auf das Strickende am Baum, mit dem der Tote aufgeknüpft wurde. »Nein, aber ich könnte wetten, dass das der gleiche Knoten ist wie bei Jordi.«

»Mein Gott, was sind das nur für Zeiten«, gab García Vidal gespielt entsetzt zurück. »Jetzt müssen sich schon zwei Selbstmörder einen einzigen Knoten teilen.«

Berger überging den Versuch des Comisarios, ihm seinen Scherz auf dessen Kosten heimzuzahlen.

»Sie scheinen sich zumindest ihren Mörder geteilt zu haben, wenn ich recht habe.« Er wandte sich an den Gerichtsmediziner. »Was ist, Dr. Mantero, dürfen wir den Strick schon haben?«

»Meinetwegen, aber lassen Sie ihn in der Tüte, damit wir ihn noch forensisch untersuchen können.«

Kaum eine Stunde später standen sie im gerichtsmedizinischen Institut vor den Fotos der beiden Strickenden. Die Seile waren unterschiedlich, aber die Knoten zweifelsfrei identisch.

»Comisario, Sie haben doch auch einen Bootsführerschein, ist Ihnen schon einmal so ein Knoten begegnet?«

García Vidal zuckte mit den Achseln. »Ich weiß nicht, wenn ein Schiff dranhängt, dann achtet man nicht so darauf.«

Berger setzte sich im Nachbarraum an einen Computer, um etwas über Seemannsknoten im Internet zu finden, doch mit wie vielen er das seltsame Gebinde auch verglich, er wurde einfach nicht fündig.

»Wir haben hier etwas ganz Besonderes, ich sage es Ihnen. Fällt Ihnen noch irgendeine Berufsgruppe ein, bei der Knoten von Relevanz sind?«

»Ja, bei Henkern.«

Berger schaute düpiert. »Also, Herr Kollege, wenn ich einmal ermordet werden sollte, dann haben Sie bitte bessere Laune.«

»Ich werde mich bemühen.«

Doch die Miene des Comisarios wollte sich einfach nicht aufhellen.

»Haben Sie Stress?«, fragte Berger vorsichtig.

García Vidal nickte. »Sí, Señor. Ich habe eben eine SMS aus meinem Büro bekommen. Die argentinische Botschaft macht tierisch Druck, damit Jordis Leiche freigegeben wird.«

»Moment mal, die Toxikologen sind ja noch nicht einmal mit dem Raster-Screening fertig.«

»Genau das ist das Problem. Und so lange wir das nicht haben, bleibt unser Meister schön im Kühlschrank.«

»Aber warum ist denn das so schwer zu kapieren?«

»Weil die Damen und Herren Botschafter noch von einem natürlichen Tod ausgehen, und das ist ja auch gut so.«

»Stimmt ja. Aber was haben die Argentinier überhaupt mit der ganzen Sache zu tun?«

»Jordi war Argentinier. Er ist als Sohn argentinischer Konsulatsangestellter auf Mallorca geboren, hier zur Schule gegangen und hat auch hier und in Barcelona sein Handwerk gelernt, aber seinen Wehrdienst hat er bei der argentinischen Marine abgeleistet.«

»Und was war er da so? Kielschwein, oder schon was Besseres?«

»Er war wohl Leutnant oder Oberleutnant zur See. Nichts Dolles, aber immerhin.«

Berger überlegte. »Comisario, wir sollten unsere Verbindungen zur Marine einmal aktivieren, vielleicht können die uns weiterhelfen. Kennen Sie jemanden bei Ihrer Armada?«

»No, Señor, aber Sie haben doch bei der Wasserschutzpolizei angefangen, vielleicht hilft Ihnen einer Ihrer alten Kollegen weiter.«

Berger schnippte mit den Fingern.

»Die nicht, aber ich kenne jemanden bei der Bundesmarine, der ist heute Ausbilder auf der Gorch Fock. Wenn einer Knoten kennt, dann der.«

***

Nachdem die Präsidentin von García Vidal telefonisch über die neuesten Entwicklungen informiert worden war, schilderte sie der Gräfin und Angela Bischoff die aktuelle Lage. Sie war mit den Nerven am Ende.

»Meine Damen, ich bin kurz davor, alles abzublasen. Wir können doch nicht einfach auf heile Welt machen, während sich die Leute auf der Insel reihenweise erhängen!«

»Ich denke, es handelt sich in beiden Fällen um Mord?«, hakte Angela Bischoff nach.

»Richtig, aber das ist ja inoffiziell. Zu allem Überfluss gibt es auch noch Indizien, die darauf hinweisen, dass die Morde etwas miteinander zu tun haben.«

Die Gräfin zuckte mit den Schultern. »Nachdem man sie ermordet hat, wurden beide Opfer ordentlich weggehängt. Wir suchen also einen oder zwei Mörder, die ihren Arbeitsplatz manierlich hinterlassen. Die dürften doch wohl leicht zu finden sein, oder?«

Die Präsidentin schaute sie besorgt an. »Frau Gräfin, der Umgang mit dem Residente tut Ihnen nicht gut.«

Rosa lächelte sie an. »Aber ihm, Señora Presidente, aber ihm.«

Angela Bischoff brachte die Sache auf den Punkt. »Was würden wir mit einer Absage der Gala erreichen? Die Schlagzeilen wären denkbar schlecht für den Tourismus.«

»Aber was soll ich denn machen? Sagen Sie es mir!«

Rosa zählte die Möglichkeiten auf. »Sagen Sie den Ball ab und es passiert nichts, werden Sie vom Tourismusministerium geteert und gefedert. Sagen Sie den Ball nicht ab und es passiert etwas, werden

Sie von der Presse geteert und gefedert. Sehen Sie es sportlich, Señora, es kümmert sich in jedem Fall jemand um Sie.«

Die Tür ging auf und Mrs Bings kam herein.

»Señora Presidente«, sagte sie förmlich, »ich habe mich abgesprochen mit meiner Zentrale. Ich werde mit kleine Einschränkung zu Ihren Bedingungen an die Veranstaltung mitwirken.«

»Und diese Einschränkung wäre?«

»Bei alles, was die bei uns versicherte Schmuck betrifft, Lloyds of London hat das letzte Wort. Ist das für Sie akzeptabel?«

Señora Delgado Bunyol schaute unsicher zu Frau Bischoff hinüber. Die stimmte mit einem kurzen Nicken zu. Die Präsidentin versicherte sich noch durch einen Blick auf die Gräfin, von der ebenfalls ein Okay kam, und entgegnete: »Also, Mrs Bings, willkommen im Team.«

In diesem Augenblick ertönte unter dem Schreibtisch lautes Protestgequieke.

Die Britin bekam hektische Flecken im Gesicht. »Sie wollen mir doch nicht etwa zumuten, zu arbeiten mit einem Schwein?«

»Es wird sich kaum vermeiden lassen«, sagte die Präsidentin freundlich. »Wenn hier etwas schiefgeht, dann werden wir im Team gegrillt, aber ich verspreche Ihnen, dass Sie und das Schwein nicht auf denselben Spieß kommen. Wäre das für Sie akzeptabel?«

Es war Mrs Bings anzusehen, wie schwer es ihr fiel, sich wieder zu fassen. Angela Bischoff nutzte den Moment, um das Wort zu ergreifen.

»Ich habe noch eine Bitte, Señora Delgado Bunyol. Der Comisario empfahl mir die Zusammenarbeit mit der Polizeikadettin Carmen Lucas. Wäre es möglich, diese junge Dame bis nach dem Ball hierher abzuordnen? So, wie sie mir beschrieben wurde, spricht sie hervorragend Deutsch und Englisch und ist auch sonst gut drauf.«

Die Präsidentin nickte. »Ich kenne sie. Das Mädchen ist wirklich spitze. Sie wird ab morgen hier im Palais zu Ihrer Verwendung Dienst tun, versprochen.« Sie schaute sich in der Runde um und würdigte mit einem leichten Kopfnicken, dass Mrs Bings sich inzwischen ebenfalls gesetzt hatte. »So, meine Damen, weil mir mit Ihnen ein unschlagbares Team zur Verfügung steht, habe ich mich dazu entschlossen, den Ball doch durchzuziehen. Wie stehen die Vorbereitungen?«

Angela Bischoff griff sich einen Stichwortzettel. »Um alle Räumlichkeiten des Palais elektronisch nach den mit Mikrochips gekennzeichneten Schmuckstücken scannen zu können, benötigen wir jede Menge Equipment. Ich habe einen BKA-Kollegen gebeten, mir bei der Formulierung eines geeigneten Kostenvoranschlages zu helfen. Da wir aber kaum Zeit haben werden zu verhandeln, wird das wohl der größte Kostenfaktor in unserem Sicherheitsbudget werden. Der Kollege wäre übrigens auch sofort bereit, nach Palma zu kommen, um alles zu installieren.«

»Und er würde es bis zum Ball wirklich schaffen, alles einzurichten?«, kam die besorgte Nachfrage der Präsidentin.

»Wenn er sofort loslegen könnte, dann ja.«

Señora Delgado Bunyol nickte entschlossen. »Okay, dann soll er sich nicht lange mit Preisvergleichen herumschlagen, sondern den ganzen Krempel einpacken und so schnell wie möglich herkommen. Was gibt es sonst noch?«

Mrs Bings ergriff das Wort. »Lloyds hat aufgetrieben ausreichend Chips und sie mit Express-Kurier geschickt hierher. Sie müssten eintreffen stündlich.« Während ihres Wortbeitrages versuchte sie misstrauisch, das Schwein unter dem Tisch im Blick zu behalten.

»Wunderbar!« Señora Delgado Bunyol war sichtlich zufrieden. »Und was machen Ihre Schäfchen, Gräfin?«

»Dank der tätigen Hilfe Ihres Büros ist es mir gelungen, eine stattliche Anzahl von Bodyguards für diesen Abend zu verpflichten. Sollten einige VIPs also Bedarf haben, dann können sie welche bei uns mieten.«

Angela Bischoff lachte auf: »Habe ich richtig gehört? Mieten?«

»Ja natürlich!« Rosa machte ein trotziges Gesicht. »Wenn wir schon so einen Service bieten, dann können die Damen und Herren ruhig dafür zahlen. Es soll ja schließlich etwas in die Kasse kommen.«

Auch der Präsidentin machte dieser Gedanke sichtlich Spaß. »Was das Programm und die Küche des Abends angeht, ist auch alles im Lot. Der *point of no return* ist hiermit überschritten, meine Damen, egal was jetzt noch geschieht, wir können nicht mehr zurück. Wir müssen die Nummer durchziehen!«

***

Berger legte den Telefonhörer auf. Er hatte etwas Mühe, die gerade erhaltene Information in seinem Gedächtnis abzuspeichern.

»War das Ihr Marinekontakt?«, fragte der Comisario neugierig.

Berger nickte. »Er hat in seinen schlauen Büchern nachgesehen und den Knoten mit dem Foto, das ich ihm gemailt habe, verglichen. Es handelt sich um einen Seemannsknoten, der ausschließlich auf britischen Atom-U-Booten benutzt wird, um Fender an der Klappreling zu befestigen.«

»Gibt es jetzt sogar schon gesetzlich geschützte Knoten?«

Der Residente zuckte mit den Achseln. »Keine Ahnung. Aber ich nehme an, man wird sofort versenkt, wenn man auf diese Art und Weise ein Windfähnchen an seinem Schlauchboot befestigt.«

»Mindestens, aber was sagt uns das?«

»Dass irgendein britischer U-Boot-Fahrer auf unserem schönen Mallorca aufgetaucht ist, um seinen Mitmenschen beim Abtauchen behilflich zu sein.« Berger massierte sich die Stirn, um sich besser konzentrieren zu können. »Nun stellt sich folgende Frage: Haben wir es hier mit einem schusseligen Maat zu tun, der aus Gewohnheit bei beiden Morden denselben Knoten verwendet hat, oder mit einem raffinierten Killer, der uns mit diesem Detail in die Irre führen will?«

»Wenn ja, dann hat er es geschafft«, sagte García Vidal frustriert. »Aber konnte er wirklich damit rechnen, dass jemand auf den Knoten achtet?«

Berger wiegte den Kopf hin und her. »Ich neige dennoch zur Marine-Variante. Ganz so raffiniert kann der Mörder nicht sein, denn dann hätte er mehr auf Details geachtet und sich zum Beispiel auf dem Abschiedsbrief, den er Jordi unterschieben wollte, nicht verschrieben oder zumindest Hinckebys Abgang etwas britischer gestaltet.«

»Vielleicht konnte er das gar nicht wissen, weil er selbst kein Brite ist?«

»Es kann aber auch sein, dass es etwas Persönliches war und er sich mit diesen Details an Hinckeby rächen wollte.«

»Wo ist denn da die Rache, wenn man bei einem Toten das Jackett nicht schließt?«, fragte García Vidal verwundert.

»Sie sind eben ein Spanier, sonst wüssten Sie, dass das für einen echten Gentleman ein grauenhafter Gedanke wäre, derartig zur Schau gestellt zu werden.«

»So kommen wir nicht weiter«, sagte der Comisario genervt. »Egal was ich anführe, Sie haben etwas zu entgegnen.«

»Was soll ich denn machen, wenn es etwas zu entgegnen gibt?«

»Mit mir zusammen und nicht gegen mich Fakten suchen.«

»Na gut, Fakt ist, dass der Mörder in dieser Woche Stuhlgang hatte. Nehmen Sie Proben von allen Klärwerken Mallorcas, und Sie haben mit Sicherheit seine DNS.«

»Okay! Dann fangen Sie schon mal mit dem Einsammeln an!« García Vidal winkte ab. »Lassen Sie uns nach Santanyí fahren und einen Cortado trinken. Hier kann ich einfach nicht denken. Außerdem habe ich langsam Hunger.«

Kurze Zeit später saßen sie in Bergers Dyane.

»Wo haben Sie eigentlich Ihr Auto?«

»Mich hat heute Morgen die Kollegin Bischoff gebracht. Meine Kiste steht noch bei mir zu Hause.«

Beide schwiegen für die nächsten Minuten. Das gleichmäßige Schaukeln des extrem gefederten Kleinwagens ließ sie entspannt in Gedanken versinken. Als sie auf der Avinguda de Gabriel Roca am Hafen vorbeifuhren, stieg Berger plötzlich in die Eisen.

»Mein Gott, was ist denn nun los?«

Berger zeigte mit dem Finger auf einen Rolls-Royce, der dort am Pier stand, wo die Luxusboote zu finden waren. »Ist das nicht die Kutsche von Tante Auguste?«

Mit einem halsbrecherischen Schlenker schaffte er es gerade noch unfallfrei, die Einfahrt zum Jachthafen zu nehmen. Mit quietschenden Reifen kam er vor dem Schlagbaum zu stehen. Die Leute vom Wachdienst machten entsprechend große Augen. Normalerweise fuhren hier keine Autos vor, deren Wert unter hunderttausend Euro lag. Blitzartig, mit einer Hand am Revolvergriff, umringten sie dieses unmögliche Gefährt. Der Comisario hielt seinen Dienstausweis aus dem geöffneten Autodach.

»Geben Sie bitte den Weg frei, wir haben hier zu ermitteln!«

Ein Wachmann schaute sich den Ausweis ganz genau an. Als er ihn zurückgab, sagte er verlegen: »Ich werde Ärger bekommen, wenn ich Sie mit dieser Schüssel hier hereinlasse.«

Der Comisario blieb ganz ruhig und zeigte auf Berger. »Der

Kollege hier aus Deutschland wird Sie den Haien zum Fraß vorwerfen, wenn Sie es nicht tun.«

Der Wachmann schluckte. »Hier im Hafen gibt es keine Haie«, widersprach er vorsichtig.

»Wir werden welche mit Ihren Kollegen anfüttern.«

Der junge Mann fügte sich widerstrebend und gab seinem Kollegen im Wachhäuschen das Zeichen, den Schlagbaum hochfahren zu lassen.

Berger fuhr hinein und parkte genau hinter dem Wagen der Großherzogin. Sie suchten den gesamten Pier ab, aber von der alten Dame und ihrem Butler war weit und breit nichts zu sehen.

»Vielleicht ist sie auf irgendeinem der Schiffe zu Besuch«, mutmaßte García Vidal.

In diesem Moment entdeckte Berger auf einem der Luxuskreuzer Anatol, der ein Tablett auf das hintere Deck jonglierte.

»Was macht denn Anatol da?« Er zeigte dem Comisario, wo er ihn gesehen hatte.

»Ich nehme an, seinen Job.«

»Auf einem fremden Schiff?«

Es war gar nicht so einfach, in dem ganzen Schiffsgewimmel den richtigen Anlegesteg zu finden. Als sie es geschafft hatten, versperrten ihnen zwei Sicherheitsleute den Weg.

»Wohin möchten Sie bitte?«, fragte der eine.

García Vidal zeigte seinen Ausweis. »Ich habe an Deck eines Schiffes jemanden gesehen, den ich kenne, und zu dem möchte ich.«

»Wenn Sie die Person kennen, dann können Sie mir ganz bestimmt ihren Namen sagen«, gab der Mann unbeeindruckt zurück.

»Wir meinen Ihre Königliche Hoheit Großherzogin Auguste von Schleswig-Holstein Gottorf«, warf Berger ein, der bemerkte, dass García Vidal kurz vorm Siedepunkt war.

Einer der Wachleute nickte und sprach etwas Arabisches in sein Funkgerät. Es dauerte gar nicht lange, da kam etwas Arabisches zurück.

»Gehen Sie den Steg entlang, es ist das fünfte Boot auf der linken Seite. Melden Sie sich bitte an der Gangway.«

Berger ging völlig verdattert mit García Vidal an den Wachmännern vorbei. »Was läuft denn hier ab, Comisario? Sie kennen sich doch aus in diesen Kreisen, Sie müssen das doch wissen.«

»Meine Kenntnisse über die Reichen und Schönen dieser Welt habe ich aus den Zeitungen, die im Wartezimmer meines Zahnarztes herumliegen, und ich war lange nicht mehr da.«

Vorsichtig, als könnten sie jederzeit ins Wasser fallen, betraten sie den Steg. Als sie das besagte Boot erreicht hatten, kam ihnen ein weiterer, ebenfalls arabisch anmutender Sicherheitsbeamter auf der Gangway entgegen.

»Würden Sie mir bitte folgen? Ihre Königliche Hoheit erwartet Sie.«

»Wieso umgibt sich das Tantchen plötzlich mit so vielen knackigen Muselmännern?«, flüsterte Berger.

»Keine Ahnung, fragen wir sie selbst.«

Das Gesicht der alten Dame strahlte, als sie sie um die Ecke kommen sah.

»Daran erkennt man den guten Polizisten, dass er den Weg von allein findet.«

Berger schaute sich irritiert um. »Königliche Hoheit, müssen Sie sich gleich eine ganze Galeere mieten, nur weil Anatol mal Wasserski laufen will?«

»Woher sind Sie sich so sicher, dass nicht ich laufe?«

Berger nickte. »Stimmt, bei Ihnen bin ich mir mit gar nichts sicher. Also bitte, was machen Sie hier? War Ihnen die Südspitze Mallorcas doch ein wenig zu klein?«

»Was soll ich da? Jetzt, wo sogar Filou einen Sicherheitsausweis für das Palais hat, interessiert sich zu Hause im wahrsten Sinne des Wortes kein Schwein mehr für mich.«

»Okay, anderen Touristen reicht ein Tretboot, wenn sie mal aufs Wasser möchten. Warum muss es bei Ihnen gleich so ein Riesenpott sein?«

»Weil die angemessenen Suiten in den Hotels bereits ausgebucht sind und ich direkt vor und nach dem Ball nicht so eine weite Anreise haben möchte. Betrachten Sie dieses Gefährt einfach als mein kleines Hausboot.«

»Und wem gehören die netten Bodyguards, die hier so emsig herumwieseln?«

»Diese netten Herren hat mir Prinz Khalil zur Verfügung gestellt, damit ich in der Fremde nicht so allein bin.«

»Ach«, machte Berger erstaunt, »den kennen Sie auch?«

»Wenn ich mich Ihres Vokabulars bedienen darf, dann würde ich sagen: Ein alter Kumpel von mir.«

»Um bei dem Vokabular zu bleiben, Königliche Hoheit, Sie sind nicht zufällig seine ›Schnalle‹?«

»Das, mein lieber Residente«, ertönte hinter ihnen eine Stimme, »wäre nun wirklich zu viel der Ehre!« Berger und der Comisario drehten sich zu Prinz Khalil um, der zur Großherzogin eilte, um ihr die Hand zu küssen. »Aber allein schon die Tatsache, mich zu Ihren Freunden zählen zu dürfen, macht mich zu einem glücklichen Mann.«

Berger konnte es kaum glauben. »Sind das wirklich Ihre Männer?«

»Sí Señor, meine Männer und meine Zweitjacht. Da auf Mallorca in letzter Zeit so viel gemordet wird, möchte ich meine gute Freundin in sicheren Händen wissen. Wenn ich kurz den Chef dieser kleinen Sicherheitseinheit vorstellen dürfte«, sagte er nonchalant und zeigte auf den Mann, der sie von der Gangway hierhergeführt hatte. »Das ist Abdul Ben Shirazi, Oberst des königlichen Geheimdienstes. Er hat, ebenso wie alle anderen Männer dieser Einheit, einen Teil seiner vorzüglichen Ausbildung bei den US-Streitkräften absolviert und darf sich *Navy Seal* nennen.«

»Alle Achtung«, kam es von Berger, »echte Robben für die Großherzogin. Wir hatten dem gräflichen Tantchen lediglich ein abgerichtetes Ferkel zu bieten, das immerhin deutliche Tendenzen zum Kampfschwein aufweist. Was mich aber doch etwas verwundert, Königliche Hoheit, ist, dass Sie von den Morden auf der Insel wissen. Wir bemühten uns, sie als tragische Todesfälle ohne jegliche Fremdeinwirkung an die Öffentlichkeit zu verkaufen.«

»Entschuldigen Sie bitte, Señor Residente«, Prinz Khalil verbeugte sich leicht, »ich vergaß wohl zu erwähnen, dass ich der Chef des königlichen Geheimdienstes bin. Von den Morden zu wissen, ist nichts weiter als mein Job.«

»Ich darf doch wohl annehmen, dass alle Ihre Mitarbeiter Waffenscheine besitzen, die auch für Spanien gültig sind?«, mischte sich García Vidal in die Konversation ein.

»Selbstverständlich, Comisario. Sie glauben doch wohl nicht etwa, dass wir uns außerhalb der Legalität bewegen würden, oder?«

»Und wenn Sie doch etwas zu beanstanden haben, Herr Kommissar«, warf die Großherzogin lächelnd ein, »dann wenden Sie sich doch bitte an unseren alten Freund, den Johann Karl.«

García Vidal sah etwas ratlos drein. »An wen soll ich mich bitte wenden?«

»An Seine Königliche Hoheit Juan Carlos I. de Borbón y Borbón-Dos Sicilias«, antwortete der Prinz lächelnd. »Ich mache Ihnen gern einen Termin, wenn Sie keinen bekommen.«

García Vidal nickte zaghaft, winkte dann aber ab. »Ich denke, das wird nicht nötig sein.«

Die Großherzogin zeigte sich ehrlich erfreut, endlich zum gemütlichen Teil übergehen zu können. »Darf ich den Herren etwas servieren lassen?«

»Ich würde mich über einen Cortado freuen«, kam es vom Residente. Der Comisario nickte nur dazu.

Innerhalb kürzester Zeit standen die beiden perfektesten Cortados vor ihnen, die Berger seit Langem außerhalb einer Bar getrunken hatte.

»Königliche Hoheit«, wandte er sich an die alte Dame.

Die schüttelte tadelnd den Kopf. »Hatten wir uns gestern Abend nicht auf Tante Auguste geeinigt?«

»Entschuldigen Sie bitte. Also, Tante Auguste, warum haben Sie mir nicht erzählt, dass Sie mit Seiner Königlichen Hoheit Prinz …«

»Residente, wenn Sie die Ehre haben, die Rose der Weisheit mit ihrem Vornamen anreden zu dürfen, dann bitte ich Sie in aller Bescheidenheit, auch mich einfach nur Khalil zu nennen.«

Berger schaute ihn irritiert an. »Ich danke Ihnen für Ihr Entgegenkommen«, sagte er schließlich und wandte sich wieder an die Großherzogin: »Tante Herzog, äh, entschuldigen Sie bitte, Königliche Auguste …«

Sie musste lachen. »Jungchen, nun trinken Sie doch erst einmal Ihren Kaffee, und dann versuchen wir es ganz in Ruhe noch einmal.«

Verlegen folgte er ihrer Aufforderung und trank einen großen Schluck. Es ging dann wirklich besser.

»Obwohl Sie nun auf dieser schönen Jacht residieren, Tante Auguste, sehen wir uns doch heute Abend sicher noch auf der Finca, oder?«

»Aber selbstverständlich, ich lasse mir doch die Doraden nicht entgehen, die Tomeu für uns zubereiten will. Die hat er selbst gefangen.«

»Ach«, sagte Berger und trank sein Glas aus, »hat er das?«

6

Sie waren auf der Fahrt nach Santanyí schon weit über Campos hinaus, da fand der Comisario seine Sprache wieder.

»Meine Herren, das war ja vielleicht was. Da kommt man sich wie ein bettelarmer Schuljunge vor.«

Berger nickte. »Und dann schaue ich auf mein Konto und stelle fest, dass ich einer bin.«

»Miguel«, es war das erste Mal seit Langem, dass ihn der Comisario so nannte, »was haben wir nur falsch gemacht?«

»Als der Liebe Gott die Söhne verteilt hat, da haben wir an der falschen Stelle ›hier‹ gebrüllt.« Er zuckte mit den Achseln. »Oder vielleicht auch nicht. Ich habe immerhin einen stets verfügbaren, wenn auch völlig frustrierten Bullen als Freund, der gute Khalil nur einen spanischen König.«

García Vidal musste lächeln, dann aber verdunkelte sich sein Gesicht gleich wieder.

»Apropos Khalil, was meinen Sie, Residente, woher wusste der Prinz von den Morden?«

»Das habe ich mich auch gefragt. Er mag ja einer von den Guten sein, aber wenn er das weiß, dann wissen es wahrscheinlich auch die Bösen, und das stinkt mir.«

»Wir sollten Dr. Mantero eine SMS schicken, dass er die Protokolle der Leichenschauen in Zukunft nicht mehr auf dem PC des Instituts abspeichern soll. Der ist ans Intranet angeschlossen. Ich kann mir keine andere Schwachstelle vorstellen. Der kann ja schließlich auch sein Notebook dafür nehmen.«

Während García Vidal auf seinem Handy herumtippte, kurvte Berger durch die vielen Kreisverkehre der Umgehungsstraße von Santanyí.

Plötzlich bremste er abrupt. Dem Comisario wäre beinahe das Handy aus der Hand gerutscht.

»Wir müssen noch mal in Meister Jordis Wohnung.«

»Warum das denn?«

»An der Pinnwand mit den ganzen Schmuckfotos hing auch ein uralter Zeitungsausschnitt mit einem abgebildeten Kriegsschiff. Dabei handelte es sich, wenn ich mich recht erinnere, um die ›General Belgrano‹.«

»Na und? Was hat das mit unseren Fällen zu tun?«

»Meister Jordi war Argentinier und Geoffrey Hinckeby Brite.«

»Und was ist daran verboten?«

»Aber, Comisario, zieht da nichts an Ihrem geistigen Auge vorbei?«

»Nein.«

»Auch nichts beim Stichwort Falklandkrieg?«

»Nein, verdammt noch mal!«

»Vielleicht haben beide während dieser Zeit gedient und kennen sich durch irgendwelche Umstände.«

Berger wendete und fuhr wieder Richtung Palma.

»Was hoffen Sie, in der Wohnung zu finden?«

»Einen Hinweis auf eine Verbindung zu Hinckeby.«

»Und dann?«

»In der Wohnung des Briten einen Hinweis auf Jordi. Wann dürfen wir da rein?«

»Die Wohnung ist im Konsulat, und das ist exterritoriales Gebiet. Wir benötigen für die Durchsuchung eine Genehmigung der britischen Botschaft. Ich habe das bereits angeleiert, aber das dauert.«

»Gibt es denn da gar keine Beschleunigungsmöglichkeit?«

»Nur wenn es gilt, Menschenleben zu retten, und dieses Vorhaben scheint mir im Falle Hinckebys ein wenig verspätet.«

»So ein Mist«, fluchte Berger, »wir müssen da möglichst heute noch rein. Ich hab's im Urin, dass wir da etwas Interessantes finden werden.«

»*Adios, cortado!*«, murmelte García Vidal und drückte resignierend auf seinem Handy herum.

***

Auf Mallorca herrschte Siesta. Eine Zeit, in der selbst so eine Großstadt wie Palma den Atem anzuhalten scheint. Gräfin Rosa und Angela Bischoff beschlossen, diese Stunden der Ruhe gemeinsam in einer schattigen Tapasbar zu genießen. Filou hatte es sich zur Gewohnheit gemacht, in ihm unbekannten Restaurants sofort unter dem Tisch neben den Füßen seines Frauchens zu verschwinden, ohne vorher eine Ehrenrunde durchs ganze Lokal zu drehen.

Frau Bischoff musste lachen. »Wie haben Sie es dem Schwein nur beigebracht, sich wie ein Hund zu verhalten?«

»Ich habe ihm überhaupt nichts beigebracht. Wenn hier jemand wen erzieht, dann Filou mich, fürchte ich.«

Sie bestellten sich zwei Café con leche. Während sie warteten, wechselte Rosa das Thema.

»Darf ich eine indiskrete Frage stellen?«

»Gern«, erwiderte Angela Bischoff schmunzelnd, »ich liebe indiskrete Fragen.«

»Läuft zwischen Ihnen und dem Comisario etwas?«

Angela Bischoff zuckte verlegen mit den Achseln. »Wenn ich ganz ehrlich bin, weiß ich es selbst nicht so genau. Sympathisch ist er mir, aber da scheint es eine Frau und Kinder zu geben.«

Rosa grinste verschlagen. »Was zahlen Sie für Verrat?«

»Den üblichen Preis, dreißig Silberlinge.«

»Kann man bei dem Kurs widerstehen?« Der Kaffee kam, und Rosa rührte Zucker hinein, während sie weitersprach. »Es ist bei unserm lieben Cristobal eigentlich ganz einfach, aber gleichzeitig sehr kompliziert. Fakt ist: Er ist unverheiratet, lebt aber mit seiner Schwester und zwei Kindern unter einem Dach.«

Angela Bischoff schaute skeptisch. »Die Kinder singen doch hoffentlich nicht das berühmte Countrylied des mittleren Westens, ›My Father Is My Uncle‹?«

Die Gräfin winkte lachend ab. »Absolut nicht. Es sind die Kinder seines Schwagers, der ebenfalls Polizist war und während eines Einsatzes bei einem Verkehrsunfall ums Leben kam. Er war zum Zeitpunkt seines Todes relativ jung, und dementsprechend kläglich ist die Witwenrente. Der gute Cristobal nahm seine Schwester zu sich, und Maria führt nun das Regiment im Hause García Vidal. Mit dem Ergebnis, dass sie alles wegbeißt, was sich ihrem Bruder mit ernsten Absichten nähert. Nach dem Motto: ›Es kann nur eine geben‹, denn im Falle einer Hochzeit würde sie ja das Haus verlassen müssen.«

»Demnach sind Frauen im Bett okay, aber auf keinen Fall im Haus, richtig?«

»Genau. Hier auf Mallorca ist es Sitte, dass die Frau über all das, was das Haus betrifft, das Sagen hat. Auch außerhalb zählt ihre

Stimme mehr als im Rest des Landes, aber das ist in diesem Falle unwichtig. Die Rollenverteilung funktioniert aber nur so lange, wie es *eine* Hausfrau gibt. Eine Doppelspitze passt da nicht.«

Angela Bischoff runzelte nachdenklich die Stirn. »War das jetzt ein ›Hände weg, du verbrennst sie dir nur‹?«

»Nein, das war ein ›So ist es, und nun machen Sie was draus‹«, sagte die Gräfin mit einem Augenzwinkern. »Übrigens«, fügte sie hinzu, »darf ich Sie Angela nennen? Auf das ›Frau Hauptkommissarin‹ muss ich mich so konzentrieren.«

»Gern, Frau Gräfin, das ist doch selbstverständlich.«

»Wenn schon, dann auch Rosa für Sie.« Sie lehnte sich zufrieden in ihrem Stuhl zurück. »Mein Gott. Bin ich froh, dass Mrs Bings keine Zeit hatte, uns Gesellschaft zu leisten. Ich kann mir nicht helfen, aber irgendetwas ist an der komisch. Ich mag sie nicht.«

»Und woran machen Sie das fest?«

»Ich weiß es nicht. Filou kann sie nicht ausstehen, und der hat sich bisher noch nie geirrt.«

»Dann sollten wir diese Information immer auf unseren Schirmen haben«, erwiderte Angela Bischoff ernst. »Tiere haben für derartige Dinge oftmals erstaunliche Antennen.«

***

Sie hatten für den Rückweg nach Palma nur eine halbe Stunde benötigt. Berger parkte den Wagen direkt vor Meister Jordis Haustür. Das Polizeisiegel an der Tür war schnell gebrochen, und Berger stürmte ungeduldig hinein.

»Da, sehen Sie«, rief er und klopfte mit den Fingern auf den Zeitungsartikel an der Wand. »Ich hatte recht, auf dem Foto ist die ›General Belgrano‹ abgebildet. Dieser Pott wurde von den Briten versenkt. Hunderte von Seeleuten gingen damals mit unter.«

»Okay, Sie hatten recht, aber was sagt uns das?«

»Wer an so exponierter Stelle einen Artikel aufhängt, der verbindet damit etwas Persönliches, da bin ich mir sicher.«

»Selbst wenn, der Krieg um die Malvinas liegt fünfundzwanzig Jahre zurück. Meister Jordi war bei seinem Tod achtundsechzig Jahre alt, damals war er also dreiundvierzig. Wer wird denn mit dreiundvierzig noch gezogen?«

Berger überlegte. »Spezialisten vielleicht!«

»Ich bitte Sie, Miguel, was soll denn ein Juwelier an Bord eines Kriegsschiffes? Haben die vielleicht mit Brillis geschossen?«

»Woher soll ich das wissen? Lassen Sie uns noch einmal alle Schübe und Schränke durchstöbern.«

»Aber das haben wir schon gemacht!«

»Ja, aber da wussten wir noch nicht, wonach wir suchen sollen. Jetzt wissen wir es.«

García Vidal setzte sich bockig auf einen Hocker in der Werkstatt. »Ich habe heute noch nichts gegessen, ich streike!«

»Wenn Sie schon hier herumsitzen, dann versuchen Sie wenigstens, Prinz Khalil ans Telefon zu bekommen. Vielleicht kann der mit seinen ganzen Geheimdienstverbindungen herausbekommen, was unser Meister auf der ›General Belgrano‹ gemacht hat.«

»Okay, wenn der Prinz aber herausbekommt, dass Jordi nichts mit diesem Kriegsschiff zu tun hatte, dann geben Sie Ruhe?«

»Ich verspreche es, aber erst dann.«

Während der Comisario telefonierte, begann Berger mit seiner systematischen Suche.

Es gab keine Kiste, keinen Schrank, keine Kommode und keine Schublade, die er nicht durchwühlte und umdrehte, doch er fand nicht den kleinsten Hinweis auf Meister Jordis Beteiligung am Falklandkrieg. Offensichtlich hingegen war dessen Liebe zu allem, was mit Elektronik zu tun hatte. Darüber waren diverse Bücher und Fachzeitschriften zu finden, allerdings deutete nichts darauf hin, dass er selbst irgendwelche elektronischen Basteleien angefertigt hätte.

»Menschenskinder«, schimpfte Berger, »wenn ich mich an meinen Vater und seine Kameraden erinnere, dann waren der Krieg und die Armee ein ganz wichtiger Bestandteil ihres Lebens. Sie hatten Fotos, Ausweise, Uniformteile und Offizierdolche. Manche besaßen sogar noch alte Pistolen, und sie sprachen andauernd davon. Je älter sie wurden, desto mehr. Warum finden wir hier nichts?«

»Sie wollen doch wohl nicht den Falklandkrieg mit dem Zweiten Weltkrieg vergleichen, oder doch?«

»Blödsinn. Das Grauen, das die Soldaten aller Kriege, egal welchen Landes, durchmachen mussten, ist mit nichts zu vergleichen.

Das schließt Falkland ein. Was diesen Krieg aber hervorhebt, ist die Tatsache, dass trotz seiner relativ kurzen Dauer ernorm viele Veteranen beider Seiten extrem traumatisiert wurden. Wir beiden Provinzbullen können uns das noch nicht einmal ansatzweise vorstellen, was da abgegangen sein muss.« Er setzte sich seufzend auf einen der Arbeitshocker. »Was meinen Sie, wann ist der Richter mit der Durchsuchungsverfügung der Bankschließfächer so weit?«

»Wenn es berechtigt ist, dauert die Verfügung nicht lang. Wenn wir Glück haben, noch heute Nachmittag.«

In diesem Augenblick klingelte das Handy des Comisarios. Er klappte es auf und horchte angespannt.

»Na wunderbar, dann werden wir gleich kommen. Bitte halten Sie einen möglichst vollständigen Lebenslauf von Señor Hinckeby für uns bereit.«

Triumphierend klappte er sein Telefon wieder zu. »Das war der Rückruf vom Konsulat. Wir können sofort kommen, wenn wir wollen.«

Berger klopfte ihm zufrieden auf die Schulter. »Das mit dem Lebenslauf war eine wunderbare Idee. Was treibt Sie zu diesen Höchstleistungen?«

García Vidal winkte ab.

»Der Hunger, Residente, nichts weiter als bohrender Hunger.«

***

Inzwischen hatte sich auch die Präsidentin zu den beiden Frauen in der Tapasbar gesellt.

»Also, meine Damen, wie weit sind die Sicherheitsvorkehrungen gediehen?«

Frau Bischoff nahm sich für den Rapport wieder ihre Kladde zu Hilfe.

»Es sind alle Hotels darüber informiert, dass unsere Zielgruppe den Schmuck, der am Abend getragen werden soll, registrieren lassen muss. An den jeweiligen Rezeptionen werden die Ballteilnehmer explizit auf diesen Umstand hingewiesen. Betroffen sind alle Besitzer von Schmuckstücken im Wert von über zweihunderttausend Euro, das ist von Mrs Bings so mit Lloyds vereinbart worden. Die Registrierung wird allein von ihr und ihren Mitarbeitern vorgenommen, damit haben wir gar nichts am Hut. Dabei werden auch die Mikrochips am jeweiligen Verschluss der Schmuckstücke angebracht werden, und zwar so, dass sie nicht einfach abgemacht werden können.«

Die Präsidentin verdrehte die Augen. »Ich bin nur froh, dass wir die Aktion mit der Kennzeichnung der Schmuckstücke aus dem Kreuz haben. Aber wie werden wir die stolzen Schmuckeigner überwachen, wenn sie mit ihren verwanzten Brillis durch die Hallen wandeln?«

»In jedem Raum sind jeweils drei Sensoren, die die einzelnen Signale genau orten können. Diese Impulse werden vom Zentralrechner aufgezeichnet und so gespeichert, dass wir jederzeit und auch noch lange nach dem Ball genau sagen können, in welchem Raum und zu welcher Zeit das Schmuckstück getragen wurde. Wir können sogar den Stuhl bestimmen, auf dem die Trägerin gesessen hat. Zusätzlich zeichnen Kameras jeden Winkel der Örtlichkeiten auf. Diese Daten können sogar miteinander verknüpft werden. Weiterhin wären wir bei Bedarf in der Lage, die Mikrochips auf der ganzen Insel zu orten.«

Die Präsidentin verzog anerkennend das Gesicht. »Weiß Ihr Innenminister eigentlich, was er in der Heimat an Ihnen verloren hat?«

»Ich hoffe nicht, Señora. Ich will nämlich noch ein wenig hierbleiben.«

»Was mich auch interessieren würde: Wer weiß von diesem Sicherheitspaket?«

»Die Herrschaften, die die einzelnen Module montieren, wissen jeweils nur von ihren Teilbereichen. Dass die einzelnen Komponenten miteinander vernetzt sind, das wissen nur wir, Lloyds of London und mein Operator, den ich mir extra für diese Arbeit vom BKA ausgeborgt habe.«

Angela Bischoff schob ihre Notizen zur Seite, und die Gräfin übernahm.

»Tja, in meinem Bereich läuft bisher auch alles glatt. Die einzelnen Sicherheitsunternehmen sind gebrieft. Wir haben uns auf ein Operationsnetz einigen können, sodass wir in der Zentrale jederzeit auch mit den persönlichen Bodyguards in Verbindung treten können, und die mit uns. Auf diese Art und Weise haben wir ein Sicherheitsnetz von über einhundert Einheiten zur Verfügung. Die kennen sich auch alle untereinander und sind so professionell, dass es wohl kaum zu Reibereien kommen wird.« Sie sortierte ihre Unterlagen vor sich. »Was noch ein wenig Probleme bereitet, ist die Erfassung der persönlichen Daten des an dem Abend beteiligten Personals. Die Polizei hätte am liebsten auch von allen die Fingerabdrücke. In diesem Bereich rechne ich fest auf die Mitarbeit von Carmen Lucas. Ich hoffe, mit der Freistellung geht alles klar?«

Die Präsidentin nickte bestätigend. »Gut, dann kommen wir nun zu meinem Programmbereich. Die Künstler sind informiert, das Orchester steht, der Probenplan der Künstler, Redner und Moderatoren ist erstellt, die einzelnen Betreuer sind bestimmt, die Dekoration ist unter Dach und Fach, der Blumenschmuck ist genauestens organisiert. Mit der Küche ist auch alles geklärt. Wenn wir es jetzt noch schaffen, das Programm auf die Minute genau zu fahren, dass dem Maitre de Cuisine nicht das Soufflé zusammenfällt, dann ist alles im grünen Bereich.«

»Und was ist mit den Stars, mit den Schirmherren und mit den restlichen Promis?«, wollte Rosa wissen.

»Die zicken nicht mehr herum als normal. Ein bisschen sehr anstrengend ist die Kurie von seiner Heiligkeit dem Dalai Lama. Er selbst ist ein absolut pflegeleichter Sonnenschein, mit dem ich gern mal einen Trinken gehen würde, aber die Truppe um ihn herum geht einem gewaltig auf den Keks. Die haben doch glatt verlangt, dass wir im Programm eine halbe Stunde Pause machen sollen, damit seine Heiligkeit beten kann. Er würde nur ungern etwas von dem Programm versäumen.«

»Und was haben Sie darauf gesagt?«, fragte die Gräfin lachend.

»Dass ihr Chef schon heilig genug wäre, der müsse nicht noch extra beten.«

»Und was war deren Antwort?«

»Er selbst fand das auch, aber seine Truppe ist beinahe in Ohnmacht gefallen.«

Frau Bischoff tippte auf ihre Kladde. »Wann sind die Proben gelaufen und der Saal fertig? Die Spürhunde brauchen eine gute Stunde, um den Saal nach Sprengstoff abzusuchen. Dabei darf aber niemand drin sein.«

»So genau kann ich das noch nicht sagen. Ich nehme aber an, dass wir das alles bis achtzehn Uhr geschafft haben müssten.«

Señora Delgado Bunyol schaute in die Runde: »Tja, meine Damen, ich denke, wir haben es. Ich hoffe, wir sehen auch nach der Veranstaltung noch so fröhlich aus.«

***

Obwohl es sich bei der Wohnung Geoffrey Hinckebys eindeutig um eine Junggesellenwohnung handelte, war darin alles pedantisch in Reih und Glied angeordnet.

»Da hätten wir doch schon einmal die erste Parallele«, murmelte der Residente zufrieden. Als er kurz darauf auch noch ein Fotoalbum entdeckte und darin prompt fündig wurde, war für ihn die Welt wieder in Ordnung. »Na bitte, unser Freund war ebenfalls bei der Marine. Hier ist ein Bild von ihm, vor einem Rettungsring der ›HMS Invincible‹.«

»HMS?«, wunderte der Comisario sich.

»›Her Majesty Ship‹, so heißt es bei den Briten.«

Der Comisario kam interessiert näher. »Und um was für ein Schiff handelt es sich dabei genau?«

»Soweit ich weiß, um einen Flugzeugträger.«

»Ach, unser Freund war Pilot?«

Berger hatte inzwischen weitergeblättert. »Ich denke eher nicht. Hier sind Bilder, auf denen er stolz neben einem Porridgepott steht«, sagte er ein wenig enttäuscht.

»Jetzt wird mir alles klar.« García Vidal grinste breit. »Hinckeby und Meister Jordi haben geheime Rezepte getauscht, die argentinische Armee hat sich daran vergiftet, und der Krieg war verloren. Jordis Mörder sind also unter südamerikanischen Nationalisten zu suchen.«

»Und der arme Hinckeby, der das untergeschobene Rezept nachgekocht hat, musste als Vaterlandsverräter ebenfalls dran glauben«, vervollständigte Berger die These.

In diesem Augenblick reichte eine Konsulatsangestellte mit Tränen in den Augen das vom Comisario angeforderte Dossier über Hinckeby herein.

Berger schaute ihr irritiert nach. »Warum heult die denn?«

»Ich nehme an, sie trauert um den Verblichenen.«

Er schlug das Dossier auf und überflog den Lebenslauf des Toten.

»Schau mal einer an. Der gute Geoffrey war tatsächlich in der Kombüse des Flugzeugträgers ›HMS Invincible‹ beschäftigt. Vom Richtschützen einer Gulaschkanone hat er sich innerhalb von nur vier Jahren zum *Petty Officer* hochgearbeitet. Beim Wachdienst seiner Majestät diplomatischem Chor hat er seine Sporen verdient, woraufhin er zunächst in Gibraltar, danach in der Botschaft in Madrid und seit acht Jahren hier auf Mallorca als Botschaftsuntersekretär seinen Dienst tat. Mannomann! Ein Stück Seife hat Spannenderes von seinem kurzen Leben zu berichten.«

Der Comisario sagte ungehalten: »Ich warte noch immer auf die aussagekräftigen Gemeinsamkeiten und zähle jede Minute bis zu meinem wohlverdienten Essen.«

»Okay, dann geben Sie mir noch eine halbe Stunde, die wir aber nicht ungenutzt verstreichen lassen sollten. Bitte schauen Sie einmal nach, ob Hinckebys Festplatte genauso proper und ordentlich ist wie seine Wohnung. Ich kümmere mich so lange um sein Schlafzimmer. Vielleicht werden wir dort fündig.«

»Ich weiß bloß leider noch immer nicht genau, wonach wir suchen.«

»Ich auch nicht, aber ich nehme an, dass wir mit seiner Marinezeit eine für uns interessante Epoche angekratzt haben.«

Während der Comisario den Computer hochfuhr, begann Berger mit dem Durchsuchen der Schlafzimmermöbel, und was er da fand, steigerte nicht unbedingt seine Sympathie für diesen fleißigen Sekretär. All das Schmuddelzeug, das in seinen Kisten und Schubladen lag, ließ nämlich keinen eindeutigen Schluss zu, welche menschliche Körperöffnung er favorisierte, um seine makabren sexuellen Lüste zu befriedigen. Angewidert verließ Berger das Schlafzimmer.

»Pfui Teufel, nach dem, was da alles in den Schränken lag, habe ich absolut keine Lust, auch noch das Bad zu durchsuchen.«

»Dreckiger als auf seiner Festplatte kann es da gar nicht sein. Der Kerl war nicht nur pädophil, sondern auch noch so eine Art sado-maso-multisexuell. Um hier einmal richtig sauber zu machen, braucht der Programmierer eine Gummischürze.«

»Wer hätte das gedacht, dabei hing er so brav an seinem Ast, als könne er kein Wässerchen trüben.

»Aber was hat das alles mit Meister Jordi zu tun?«, fragte García Vidal. »Er mag ein argentinischer Seemann gewesen sein, der hin und wieder auch mal ein krummes Geschäft gemacht hat, aber mit Hinckebys Sexversessenheit hatte er doch nichts zu tun.«

»Das mag ihn in memoriam ehren, aber das hilft uns nicht weiter. Wir tappen noch immer völlig im Dunkeln, warum die beiden Männer tot sind.«

»Dann lassen Sie uns bitte, bitte endlich in der Bar bei einem Bocadillo und einem schönen Cortado weitertappen, sonst beiß ich Ihnen vor Hunger ins Bein.«

Der Tag war anstrengend gewesen. Dementsprechend müde saßen Berger und der Comisario kurze Zeit später an ihrem Stammtisch in der Bar Sa Seu. Obwohl sich die Ventilatoren an der Schankraumdecke auf höchster Stufe drehten, schien die Hitze im Raum zu stehen. Der heiße Cortado in den Gläsern war nur ein wenig kühler als der Straßenasphalt, vor dem sie sich in die Bar geflüchtet hatten.

Sie hatten ihren heiß ersehnten Kaffee gerade getrunken, da kamen Angela Bischoff und die Gräfin mindestens ebenso erledigt aus Palma zurück.

»Na, Sie kommen gerade rechtzeitig, damit der gute Comisario nicht alles doppelt erzählen muss, was ihm sein Handy auf der Fahrt hierher geflüstert hat.«

Die Damen setzten sich, während Berger der Frau des Wirtes winkte und einen neuen Cortado orderte. Dann begann García Vidal mit dem Resümee seiner Telefonate.

»Also, es gibt wieder etwas Neues aus der Gerichtsmedizin. Hinckeby hatte eine gewaltige Dosis Flunitrazepam intus.«

Für die Gräfin war das Kauderwelsch. »Was ist das denn?«

»Dieses Seditativum ist in einschlägigen Kreisen auch unter K.-o.-Tropfen bekannt.«

»Und was ist das?«

»Haben Sie Verständnis, Comisario«, ging Berger dazwischen, »in Adelskreisen pflegt man die Damen wehrlos zu quatschen, bevor man Ihnen die Unschuld raubt.«

Rosa winkte ab. »Okay, das hätten Sie auch gleich sagen können, dass es sich wieder darum dreht.«

Berger grinste. »Dann warten Sie mal ab, bis wir Ihnen von des Konsuls Spielzeugkiste erzählen.«

»Darf ich bitte fortfahren?«, unterbrach der Comisario ihr Geplänkel.

Sie nickten.

»Also, Hinckeby war mit diesem Zeug im Blut absolut willenlos, wenn nicht sogar bewusstlos, als er aufgeknüpft wurde. Es war also mit Sicherheit Mord, wie Señor Berger es leider schon prognostiziert hatte. Außerdem glaubt er, dass …«

»Moment«, ging Berger dazwischen, »ich glaube nicht, ich spüre. Das ist ein Unterschied.«

»Okay, er spürt also, dass zwischen den Morden ein Zusammenhang besteht. Fakt ist nämlich, dass beide Leichen mit ein und demselben äußerst seltenen Knoten, der traditionell nur bei britischen Atom-U-Booten verwendet wird, aufgeknüpft wurden.« Er schaute fragend in die Runde, es kam aber nichts. »Eine Verbindung zwischen den beiden Opfern könnte die Tatsache sein, dass beide, also Hinckeby auf britischer und Jordi als argentinischer Staatsbürger auf der südamerikanischen Seite, am Falklandkrieg teilgenommen haben. Freund Hinckeby war in der Küche eines Flugzeugträgers beschäftigt, während Jordi auf der ›General Belgrano‹ seinen Dienst tat.«

»Als was er dort an Bord war, wissen wir noch nicht«, unterbrach ihn Berger erneut.

»Das wissen wir doch. Die Recherchen von Prinz Khalil haben nämlich ergeben, dass Meister Jordi beim militärischen Abschirmdienst der Argentinier eine Kapazität in puncto Mikro-Übertragungstechnik war. Der Kreuzer, auf dem er arbeitete, war eigentlich ein riesiger Horchposten, der alles aufzeichnen und analysieren konnte, was die Briten auf elektronischem und vielleicht sogar auch auf mündlichem Wege kommunizierten.«

Berger zog die Augenbrauen hoch. »Jetzt wird mir auch klar, warum der Pott versenkt werden musste, obwohl er weit außerhalb von der von den Briten beanspruchten Zone rund um die Malvinas herumgeschippert ist.«

»Dreihundertdreiundzwanzig Seeleute starben bei dieser Katastrophe, achthundertfünfzehn weitere konnten von den umliegenden Schiffen gerettet werden. Wie die Briten das gemacht haben, weiß kein Mensch, aber sie haben es geschafft, den ›Kopf‹ dieses elektronischen Horchpostens, also unseren Meister Jordi, mit einem Atom-U-Boot aus der Meute der im Eiswasser zappelnden Menschen zu bergen, aber nur ihn, wohlgemerkt. Pikanterweise hatte dieses Atom-U-Boot, die ›HMS Conqueror‹, die ›General Belgrano‹ vorher versenkt.«

Frau Bischoff hatte interessiert zugehört. »Und was verbindet nun Hinckeby und Meister Jordi? Man hat ihn aus dem eiskalten Wasser herausgefischt, okay, aber wurde er danach in Hinckebys Suppentopf wieder aufgetaut?«

»Wohl kaum, denn sein Flugzeugträger war zu der Zeit Hunderte von Seemeilen entfernt.«

Frau Bischoff zuckte mit den Achseln. »Dann sollten wir nach anderen Gemeinsamkeiten suchen. Was ist denn mit dieser Spielkiste, die sie erwähnten?«

Berger ächzte angewidert. »Da war ausreichend Zeug drin, um wirklich alle sexuellen Gelüste zu befriedigen, die man sich vorstellen kann.«

»Vielleicht haben wir den Mörder der beiden in dieser Ecke zu suchen?«

Berger wurde unruhig. »Moment mal, Comisario, haben Sie nicht eben etwas von einem Atom-U-Boot erzählt?«

»Sí, das habe ich. Meister Jordi wurde von so einem Ding aus der See gefischt.«

»Und was wird eigentlich nur auf britischen Atom-U-Booten verwendet?«

Angela Bischoff fasste sich an die Stirn. »Mein Gott, der Knoten!«

García Vidal sah sie ratlos an. »Was für ein Knoten?«

»Der Knoten, mit dem die beiden Opfer aufgeknüpft wurden!«

García Vidal fasste sich ebenfalls an den Kopf. »Mein Gott, der Knoten. Wie konnte ich den nur vergessen.« Er stutzte. »Aber bringt uns das wirklich entscheidend weiter? Nein! Es muss noch mehr Gemeinsamkeiten zwischen den beiden geben.«

»Und das bedeutet«, rief Berger, ganz in seinem Element, »dass wir an Jordis Bankschließfach müssen, den Beschluss haben Sie ja, oder?«

García Vidal nickte. »Ja, der wurde mir gesimst und liegt den Banken als Fax vor.«

»Na also, Compadre, *vamos*«, Berger erhob sich.

»Und was ist mit Tomeus Doraden?«, fragte die Gräfin enttäuscht.

»Bitten Sie doch Frau Bischoff zum Essen.«

»Aber was machen wir mit den Resten?«

Berger grinste sie an. »Es gibt keine. Deutsche Beamte futtern gewöhnlich für zwei.«

***

Der restliche Abend verlief für García Vidal und Berger nur wenig aufregend. Es dauerte eine ganze Weile, bis sie den Bankdirektor zu Hause herausgeklingelt hatten, und das, was sie in den Schließfächern gefunden hatten, war leider alles andere als spektakulär. Es waren jede Menge größere und kleinere Diamanten da, von denen aber kein Mensch wusste, ob sie nun von der Natur oder von Menschenhand geschaffen worden waren. Es fanden sich auch ein Teil der Kundenkartei und einige Geschäftsbücher, aber die Unterlagen konnten auf keinen Fall komplett sein, denn das, was Meister Jordi dort aufgerechnet hatte, erklärte nicht annähernd, warum seine Konten so gut gefüllt waren. Das ergab sich aus den Kontoauszügen, die sie ebenfalls fanden.

Auf der Heimfahrt nach Santanyí gab sich García Vidal äußerst wortkarg.

»Was ist, Comisario, sind Sie sauer?«

»Frustriert und sauer. Ich darf gar nicht an das schöne Abendessen denken, das wir verpasst haben, nur weil ich auf Sie gehört habe.«

Berger versuchte, sich zu verteidigen. »Wären wir nicht noch einmal nach Palma gefahren, dann hätten uns die Konten den ganzen Abend im Kopf herumgespukt.«

»Aber wir hätten gut gegessen.«

»Und hätte es uns geschmeckt?«

»Nein, natürlich nicht. Aber satt wären wir gewesen.«

***

Am nächsten Morgen, auf dem Weg zur gräflichen Finca, hielt Berger kurz am Zeitungsladen an, um sich seine »Ultima Hora« zu kaufen. Als er die Bildzeitung sah, glaubte er, seinen Augen nicht zu trauen: »Großherzogin öffnet ihr Schmuckkästchen« stand da in dicken Lettern zu lesen. Er kaufte sich ein Exemplar und setzte seinen Weg wutschnaubend fort.

Eine große Staubwolke hinter sich herziehend, kam er schlitternd auf dem Kiesplatz vor der Finca zum Stehen. Er wartete gar nicht, bis Tomeu oder Anatol ihm geöffnet hatte, sondern stürmte gleich um das Haus herum auf die Terrasse und knallte die Zeitung auf den Frühstückstisch.

»Kann mir mal jemand erklären, was das hier ist?«

Die Gräfin las die Schlagzeile mit sichtbarem Entsetzen.

Tante Auguste hingegen löffelte seelenruhig ihr Frühstücksei. »Eine Zeitung, mein Junge. Keine besonders schöne, aber eine richtige Zeitung mit Millionen von Lesern.«

»Und was ist der Nachteil von so einer Zeitung mit so vielen Lesern?«

Sie lächelte ihn freundlich an. »Ich kann Ihnen nur sagen, was der Vorteil ist, nämlich der, dass jetzt sehr viele Leute wissen, was die ›Träne der Romanows‹ ist und wer sie besitzt. Aber warum sind Sie denn so aus der Fassung?«

»Das kann ich Ihnen sagen, liebes Tantchen, weil wir nicht mehr wissen, wohin mit der ganzen Arbeit, und nun auch noch auf Sie aufpassen müssen. Wie stellen Sie sich das vor, eine Präsentation des Steines für die Presse? Wissen Sie eigentlich, was für ein Sicherheitsrisiko das ist! Da werden zig Journalisten auf Sie einstürmen, wer soll denn da auf Sie aufpassen?«

»Ich wusste gar nicht, dass Ihnen der Stein so wichtig ist?«

»Es geht mir dabei um Sie, Königliche Hoheit, der Brilli ist mir völlig schnuppe.«

»War das etwa eine verspätete Liebeserklärung an den deutschen Hochadel?«

»Nein, aber die Wandgräber für Aristokraten werden hier langsam knapp. Und wenn Sie wirklich neben Graf Ernst landen sollten, Gnädigste, dann machen Sie sich bitte keine Hoffnungen auf Unterhaltung. Der war schon zu Lebzeiten ein Langweiler.«

»Moment mal«, beschwerte sich die Gräfin, »Sie sprechen von

meinem verstorbenen Mann, da erbitte ich mir doch etwas mehr Respekt.«

Tante Auguste pulte völlig ungerührt weiter an ihrem Ei herum und sagte bestimmt: »Schätzchen, wenn er recht hat, hat er recht. Ernst war weiß Gott kein Entertainer.«

Die Gräfin brachte noch ein »Aber« heraus, doch mehr wurde ihr von der alten Dame nicht gestattet. Sie lächelte sie nur liebevoll an, und Rosa sackte in sich zusammen.

Bergers Sorge um die alte Dame war unvermindert.

»Was machen wir nun?«

»Ich esse, wenn es recht ist, mein Ei auf«, entgegnete Tante Auguste ganz selbstverständlich, »dann werden Anatol und ich auf mein Schiff umziehen.«

»Und wer soll dort auf Sie aufpassen?«

»Prinz Khalils Ahaggaren natürlich.«

»Wer ist denn das nun wieder?«

»Die Ahaggaren sind ein ausgesprochen tapferer und kriegerischer Stamm der Tuareg, der traditionell für die Sicherheit dieses arabischen Königshauses sorgt. Daher auch die exzellente Ausbildung in den USA. Die werden doch wohl auch auf so einen alten Knochen, wie ich einer bin, aufpassen können, oder?«

Berger nickte. »Das ist auch gut so, denn unsere Kapazität ist am Limit, wir können wirklich niemanden mehr zusätzlich abstellen.« Er verdrehte die Augen. »Wenn das mal gut geht. Königliche Hoheit haben uns da ganz schön in die Scheiße geritten, ist Ihnen das klar?«

Sie zog eine Augenbraue hoch. »Dass meine Adelskollegen und ich das getan haben, mein lieber Junge, behauptet der Plebs schon seit Jahrhunderten. Dadurch, dass auch Sie es nun von sich geben, wird diese Aussage nicht unbedingt gehaltvoller.«

***

Im Zimmer 217 des Hotels »Des Moli« klingelte das Telefon. Ein Mann mittleren Alters nahm ab.

»Hallo?«

»Sind Sie es?«, kam es unsicher vom Anrufer.

»Ja.«

»Ist alles so gelaufen, wie wir es besprochen haben?«

»Ja. Übrigens vielen Dank für das Informationsmaterial. Es war wieder einmal hervorragend.«

»Keine Ursache. Hat er noch etwas gesagt?«

»Nein, er scheint eine schwache Leber gehabt zu haben, er war nach dem einen Bier sofort völlig weggetreten.«

»Und der Rest ging diskret?«

»Wie Sie es von mir gewohnt sind.«

»Ihre Arbeit bisher war hervorragend. Bei dem Juwelier stochert die Polizei noch völlig im Dunkeln.«

»Ich freue mich, Ihnen geholfen zu haben. Ist der Job damit erledigt?«

»Ich weiß noch nicht. Ich bitte Sie, sich noch eine Weile zur Verfügung zu halten. Betrachten Sie es als neuen Auftrag. Das Ziel wird, wenn benötigt, nachgereicht, die Bezahlung erfolgt wie üblich.«

»Ich warte auf Ihren Anruf.« Der Mann legte auf, nahm sein Handtuch und ging an den Strand.

7

Berger und der Comisario trafen sich im gerichtsmedizinischen Institut, um noch einmal nach Gemeinsamkeiten der beiden Todesfälle zu forschen. Der Residente war sich sicher, dass das mit dem Knoten kein Zufall war. García Vidal war davon nicht ganz so überzeugt.

»Señor, Sie sind ein schlechter Verlierer, das ist alles.«

»Aber, Cristobal, ich bitte Sie! Jordi wird nach dem Abschuss seines Schiffes durch ein britisches Atom-U-Boot als Einziger von eben diesem U-Boot geborgen und stirbt dann, zweieinhalb Jahrzehnte später, durch einen Strang mit einem speziellen Knoten, dessen Gebrauch nur auf britischen Atom-U-Booten üblich ist. Das sieht doch ein Blinder, dass in dieser Geschichte zu viele britische Atom-U-Boote auftauchen. Das kann einfach kein Zufall sein!«

García Vidal schaute ihn lange an. »Wenn Sie das so sagen, ist es wirklich auffällig, keine Frage, aber wenn Sie sich strikt an die Fakten halten, ist es nichts weiter als eine wilde Hypothese. Dennoch gehen wir ihr nach, allein schon deswegen, weil Sie nur zu oft den richtigen Riecher haben. Also, wie sollen wir Ihrer Meinung nach vorgehen, damit Sie, lieber Residente, wirklich Ruhe geben, auch wenn wir nichts finden?«

»Wir sollten versuchen, an die Mannschaftsliste der ›HMS Conqueror‹ heranzukommen, und möglichst auch an die der ›General Belgrano‹. Die vergleichen wir dann mit den Einreisedaten des Flughafenrechners und hoffen auf eine Übereinstimmung. Vielleicht war unser Mörder damals auch auf einem der beiden Schiffe.«

Während der Comisario alles Nötige veranlasste, versuchte Berger, sich durch das spanische Fachchinesisch des Autopsieberichtes durchzubeißen. Irgendwann resignierte er.

»Was heißt das hier alles?«, fragte er García Vidal genervt und wedelte mit dem Bericht in der Luft herum.

Der Comisario klappte sein Handy zu, kam zu ihm rüber und schaute ihm über die Schulter.

»Bin ich ein antiker Römer? Das ist ja alles auf Latein.«
In diesem Augenblick betrat Dr. Mantero das Büro.
»Hören Sie mal Doc, können Sie das bitte übersetzen?«
Der Arzt warf einen kurzen Blick auf die Akte. »Das heißt, dass der Brite bis zum Eichstrich voll mit K.-o.-Tropfen war und dass er außerdem eine ziemlich kaputte Leber hatte, höchstwahrscheinlich durch übermäßigen Alkoholmissbrauch.«
»Was wollen Sie damit sagen?«
»Dass Hinckeby mit ziemlicher Sicherheit auch gestorben wäre, wenn man ihn nicht aufgeknüpft hätte.«
»Kann man davon ausgehen, dass der Mörder das wusste?«
Dr. Mantero schüttelte den Kopf. »Eigentlich nicht, warum?«
Berger kam ins Dozieren. »Nehmen wir mal an, der Mörder wusste um das physische Endstadium Hinckebys, dann ging es primär gar nicht darum, ihn zu töten, sondern mit seiner Leiche ein Zeichen zu setzen.«
»Das stimmt so nicht«, entgegnete García Vidal. »Wenn ich als Mörder den Auftrag hätte, Hinckeby zu töten, und ich wüsste von seiner tödlichen Krankheit, dann würde ich mir dieses plausible Selbstmordmotiv zu eigen machen und seinen Freitod inszenieren.«
Berger seufzte genervt. »So ein Mist, Sie haben recht. Es gibt aber auch noch eine zweite Möglichkeit.«
»Und die wäre?«, fragte der Comisario.
»Dass man einfach jemanden umbringen wollte, um uns vom Wesentlichen abzulenken.«
García Vidal schaute ungläubig. »Und warum, wenn ich fragen darf?«
»Damit wir am kommenden Wochenende keine Zeit haben, auf den Gala-Schmuck aufzupassen.«
»Aber wenn wir am Samstagabend abgelenkt sein sollen, warum mordet er dann jetzt schon?«
»Vielleicht geht er davon aus, dass wir am Samstag immer noch im Dunkeln tappen. Wahrscheinlich sollen wir jetzt schon Respekt vor ihm bekommen, vor ihm und seiner Allmacht.«
»*Vamos!*«, kam es angriffslustig von García Vidal. »Dann wird der Mann uns kennenlernen.«

***

Um die Jacht der Großherzogin herum war die Hölle los. Die Klatschreporter, die schon auf der Insel waren, drängten sich vor der Gangway, um einen guten Platz zu bekommen. In wenigen Minuten sollte ein sagenumwobenes Schmuckstück, die »Träne der Romanows«, wieder seinen rechtmäßigen Platz am Hals eines Mitglieds der europäischen Hocharistokratie bekommen.

Die Presse feierte diesen Umstand als einen klaren Punktsieg für das alte Europa. Anatol hatte das Collier mit reichlich Personenschutz und einem gecharterten Learjet aus dem heimischen Schließfach geholt. Nun ruhte es, sicher von mehreren Ahaggaren-Kämpfern in ihren malerischen Trachten bewacht, auf einem extra dafür angefertigten Samttablett unter einer kugel- und feuerfesten »Käseglocke« aus Panzerglas.

Berger und García Vidal hatten alle Mühe, noch vor Beginn der Veranstaltung auf das Schiff gelassen zu werden.

»Na, mein Junge«, kam es von der Großherzogin, »sind Sie doch neugierig?«

»Wenn ich ehrlich bin, ja. Wie heißt das Stück, das hier gegeben wird? Vielleicht ›Scheherezade und der Fluch der Prominenz‹?«

»Nein, mein Lieber, es heißt ›Spitz, pass auf‹. Wenn wir Glück haben, ist der potenzielle Schmuckdieb in fünf Minuten hier auf diesem Schiff und bestaunt den wohl wertvollsten Stein, den diese Insel momentan zu bieten hat.«

»Und wenn wir Pech haben«, grinste Berger, »dann hat sich dieser Herr oder diese Dame die ›Träne der Romanows‹ in zehn Minuten ins Taschentuch gewickelt und ist auf und davon.«

Tante Auguste schaute betroffen. »Das wollen wir doch nicht hoffen, oder?«

In diesem Augenblick betrat Mrs Bings das Zwischendeck, auf dem der ganze Rummel stattfinden sollte. Sie hielt sich nicht lange mit Begrüßungen auf, sondern richtete ihren Blick gleich auf das exponierte Schmuckstück und betrachtete es eingehend.

»Erstaunlich, erstaunlich«, murmelte sie immer wieder, verzog dabei jedoch leicht abschätzig das Gesicht.

Berger gesellte sich zu ihr. »Gibt es etwas an diesem Stück, was Ihr Missfallen findet? Das ist immerhin von Fabergé.«

Sie nickte. »Der Stein selbst ist ein Traum, aber das Collier und die Fassung werden diesem Meisterwerk der Natur nicht gerecht.

Es hat schon seinen Grund, warum der gute Carl Peter Fabergé eigentlich nur durch seine Eier berühmt wurde.«

Berger grinste sie frech an. »Wenn man erst einmal berühmte Eier hat, dann wird der Rest auch gleich viel wertvoller, gell?«

Mrs Bings schaute ihn mit ihren kalten Augen an, als wolle sie ihn töten. Wortlos wandte sie sich ab, um sich von Anatol die Sicherheitsvorrichtungen an Bord erörtern zu lassen. Schließlich war das gute Stück für die Zeit des Balles nun auch bei Lloyds of London zusatzversichert. Darauf hatte die Präsidentin bestanden, um wirklich allen Regressansprüchen entgehen zu können.

Wer etwas für eindrucksvolle Auftritte übrig hatte, der kam hier auf seine Kosten. So hochherrschaftlich, wie die Großherzogin vor die Presse trat, so musste einst auch Kleopatra vor Cäsar getreten sein. Egal ob Mann, ob Frau, alles, was Blut in den Adern hatte, erlag dem Charme dieser alten Dame, ob er oder sie nun wollte oder nicht.

Rosa hatte feuchte Augen, als sie den Auftritt beobachtete.

»Das ist mein Tantchen«, murmelte sie stolz. »Gib ihr eine Showtreppe, und sie schwebt sie auch noch mit künstlichen Hüften elfengleich hinunter.«

Berger stellte sich neben sie. »Hat sie welche?«

»Darüber spricht man nicht.«

Jetzt hatte auch Anatol seinen großen Auftritt. Wie ein Hofmarschall es früher sicher mit der großen Katharina gemacht hatte, kündigte er den Schmuck der berühmten Zarin an. Alle Kameras und Fotoobjektive schwenkten auf ihn, er trat zur Seite und die gepanzerte Vitrine wurde von vier Ahaggaren hereingefahren. Durch das Blitzlichtgewitter konnte Berger beobachten, wie der zufrieden lächelnde Prinz Khalil das Spektakel genoss.

Komisch, dachte er, wenn jemand von Trubel die Nase voll haben müsste, dann doch wohl Seine Königliche Hoheit.

Er schlängelte sich durch die Menschenmenge, bis er neben dem Prinzen stand und raunte: »Bekommen Hoheit hier auch genug Presse?«

»Ich mache nur ganz diskret meinen Job.«

»Als Prinz oder als Geheimdienstchef?«

»Als enger Freund der Großherzogin.«

Berger fiel ein Kameramann auf, der sich absolut nicht für das Objekt der allgemeinen Begierde zu interessieren schien. Er filmte offensichtlich jeden, der sich im Saal aufhielt, nur nicht den Schmuck.

»Was ist denn mit dem Typen los?«, fragte er misstrauisch und zeigte auf den Mann. »Ich befürchte, der verfehlt das Thema.«

Der Prinz lächelte. »Das ist einer von meinen Leuten, Residente, und er filmt das, was mich an der Veranstaltung interessiert.«

»Und was ist das, wenn ich fragen darf?«

»Sie dürfen.« Er tupfte sich mit einem Tuch den Schweiß von der Stirn. »Ich möchte hieb- und stichfest auf Festplatte bannen, wer alles bei dieser Pressekonferenz war und wie er sich benommen hat.«

»Wollen Sie einen orientalischen Knigge verfassen?«

»Nein, ich möchte wissen, wer sich alles für den Schmuck interessiert und ihn vielleicht haben möchte. Ich fühle mich eben für Ihr ›Tantchen‹ verantwortlich.«

»Hat Cary Grant nicht in irgendeinem Filmklassiker mal so eine Nummer durchgezogen?«

»Stimmt, ›Über den Dächern von Nizza‹ hieß der Streifen. Von dem habe ich die Idee.«

»Gefahr erkannt, Gefahr gebannt, hieß es früher in einem Werbespot. Trotzdem ist es Wahnsinn, diesen ganzen Zinnober hier durchzuziehen. Für die wirklichen Profis ist das wie ein Streich mit einem Fehdehandschuh. Eine in meinen Augen völlig unnötige Kriegserklärung.«

»Auguste pflegt Stiere grundsätzlich bei den Hörnern zu packen.«

»Selbst mit guten Toreros um sich herum ist das Wahnsinn«, monierte Berger.

»Übrigens«, wechselte der Prinz das Thema, »ich habe gehört, dass Meister Jordis Kundenkartei aufgetaucht ist.«

»Ja, leider ist sie nicht vollständig. Interessieren Sie sich dafür?«

»Sogar brennend. Ich würde gern wissen, ob andere Kunden ähnliche Erfahrungen mit Jordis Arbeiten gemacht haben wie ich.«

Berger wurde hellhörig. »Zum Beispiel?«

»Dass Original und Imitat absolut nicht voneinander zu unterscheiden sind, selbst nicht von Experten. Meister Jordi wurde von

Arbeit zu Arbeit immer brillanter. Nur beim letzten Collier, das er für mich angefertigt hat, glaube ich einen Unterschied zu erkennen, denn sein Imitat scheint mir noch brillanter und leuchtender zu sein als das Original. Aber das ist eine ganz subjektive Einschätzung von mir, die vor keinem Experten standhielte.«

»Dann sehen Sie zu, dass Sie Ihre Geschmeide nicht miteinander vertauschen. Das könnte Verwirrung stiften.«

»Genau das ist mein Problem. Hätten Sie dafür eine Lösung?«

Berger nickte. »Ja, ein Beschleunigungsmassenspektrometer.«

»Das hört sich nach einem ziemlich gigantischen Gerät an.«

»Leider ist es viel zu groß, um es nach Mallorca zu transportieren. Die Uni von Barcelona hat so ein Ding.«

»Und was kann so ein Gerät?«

»Es kann einem zum Beispiel sagen, ob ein Diamant aus dem Tertiär stammt, also von der Natur geschaffen wurde und echt ist, oder erst vor einigen Jahren künstlich hergestellt wurde.«

»Also ob echt oder von Meister Jordi.«

»Exakt.«

»Haben Sie ein paar Stunden Zeit?«

»Wozu?«

»Wir fliegen nach Barcelona und lassen den Schmuck meiner Frauen checken.«

Berger war für eine Sekunde sprachlos.

»Aber das geht nicht so einfach. Ich habe mich erkundigt. Die haben eine ellenlange Warteliste.«

»Und sie haben, wie jede Uni, kein Geld. Ich hingegen habe keine Zeit, aber viel Geld. Der Dekan und ich, wir werden uns blendend verstehen.«

***

Carmen Lucas hatte am Morgen ihren Dienst im Sicherheitsstab der Gala angetreten und sich schnell eingearbeitet. Angela Bischoff und sie bildeten ein wirklich gutes Team. Jede ahnte sofort, was gerade im Kopf der anderen vor sich ging, und aufgrund der hervorragenden Deutschkenntnisse der Polizeikadettin gab es auch keinerlei Verständigungsprobleme, obwohl Angela Bischoff selbst ebenfalls ein hervorragendes Spanisch sprach.

»Was hat Sie zur Polizei gebracht, Carmen?«

»Ich wollte immer etwas mit Touristen zu tun haben, um die Sprachen, die ich gelernt habe, auch sprechen zu können. Also habe ich mich nach dem Abitur an der Hochschule für Touristik und Freizeitmanagement eingeschrieben. Während des Studiums bin ich des Öfteren von unserem Polizeichef gebeten worden, für ihn zu übersetzen. So erhielt ich die Möglichkeit, in die Polizeiarbeit hineinzuschnuppern, und mir gefiel, was ich sah.«

Angela Bischoff lächelte wissend. Dann sah sie Carmen aufmerksam an. »Sie und Tomeu sind ein Paar?«

»Das kann man so sagen«, antwortete Carmen etwas verlegen.

»Haben Sie als angehende Polizistin kein Problem damit, mit einem vorbestraften, erheblich älteren Kleinkriminellen zusammen zu sein?«

»Es würde mir erheblich größere Probleme bereiten, als gelernte Hotelmanagerin Touristen zu betrügen. Außerdem garantiere ich Ihnen, dass Sie in der mallorquinischen Männerwelt keine ehrlichere Haut finden als meinen Tomeu.«

Sie blätterte in ihren Unterlagen. »Aber nun habe ich noch eine Frage zum Job. Die Sensoren für die Mikrochips sind an allen offiziellen Ein- und Ausgängen angebracht. Warum nicht auch an den Küchen- und Lieferanteneingängen? Wenn ich mit geklautem Schmuck das Hotel verlassen würde, dann auf jeden Fall durch die Küche oder den Wirtschaftstrakt. Nirgendwo wird das Gewimmel größer sein als dort.«

Angela Bischoff schaute auf den aufgeklappten Gebäudeplan und nickte. »Veranlassen Sie das bitte.« Sie grinste und klopfte Carmen anerkennend auf die Schulter. »Und schon hat es sich gelohnt, Sie ›eingekauft‹ zu haben.«

Nach einem kurzen Klopfen öffnete sich die Tür, und der Comisario betrat missmutig das Büro. Frau Bischoff lächelte ihn besonders fröhlich an.

»Sieh an, da kommt Hercule Poirot, aber wo ist Mrs Marple geblieben?«

»Was ist denn das für ein Vergleich?«, fragte García Vidal irritiert.

»Wäre Ihnen Holmes und Watson lieber?«

Carmen grinste frech. »Wir hätten auch noch Tim und Struppi anzubieten.«

»Da würde mich aber interessieren, wer von uns beiden wer ist«, maulte García Vidal.

»Oh, oh«, lachte Angela Bischoff. »Ich befürchte, wir sind auf vermintes Gebiet geraten.« Sie zwinkerte Carmen zu. »Aber mal im Ernst, wo ist Berger?«

»Er ist mit Prinz Khalil nach Barcelona geflogen.«

»Was macht er denn da?«

»Keine Ahnung«, log der Comisario. Prinz Khalil hatte um äußerste Geheimhaltung gebeten. »Sie sind mit einem Wertkoffer und zwei Bodyguards ins Flugzeug gestiegen und versprachen, heute Abend wieder da zu sein.«

»Sie sind ein schlechter Lügner, Cristobal.«

Er lächelte zum ersten Mal an diesem Tag. »Ich gelobe Besserung, Frau Kollegin. Darf ich mal an Ihren Computer?«

»Gern, es ist ja gewissermaßen auch Ihrer, da Sie so freundlich waren, mich an das Polizeinetzwerk anzubinden.«

García Vidal nickte ihr freundlich zu und begann mit seiner Arbeit. Er gab nach und nach die gesamte vorhandene Kundenkartei von Meister Jordi ein und startete zu jedem Namen eine Personenabfrage.

»Wozu soll das gut sein?«, wollte Angela Bischoff wissen, nachdem sie eine Weile zugesehen hatte.

»So wissen wir, wer von diesen Herrschaften sich für den Ball angesagt hat und wer von denen schon auf der Insel ist. Außerdem müssen wir auf diesem Wege irgendwie herausbekommen, ob sie Jordis Imitat tragen werden oder gar den echten Schmuck. Aber dafür sind wir auf die Ehrlichkeit der Leute angewiesen. Der Einzige, der uns konkret darüber informieren könnte, liegt in der Gerichtsmedizin.«

»Ist das nicht Assistentenarbeit?«

García Vidal lächelte. »Unsere fähigste Assistentin haben Sie sich unter den Nagel gerissen.«

Angela Bischoff wurde etwas nachdenklich. »Haben Sie nicht die Befürchtung, dass Sie bei solchen Tätigkeiten neben dem Residente wie dessen Assistent wirken?«

»Absolut nicht, und selbst wenn. Jeder weiß, dass der Mann verrückt, aber brillant ist. Und solange auch jeder weiß, dass ich es bin, der seine Rechnungen als Polizeiberater abzeichnet, ist unser Verhältnis nicht ganz so unausgeglichen.«

»Aber er ist es, der die Marschrichtung angibt?«

»Das kommt auf die jeweilige Tagesform an. Er hat oftmals die besseren Ideen, und dann wird gemacht, was er vorgibt.«

Frau Bischoff grinste verschmitzt. »Und wenn er zum Beispiel anordnen würde, dass wir beide heute Abend zusammen essen gehen sollen?«

Er grinste zurück. »Sich dem zu widersetzen, wäre völlig indiskutabel. Ich hoffe nur, es fällt uns keine neue Leiche in den Suppenteller.«

»Dann helfe ich Ihnen beim Auslöffeln.«

***

Das Telefon hatte bereits minutenlang geklingelt, als der Mann mit einem Handtuch um die Hüften aus dem Badezimmer kam und den Hörer vom Apparat auf dem Nachttisch hob.

»Sí.«

»Sind Sie es?«

»Ja.«

»Das Collier der Großherzogin ist zweifelsfrei echt. Momentan liegt es auf Drängen der Versicherung noch in einem Bankschließfach. Ich bin aber der festen Überzeugung, dass die Großherzogin es aus Bequemlichkeit nach der Gala in der Finca ihrer Nichte in einem Safe lagern wird.«

»Sind Sie sicher, dass da auch wirklich einer steht?«

»In einem Gebäude dieser Preisklasse ist selbstverständlich ein Safe vorhanden.«

»Was wünschen Sie?«

»Einen dezenten Hinweis darauf, dass dieser Safe nicht sicher sein wird. Ein wenig Einschüchterung tut der Gräfin ganz gut. Ich möchte, dass Sie ein weiteres Exempel statuieren, eines, das diese Herrschaften wirklich beeindrucken und vor allem verwirren wird. Ich teile Ihnen noch mit, an wem.«

»Wenn ich Kenntnis darüber habe, werde ich mir etwas Passendes einfallen lassen.« Der Mann machte eine Pause. »Ich danke übrigens für die prompte Überweisung. Es ist eine Freude, mit Ihnen Geschäfte zu machen.«

***

Am Abend hatten der Comisario und Angela Bischoff endlich ihr Date. García Vidal hatte sich dafür ein wunderbares Fischrestaurant in Sa Rapita ausgesucht, einem lang gezogenen ehemaligen Fischerort an der Südostküste der Insel. Heute wird der Ort durch den großen Jachthafen dominiert, von dem die Einheimischen mittlerweile leben, denn der professionelle Fischfang rentiert sich schon lange nur noch für eine Handvoll Berufsfischer.

Sie hatten in einer Salzkruste gebackene Doraden bestellt, eine mallorquinische Spezialität. Wenn das Hauptgericht nur annähernd das halten würde, was die Vorspeise versprach, dann würde es ein perfektes Abendessen werden. Doch kaum waren sie mit der Suppe fertig, trafen kurz hintereinander Gräfin Rosa, Carmen Lucas und Señora Delgado Bunyol ein.

Der Comisario konnte seine Enttäuschung kaum verbergen. »Was ist denn hier los? Das kann doch kein Zufall sein, dass Sie alle hier sind.«

»Der Zufall heißt Berger«, sagte die Präsidentin, die gerade zu ihnen an den Tisch getreten war. »Ich habe einen Anruf von ihm bekommen, in dem er sagte, dass ich mich sofort hierher auf den Weg machen solle, es gebe umwerfende Neuigkeiten.

Die Gräfin und Carmen hatten bereits Platz genommen. »Bei mir und Carmen war es exakt dasselbe«, bestätigte Rosa.

»Aber woher wusste er, wo wir zu finden sind?«

»Ich fürchte, durch eine Indiskretion meinerseits«, gestand Carmen verlegen. »Er fragte mich, ob ich wüsste, wo Sie oder Frau Bischoff sein könnten, es sei dringend. Da habe ich ihm von Ihrer Verabredung erzählt, und er wusste es sofort.«

Angela Bischoff machte ein verdutztes Gesicht. »Ach, pflegen der Herr Comisario immer am gleichen Ort seine Netze auszuwerfen?«, fragte sie belustigt.

»Sí, und dann wird gemeinsam verspeist, was andere gefangen haben.«

Die Restauranttür öffnete sich erneut, und Berger und Prinz Khalil traten in Begleitung zweier Leibwächter Seiner Königlichen Hoheit ein.

»Ich möchte mich bei allen Anwesenden für die späte Stunde entschuldigen, aber das Ergebnis unserer Recherchen in der Uni von Barcelona ist wirklich ein Hammer«, begann Berger ohne Umschweife.

Einer der Bodyguards stellte einen Metallkoffer vor sie auf den Tisch. Berger öffnete ihn, griff hinein, holte diverse Schübe mit je einem Collier heraus und gab sie paarweise an die Umsitzenden weiter.

»Hierbei handelt es sich jeweils um ein Original und das entsprechende Imitat von Meister Jordi. Bestechend daran ist, dass man die Schmuckstücke auch als Fachmann kaum auseinanderhalten kann. Aus diesem Grund waren wir heute auf dem Festland und haben die Colliers durch den von mir schon öfter erwähnten Beschleunigungsmassenspektrometer gejagt. Das Ergebnis war verblüffend. Sie sehen hier neun vermeintlich echte Colliers und neun von Jordis Kopien. Das hier«, er zeigte auf eines von zwei identischen Colliers mit einem großen gelben Diamanten, »hat Khalils jüngste Frau zur Geburt des kleinen Prinzen Abdallah bekommen. Als Jordi das Imitat fertig hatte, brachte er es selbst auf das Schiff seiner Majestät. Dabei entstand das Foto, das wir alle kennen. Diese beiden Stücke nehmen wir mal aus dem Rennen. Wir haben also nur noch diese acht Collierpaare, und nun sagen Sie mir bitte, welches von denen jeweils die Fälschung ist.«

Alles sah ungläubig auf den Schmuck, der vor ihnen lag.

Der Comisario räusperte sich. »Woher sollen wir das wissen? Man kann sie doch kaum auseinanderhalten!«

»Und warum kann man das nicht?«

Angela Bischoff trommelte gespannt mit den Fingern auf den Tisch. »Da gibt es eigentlich nur zwei Möglichkeiten. Entweder ist das Imitat so gut, dass es dem Original absolut gleicht, oder das Original ist genauso schlecht wie seine Kopie.«

»Beides ist falsch«, kam es vom Prinzen.

»Es gibt noch zwei weitere Varianten«, warf Carmen Lucas ein. »Entweder sind es zwei Originale, was aber eigentlich unmöglich ist, oder beide sind Fälschungen, was aber ebenso unwahrscheinlich ist.«

»Und doch ist es wahr«, sagte Berger in die Runde. »Diese sechzehn Colliers sind deswegen nicht voneinander zu unterscheiden, weil es alles Fälschungen sind.«

Alles sah sich ratlos an.

»Und nun kommen wir zu den beiden letzten Colliers, von denen der Prinz meinte, sie zweifelsfrei als echt und unecht identifizieren zu können. Er hatte recht und unrecht zugleich, denn was er als die schlechtere Kopie ansah, wurde durch den Beschleunigungsmassenspektrometer als einziges echtes Schmuckstück entlarvt.«

Der Comisario war fassungslos. »Und was sagt uns das?«

»Dass da ein ganz gerissener Gauner schon vor langer Zeit zugeschlagen hat.« Berger hielt inne, um eine Runde Cortados zu bestellen. Dann fuhr er fort. »Meister Jordi hatte von den ersten acht Colliers jeweils zwei Imitate angefertigt. Ein Imitat und das Original wurden auch brav an den Auftraggeber, Prinz Khalil, ausgeliefert. Je ein weiteres Imitat ging aber an einen Mr X, der es dann wohl unbemerkt gegen das Original austauschte. Wie und wann er das gemacht hat, ist noch zu klären.«

»Und warum ist das letzte Collier noch echt?«

»Weil Fälschung Nummer zwei noch in Arbeit war. Das halb fertige Stück haben wir ja im Safe des Meisters gefunden.«

Alles schwieg betreten. Der Fall hatte eine Wende vollzogen, von der kein Mensch wusste, in welche Richtung sie führen würde.

»Das ist so furchtbar peinlich«, stöhnte der Prinz. »Wie kann sich der Chef eines nationalen Geheimdienstes nur so hinters Licht führen lassen. Wenn das bekannt wird, werde ich zum Gespött der ganzen Branche.«

»Sie können sicher sein, dass nichts davon diese Runde verlassen wird.« Berger sah fragend in die Runde, und alle nickten zustimmend.

Die Präsidentin war blass und wirkte ob dieser neuen Nachrichten geradezu geschockt. »Auch auf die Gefahr hin, dass ich alle Anwesenden nerve – können wir unter diesen Umständen den Ball überhaupt stattfinden lassen?«

»Was soll schon passieren«, kam es von García Vidal. »Je mehr Klunker falsch sind, desto geringer wird das Risiko.«

»Das ist nicht der Grund für meine Bedenken. Stellen Sie sich einmal vor, es kommt jemand wegen dieser Glasperlen zu Schaden. Dann wird man uns vorwerfen, dass wir mit dem Leben vieler Menschen gespielt hätten.«

Angela Bischoff versuchte, sie zu beruhigen. »Mal abgesehen davon, dass der Zeitpunkt, an dem wir noch alles hätten zurückpfeifen können, schon längst überschritten ist, teile ich Ihre Bedenken nicht. Der Täter weiß ganz offensichtlich, welcher Schmuck wirklich echt ist. Und wir wissen, dass er oder sie es auf das neunte Collier des Prinzen abgesehen hat, sonst wäre der Auftrag nicht an Meister Jordi ergangen.«

»Und wenn Jordi der Dieb ist?«, unterbrach sie Gräfin Rosa.

»Dann wird er sich kurz vor Vollendung seiner Coups nicht selbst umbringen lassen«, entgegnete Angela Bischoff trocken. »Weiterhin wird sich der Täter sicherlich mit Wonne auf den Stein der Großherzogin stürzen. Das kommt für ihn zwar kurzfristig, aber er scheint auf die ganz großen Klunker aus zu sein, und das hier ist eine einmalige Gelegenheit, bevor der Stein womöglich wieder in der Versenkung verschwindet. Einen derart spontanen Diebstahl kann er aber nicht sorgfältig planen, und das könnte unsere Chance sein, ihn zu schnappen.«

»Dann müssen wir ja eigentlich nur noch auf diese beiden Stücke aufpassen, um den Kerl zu fassen«, folgerte Prinz Khalil. »Eine bessere Ausgangsbasis hatten wir noch nie. Hinzu kommt, dass sich der Täter in absoluter Sicherheit wähnt, weil er von unserer Kenntnis keine Ahnung hat. Das macht ihn überheblich und unvorsichtig.« Er schnaubte entschlossen. »Diesen Kerl will und werde ich schnappen, koste es, was es wolle. Scheich Mahmud bin Khalil al Yasseen lässt sich nicht straflos berauben.«

»Okay«, warf Rosa ein. »Sie, Königliche Hoheit, bekommen Ihre Genugtuung aber nur, wenn wir die Person auch wirklich schnappen sollten. Was ist, wenn er den Braten riecht und die Füße stillhält? Vielleicht ist er gar nicht so gierig, wie wir ihm unterstellen? Er hat ja eigentlich schon genug zusammengerafft. In diesem Fall könnten wir den Ball abwickeln und die Leute mit ihrem unechten Kram wieder nach Hause schicken, als ob nichts gewesen wäre.«

Angela Bischoff nickte. »Egal, wie die ganze Sache ausgeht – und ich hoffe, sie wird gut ausgehen –, die Presse darf davon nichts erfahren, selbst dann nicht, wenn wir uns mit Ruhm bekleckern sollten.«

»Warum denn nicht?« Der Präsidentin war die Enttäuschung ins Gesicht geschrieben.

»Weil wir dann jeden Ballteilnehmer, der mit viel Pomp und Gloria läppische Glasperlen durch die Gegend geschleppt hat, dem Hohn der Presse aussetzen würden.«

»Bevor wir uns Gedanken darüber machen, was wir an die Presse weitergeben«, sagte Berger und rührte nachdenklich in seinem Cortado, »sollten wir lieber aufklären, warum zwei Menschen sterben mussten. Wir haben noch nicht einmal Kenntnis darüber, inwieweit Jordi tatsächlich in den Diebstahl der echten Steine verwickelt war. Wusste er wirklich, dass sein Auftraggeber die echten Steine stehlen und durch seine Imitate ersetzen würde? Wurde er umgebracht, weil er zu viel wusste und vielleicht selbst Kasse machen wollte, oder war die Gefahr einfach zu groß, dass er den vermeintlich echten Schmuck aus irgendeinem dummen Zufall als eines seiner Imitate identifizieren könnte? Warum ist Hinckeby tot? War er mit von der Partie, wusste er nur davon, oder war er einfach nur zur falschen Zeit am falschen Ort?«

Die Präsidentin wurde ungeduldig. »Könnte mir jetzt mal bitte jemand sagen, was wir nun machen sollen?«

»Ich bin mir im Klaren, dass ich das Küken in dieser Runde bin«, hob Carmen Lucas an, »aber den Ball abzusagen wäre die schlechteste Option. Das hieße, kampflos aufs Schafott zu steigen, und ich glaube, dafür ist in dieser Runde niemand zu haben.«

Die Präsidentin richtete sich auf ihrem Stuhl auf und schaute erwartungsvoll in die Runde. Niemand sagte etwas dagegen.

»Nun gut, das Küken hat für uns alle gesprochen. Konzentrieren wir uns also auf die Bewachung der beiden mit Sicherheit echten Schmuckstücke und schnappen wir, wenn es gerade passt, einen Dieb und vielleicht auch einen Mörder. Nur dürfen wir, wenn alles gut gegangen ist, nicht vergessen, unser Küken feierlich zum Huhn zu schlagen.«

***

Berger hatte eine unruhige Nacht. Die Temperaturen lagen wieder einmal knapp unter dreißig Grad, und er wälzte sich schwitzend in seinem Bett hin und her. Gegen Morgen überlegte er kurz, ob er Fischen gehen sollte, verwarf diesen Gedanken aber wieder. In Anbetracht der Probleme, die sie in den nächsten Tagen zu lösen hatten, wäre das nicht angebracht. Er setzte sich auf die Bettkante. Der Tag fing langsam an zu dämmern, und die Hähne der Umgebung krähten sich wieder einmal die Seele aus dem Leib.

Er dachte an das gemeinsame Bad mit der Gräfin und daran, wie sie plötzlich nackt vor ihm gestanden hatte. Er schloss die Augen und versuchte sich vorzustellen, wie es ausgegangen wäre, wenn er sie in diesem Augenblick einfach in den Arm genommen und geküsst hätte. Er genoss diese Vorstellung und spürte förmlich ihre Haut an seinen Armen und wie ihre vor lustvoller Erwartung leicht angespannten Brüste gegen seine Haut drückten. In seiner Phantasie legte er ihre Arme um seinen Hals. Sie zog sich an seinem Körper zu seinem Gesicht hoch. Er genoss ihre wundervollen, weichen, feuchten Lippen auf den seinen, und da war schon wieder dieses Grunzen. Berger traute sich kaum, seine Augen zu öffnen. Er wusste genau, dass vor ihm wieder dieses unsägliche Schwein saß. Und richtig, wie ein kleiner, treuer Dackel saß Filou da und schaute ihn mit seinen klugen Schweineaugen an.

»Was machst du denn hier? Hat dich dein Frauchen einfach bei mir abgegeben, ohne dass ich etwas davon gemerkt habe?«, wunderte er sich und musste lachen. »Hör mal, mein Guter, wenn du schon da bist, dann kannst du mir doch ruhig mal einen Rat geben, wie ich mich deinem Frauchen gegenüber verhalten soll. Vielleicht kannst du mir ja sogar bei diesem ganzen Chaos mit den echten und unechten Diamanten helfen?«

Er beugte sich hinunter und kraulte Filou mit beiden Händen hinter den Ohren, was das Tierchen sichtlich genoss. »Du schaust so intelligent, als wüsstest du ganz genau, was ich machen soll. Vielleicht sollten wir tauschen. Du machst meinen Job, und ich springe für dich ein.« Berger verzog das Gesicht. »Ich befürchte nur, das ich als Schwein eine saumäßige Figur abgeben würde.«

»Das fürchte ich auch«, kam es vom Gästesofa aus dem Nebenraum.

Er überlegte krampfhaft, was gestern passiert war. Er hatte sich jedenfalls nicht betrunken und war seines Wissens auch allein nach Hause gefahren.

»Was machen Sie denn hier?«, fragte er schließlich.

»Ich versuche zu schlafen.«

»Sprechen Sie dabei immer so laut?«

»Ich versuche nur, mich gegen Ihre gefiederten Radaubrüder da draußen durchzusetzen.«

»Das nennt sich Natur, liebste Gräfin, und als frischgebackene

Landwirtin sollten Sie sich an derartige Geräusche gewöhnen.« Er erhob sich vom Bett und schlurfte in die Küche. Von dort rief er: »Dürfte ich Sie noch etwas fragen?«

»Meinetwegen«, kam es unwirsch.

»Warum schlafen Sie nicht in Ihrem gräflichen Himmelbett?«

Während er Kaffee kochte, schälte Rosa sich langsam aus dem Bett und kam, nur mit einem Slip und einem leichten Top bekleidet, in die kleine Küche.

»Als ich gestern Abend nach Hause kam, war Filou plötzlich so komisch. Er wollte partout nicht in das Haus hinein.«

»Und warum haben Sie nicht Tomeu gebeten, einmal nachzusehen?«

»Er und Shakespeare waren über Nacht in Andratx bei Carmen.«

»Aber warum haben Sie mich nicht angerufen? Ich wäre doch sofort gekommen.«

»Ich habe bei Ihnen angerufen, aber es ging niemand ran.«

Berger schüttelte den Kopf und ging zu seinem Handy. Beschämt stellte er fest, dass er zwei eingegangene Anrufe hatte. Da fiel ihm ein, dass er das Handy gestern Abend auf »lautlos« gestellt hatte.

»Tut mir leid, Chefin, war mein Fehler.«

Rosa winkte ab. »Hören Sie bloß mit der Chefin auf. Wäre ich eine, würde ich nicht halb nackt in Ihrer Küche herumhopsen.«

»Wären Sie keine, ständen Sie jetzt ganz nackt in meiner Küche.«

Sie lächelte ihn strahlend an. »Alter Angeber! Über das Thema sollten wir uns aber lieber in einer romantischen Mondnacht bei einem guten Wein an Deck Ihres Bootes streiten. Jetzt wäre ich Ihnen dankbar, wenn wir auf der Finca nach dem Rechten sehen könnten.«

»Sie glauben also, dass da jemand war?«

Gräfin Rosa nickte ernst. »Sonst hätte sich Filou nicht so seltsam verhalten.«

»Dann sollten wir uns rasch anziehen und nachsehen. Auf dem Hinweg können wir ein paar Fuertes kaufen.«

Eine knappe halbe Stunde später hielten sie vor Rosas Anwesen. Auf den ersten Blick war alles in Ordnung. Es stand kein Fenster offen, die Haustür und die Nebeneingänge waren unbeschädigt. Filou benahm sich vollkommen normal. Vorsichtig betraten sie das Haus, jederzeit bereit, sich gegen einen Eindringling verteidigen zu können. Es war nichts zu sehen. Nirgends sah es so aus, als wäre etwas durchwühlt worden, und augenscheinlich fehlte auch nichts. Mit etwas flauem Magen betraten sie das Arbeitszimmer des Grafen. Das Regal vor dem Safe war weggeklappt, die Safetür stand offen.

»Sehen Sie!«, kam es von der Gräfin. »Es war doch jemand da. Gott sei Dank, sonst hätte ich ja wie eine hysterische Kuh dagestanden.«

Sie gingen zum Safe und schauten hinein.

»Sie müssen sagen, ob etwas fehlt«, sagte Berger und trat zur Seite.

Rosa kontrollierte den Inhalt und sah ihn entgeistert an. »Es war definitiv jemand an dem Safe, sonst stünde er nicht offen. Es fehlt aber nichts. Sogar das Geld ist noch da.«

»Wie viel?«

»Zwanzigtausend Euro. Mein Mann sagte immer, dass man Tätern ein Trostpflaster dalassen sollte, damit sie nicht vor lauter Wut alles zerstören.«

»Wenn zwanzigtausend Euro für Sie ein Trostpflaster sind, dann würde ich mich gern mal von Ihnen verbinden lassen.«

In diesem Augenblick kam Filou laut quiekend durch die Terrassentür ins Zimmer gerannt, direkt auf die Gräfin zu. Er sprang so lange an ihr hoch, bis sie ihn auf den Arm nahm.

»Armer Filou, was ist denn nun schon wieder mit dir los? Was hat dir denn solche Angst gemacht?«

Berger zuckte mit den Achseln. »Wenn ein nicht ganz normales Schwein nicht ganz normal ist, dann ist irgendetwas nicht normal. Am besten schauen wir einmal nach.«

Auf alles gefasst, traten sie aus dem Haus. Aber da war nichts Außergewöhnliches zu sehen.

Sie gingen in Richtung Einfahrt, aber dort konnten sie auch nichts entdecken.

Rosa schaute Filou in die Augen. »Hör mal, Schwein, was hast du denn nur gesehen, das dich so aufregt?«

Berger bekam plötzlich einen leicht angespannten Gesichtsausdruck. »Wenn ich Sie wäre, dann würde ich mich jetzt nicht umdrehen«, sagte er.

»Was ist denn das für ein Blödsinn? Wenn Sie mich schon so dusselig anmachen, dann drehe ich mich natürlich um!« Sie tat es und schaute entsetzt auf die Füße eines erhängten Mannes. Langsam wanderte ihr Blick nach oben. »Um Gottes willen, davor hätten Sie mich aber auch warnen können«, flüsterte sie.

»Das habe ich gemacht«, kam es prompt von Berger, »aber Sie wollten ja, wie immer, nicht auf mich hören!«

»Dann warnen Sie das nächste Mal geschickter.« Sie hatte ihre Fassung schnell zurück. »Wie kommt dieser Mensch dazu, sich hier auf meinem Grundstück zu erhängen?«

»Da fragen Sie bitte den, der den armen Teufel aufgeknüpft hat«, murmelte Berger und wählte die Telefonnummer des Comisarios.

Rosa schaute den Toten interessiert an. »Der farbenfrohen Kleidung nach zu urteilen, ist das einer von Khalils Ahaggaren.«

»Stimmt«, nickte Berger, »das ist kein Geringerer als Oberst Abdul Ben Sowieso.«

Sie schaute ihn verwundert an. »Kennen Sie ihn?«

»Der Prinz hat ihn uns als den Chef seiner hiesigen Sicherheitsmannschaft vorgestellt. Da hat dem armen Kerl die ganze Spezialausbildung, durch die er sich quälen musste, verdammt wenig geholfen.«

Als der Comisario eintraf, tauchte zeitgleich ein gecharterter Hubschrauber über dem gräflichen Anwesen auf und landete inmitten einer riesigen roten Staubwolke. Mit wehendem Burnus verließ Prinz Khalil in Begleitung einiger Leibwächter den Helikopter und blieb betroffen vor dem toten Oberst stehen. Mit lauter Stimme und zu Allah gehobenen Händen stimmte er ein Totengebet an.

Etwas abseits, um die Andacht Seiner Königlichen Hoheit nicht zu stören, unterrichtete Berger den Comisario über das, was ihm bei dem dritten Erhenkten bisher aufgefallen war. Kurz darauf trafen auch schon die Kolleginnen und Kollegen der Spurensicherung ein.

Berger steuerte auf den Prinzen zu, der noch immer sichtlich erschüttert vor seinem toten Sicherheitschef stand.

»Mein Beileid, Königliche Hoheit. Können Sie mir sagen, ob Ihnen an Ihrem Oberst in den letzten Tagen etwas aufgefallen ist?«

Prinz Khalil neigte betreten den Kopf zur Seite. »Ja, gestern Abend hat er noch gelebt.«

»Mal abgesehen davon. Schien er zum Beispiel im besonderen Maße gestresst gewesen zu sein?«

»Nein, er war wie immer, zuverlässig, ruhig und aufmerksam. Meine Leute sind so geschult, dass sie sich durch nichts, schon gar nicht durch privaten Stress, aus der Ruhe bringen lassen.«

»Aber ihre Leute sind auch nur Menschen.«

Der Prinz nickte traurig.

»Hoheit, gab es in den letzten Tagen irgendwelche Anzeichen dafür, dass einer Ihrer Leute in Gefahr sein könnte?«

»Was denn für Anzeichen?«

»Aber, Hoheit, ich bitte Sie. Sie sind Chef des Geheimdienstes Ihres Landes. Das ist schließlich kein Kaninchenzuchtverein.«

Der Prinz schaute ihn irritiert an. »Ich bin es nicht gewohnt, derart zurechtgewiesen zu werden.«

»Sie sind es auch nicht gewohnt, dass man Ihre Mitarbeiter in fremde Bäume hängt, dennoch müssen Sie sich jetzt damit beschäftigen.«

Der Prinz ließ die Schultern hängen. »Sie haben ja recht, aber was soll ich denn machen?«

»Verhalten Sie sich professionell, Hoheit, damit wäre uns allen geholfen.

»Ich möchte mich in aller Form für mein Schwäche entschuldigen.« Khalil zuckte mit den Achseln. »Aber wenn da plötzlich ein langjähriger Mitarbeiter so vor ihnen liegt, oder in diesem Falle hängt, dann ist das schon eine ungewohnte Situation.«

»Was werden Sie jetzt tun?«

»Das kommt natürlich auf Ihre Ermittlungen an. Was meinen Sie, passt das in diese furchtbare Serie hinein? Oder haben wir es mit einem Trittbrettfahrer zu tun? Ein Suizid ist es auf jeden Fall nicht. Ein gläubiger Moslem, und das war Oberst Abdul, würde niemals Hand an sich legen.«

Sie gingen ein paar Schritte näher an die Leiche heran, um auch auf Details achten zu können.

»Sehen Sie Parallelen?«

Der Residente nickte. »Es spricht zumindest einiges dafür. Es sieht von hier so aus, als wäre er auf die gleiche Art und mit dem gleichen Knoten aufgeknüpft worden wie die anderen beiden. Ganz sicher können wir erst nach der Autopsie sein, wenn wir näher an der Leiche dran waren.«

»Kann ich Ihnen irgendwie behilflich sein?«

»Ich wäre Ihnen dankbar, wenn Sie alle bei der Gala akkreditierten Gäste und auch das Personal aus Sicht der Geheimdienste durchleuchten lassen würden. Zwei von drei Toten hatten mit Geheimdiensten zu tun. Das kann eigentlich kein Zufall sein.«

»Ich werde Sie umgehend über meine Ergebnisse informieren.« Ohne zu zögern gingen Prinz Khalil und seine Leibwächter zu dem wartenden Helikopter, um gleich danach in Richtung Palma abzuheben.

Die Gräfin reichte Berger eine erfrischende Limonade.

»Ich danke Ihnen«, sagte sie.

Er schaute etwas überrascht. »Gern, wofür?«

»Dass Sie für mich da waren, als ich Sie brauchte.«

»Das beruht ja wohl auf Gegenseitigkeit, oder?«

Rosa nickte. »Schon, aber es ist für eine Detektei eigentlich nicht üblich, dass man sich ständig nur gegenseitig hilft, oder?«

»Wenigstens das!«, kam es trocken von Berger. »Dennoch sollten wir uns darauf konzentrieren herauszubekommen, wer hier seine Arbeitsproben so penetrant auf unserer schönen Insel verteilt.«

Sie lächelte glücklich. »Das ist schön, auch dafür möchte ich Ihnen danken.«

Er zog die Stirn kraus. »Was meinen Sie denn jetzt schon wieder? Wofür danken Sie mir?«

»Dass Mallorca nun uns beiden gehört.«

8

Als der Comisario und Berger am Hafen von Palma vorbeifuhren, sahen sie schon von Weitem, dass rund um die Superjachten eine Menge los war. Die Zufahrt zu diesem Areal war von der Presse belagert, und jeder, der freien Zugang oder Zufahrt hatte, wurde einem Blitzlichtgewitter unterzogen. Frei nach dem Motto: Man weiß zwar noch nicht, wer das war, aber man hat ihn wenigstens schon auf der Speicherkarte.

Die beiden entschlossen sich, einen kurzen Zwischenstopp einzulegen. Sicherlich hatte die Großherzogin schon von dem dritten Todesfall gehört, und Berger fühlte sich in der Pflicht, ihr in dieser Situation wenigstens durch einen kurzen Besuch zu zeigen, dass sie auf dieser Insel nicht völlig allein war.

»Jungchen, dass ist aber schön, dass Sie mich besuchen kommen. Wir geht es meiner kleinen Rosa?«

»Sie trägt es mit Fassung.«

»Ich habe es eben durch Khalil erfahren. Der arme Junge ist völlig durch den Wind. Der Oberst und er waren der gleiche Jahrgang.«

»Haben Sie sich Ihr Vorhaben noch einmal durch den Kopf gehen lassen?«, wollte der Comisario wissen.

»Sie meinen das mit dem Collier?«

»Ja.«

Tante Auguste lachte auf. »Mein lieber Junge, wo denken Sie hin? Selbst wenn ich die Aktion abblasen wollte, könnte ich das inzwischen nicht mehr. Dieses Stück Wild wurde von der Presse schon mit Haut und Knochen zerlegt und vertilgt. Wenn ich jetzt einen Rückzieher mache, zerreißen die mich in der Luft.«

»Wie heißt es bei Schiller: ›Hüte dich, den Leu zu wecken‹«, dozierte Berger. »Sie haben es leider getan.«

In diesem Augenblick betrat der Prinz ohne größeres Gefolge das Schiff. Seine Riesenjacht lag ja nur ein paar Liegeplätze weiter, und er betrachtete die ganze Marina als sein Wohnzimmer.

»Señor Residente, es ist gut, dass Sie da sind. Ich habe Neuigkeiten.

»Und was?«, fragte Berger neugierig.

»Sie haben mich doch darum gebeten, alle Gäste und das gesamte Personal aus Sicht der Geheimdienste zu durchleuchten.«

»Sí, Señor.«

»Schauen Sie sich doch bitte einmal dieses Bild hier an. Es ist leider etwas unscharf. Ich habe es eben gerade über Satellitenfax bekommen.«

Er breitete einen großen Ausdruck auf dem Sideboard aus und strich ihn mit den Handballen glatt. Es war ein ziemlich langes Foto, eines, das offenbar mit einem der ersten Modelle einer Panoramakamera gemacht wurde. Es stammte aus dem Jahr 1982 und zeigte ein britisches Atom-U-Boot, das nach dem siegreichen Falklandkrieg in den Hafen von Manchester einlief. Es war die »HMS Conqueror«, und auf ihrem Deck stand die gesamte Crew, vom Schiffsjungen bis hin zum Kapitän.

»Sehr schön«, kam es vom Comisario, »mit Sicherheit ein sehr schönes Zeitdokument, aber was sagt uns das?«

Der Prinz reichte ihm eine Lupe. »Schauen Sie sich doch bitte einmal diese Dame hier an. Kennen Sie die nicht eventuell?«

García Vidal bemühte sich redlich, etwas zu erkennen, doch schließlich schüttelte er den Kopf. »Die Dame ist nicht sehr scharf getroffen. Ich würde sagen, ein Mittelding zwischen Maggie Thatcher und einem Spice Girl.« Er schob das Foto mehr zum Licht hin. »Ich hab's«, rief er, »das ist Prinzessin Anne.«

»No, Señor, Pferde sind auf U-Booten verboten«, erwiderte der Prinz.

»Aber dieses Pferd hier ist an Bord eines solchen.«

Berger griff sich die Lupe, um selbst genauer sehen zu können.

»Jetzt weiß ich es. Bei diesem Exemplar handelt es sich zweifelsfrei um einen sehr unangenehmen Menschen, der im Laufe der Jahrzehnte absolut ungenießbar geworden ist und heute auf den Namen Bings hört.«

Der Prinz nickte stolz. »Aber damals war sie noch der unverheiratete Lieutenant-Commander Charlott McMillen, ein verdientes Mitglied des MI5. Hier ist ein Ausdruck der Mannschaftsliste.«

Berger war völlig entgeistert. »Diese Plantschkuh war einmal ein echter weiblicher James Bond, eine, die ihren Martini immer nur geschüttelt haben wollte, nicht gerührt?«

Der Comisario hatte sichtlich Mühe, diese Information zu verarbeiten. »Das ist nun wirklich kaum zu glauben.«

»Ich habe es auch nicht fassen können«, kam es vom Prinzen, »aber es wurde mir bestätigt.«

»Okay, Mrs Bings war beim MI5, aber auch wenn ich das nie erwartet hätte, was ist daran so sensationell?«, wunderte sich der Comisario.

Prinz Khalil beugte sich geheimnisvoll vor. »Fällt Ihnen denn gar nichts auf?«

»Doch«, flüsterte Berger, »dass nämlich weder mein Kollege noch ich je wieder einen James-Bond-Film gucken können, ohne uns mit Grausen abzuwenden.«

»Nein«, erwiderte der Prinz, »ich meine die Zusammenhänge.«

Berger und der Comisario sahen zuerst einander ratlos an und dann ihn, gespannt darauf, was er ihnen für eine Lösung präsentieren würde.

»Meine Herren, so schwierig ist das doch gar nicht. Meister Jordi, Hinckeby und Oberst Abdul wurden an Seilen aufgehängt, die mit Spezialknoten an Balken oder Ästen befestigt wurden. Dabei handelt es sich um Spezialknoten, die nur auf britischen Atom-U-Booten zur Anwendung kommen. Unsere gute Mrs Bings war damals nachweislich auf einem britischen Atom-U-Boot stationiert, und zwar ausgerechnet auf dem U-Boot, das unseren verehrten Meister Jordi aus dem Ozean herausgefischt hat.«

Berger kratzte sich am Kinn. »Jetzt, wo Sie es sagen, springt es mir auch ins Auge.«

Der Großherzogin war inzwischen offenbar langweilig geworden. Sie war es nicht gewohnt, von den Männern in ihrer Umgebung so gar nicht beachtet zu werden. »Nun, meine Herren«, sagte sie schnippisch, »wenn Sie unter sich sein wollen, dann gründen Sie doch einen Club.«

Der Comisario wandte ihr sogleich seine Aufmerksamkeit zu. »Königliche Hoheit, ich bin untröstlich, aber das sind wichtige Dienstgeschäfte.«

»Schnickschnack! Können Sie dieses unmögliche Wesen nun dingfest machen?«

Berger zuckte mit den Achseln. »Wäre unser Comisario der russische Präsident und Mrs Bings anderer politischer Meinung, dann würde das hier«, er zeigte auf das Foto, »locker für lebenslänglich Sibirien reichen, aber García Vidal ist kein russischer Präsident, und hier geht es auch nur um Mord, liebste Tante. Wir müssen wohl doch noch ein paar Beweise zusammentragen.«

Die Großherzogin war sichtlich enttäuscht. »Schade, meine Herren. Es gibt Momente, da wünsche ich mir die gute, alte Feudalherrschaft zurück.«

»Ich kann es Ihnen nachfühlen, Königliche Hoheit«, gab der Comisario zurück und verneigte sich leicht vor ihr. »Aber Verdächtige erst nach dem Verhör zu köpfen, hat für die Wahrheitsfindung durchaus seine Vorteile.«

***

Im Büro der Präsidentin herrschte eine geschäftige Stimmung. Es war so viel an Vorbereitungen für das kommende Wochenende zu erledigen, dass, wenn die Damen zusammentrafen, eigentlich nur Sachthemen besprochen wurden. Rosa und Carmen kümmerten sich momentan im Ballsaal um die Dekoration, und Angela Bischoff saß an ihrem Platz und arbeitete am Computer. Der kleine Beistelltisch, der zusätzlich für sie in den Raum gestellt worden war, brach unter der Last der Papierstapel und der verschiedenen Geräte beinahe zusammen.

»Es tut mir leid, Señora«, sagte die Präsidentin, »ab fünfzehn Uhr haben sie direkt neben dem Ballsaal Ihr offizielles Büro, dann werde ich bei Ihnen zu Gast sein.«

Sie versuchte mit fahrigen Bewegungen vergeblich, ihre Merkzettel zu sortieren. Angela Bischoff beobachtete sie kopfschüttelnd.

»Glauben Sie mir, Señora Presidente, wenn Sie sich jetzt nicht augenblicklich einen Kaffee bestellen und sich den Kloß von der Seele reden, dann wird das nie was.«

Señora Delgado Bunyol ließ sich verzweifelt auf ihren Stuhl fallen. »Hören Sie bitte auf, mich Señora Presidente zu nennen. Das bin ich ab Montag wahrscheinlich sowieso nicht mehr. Sagen Sie Maria zu mir, dann habe ich das Gefühl, wenigstens noch eine Freundin zu haben.« Sie vergrub das Gesicht in den Handflächen.

»Dann sage ich Maria – wenn Sie mich Angela nennen. Und nun raus mit der Sprache, was erdrückt Sie gerade?«

»Einfach alles. Ich habe das Gefühl, als wäre die Last einer Feder augenblicklich zu viel für mich.«

Angela Bischoff nickte mitfühlend: »Dieses Gefühl kenne ich. Und glauben Sie mir, wenn ich an Ihrer Stelle wäre, dann ginge es mir jetzt ganz genauso.« Sie griff zum Telefon und bestellte zwei Kaffee.

»Wenn neben dem Ball nur nicht auch noch diese Mordserie wäre …«

»Das belastet nicht nur Sie, Maria, das geht uns allen an die Nieren, aber davon dürfen wir uns nicht beeinflussen lassen.«

Señora Delgado Bunyol schüttelte den Kopf. »Das hat doch aber alles miteinander zu tun. Rund um die Diamanten, die hier am Samstag getragen werden, wird gemordet, und mich macht wahnsinnig, dass wir dagegen absolut machtlos sind.«

»Aber darum kümmern sich doch die Männer, und ich kann mir keine besseren Hände vorstellen, in die Sie dieses Problem legen könnten.«

»Die brauchen wir eigentlich hier, beim Ball!«

»Sollten Sie mit Ihrer Vermutung, dass Morde und Ball zusammenhängen, recht haben, dann werden sie ganz automatisch hier sein, wenn wir sie brauchen.«

Die Präsidentin versuchte ein Lächeln. »Ihr Vertrauen möchte ich haben«, seufzte sie.

»Das haben Sie, Maria, nur sollten Sie es mal wieder in sich selbst investieren.«

***

Diesmal wurde das Telefon bereits nach dem zweiten Klingeln abgehoben.

»Sí.«

»Ich bin froh, dass ich Sie erreiche. Morgen Nachmittag, den Ort und die Uhrzeit teile ich Ihnen noch mit dem üblichen Schlüssel per SMS mit, wird das Collier der Großherzogin vom Banksafe in Begleitung zweier Wachen auf das Schiff gebracht. Die beiden Wächter sind mit Berettas bewaffnet. Sie werden sie wohl ausschalten müssen, um an den Stein zu kommen. Für diesen erfolgreichen Abschluss Ihrer Arbeit zahle ich Ihnen die dreifache Prämie auf dem üblichen Weg. Sind Sie damit einverstanden?«

»Es ist, wie bereits erwähnt, eine Freude, mit Ihnen Geschäfte zu machen.«

***

Es war schon später Nachmittag, als Berger und der Comisario im neuen Festbüro des »Damenkomitees« eintrafen. Es befand sich im Foyer, direkt neben den beiden Haupteingängen des schon jetzt prächtig geschmückten Festsaals. Nach kurzer Zeit hatten sie sich gegenseitig auf den neuesten Stand gebracht.

Berger goss sich einen Kaffee ein. »Mrs Bings soll hier im Palais sein, stimmt das?«

Die Präsidentin nickte. »Stimmt, sie hat sich mit ihren Mitarbeitern hinten in einem Raum eingenistet und macht dort ihre Arbeit.«

»Und die macht sie wirklich nicht schlecht«, warf Angela Bischoff ein. »Sie hat es ohne großes Getöse geschafft, der Upperclass klar zu machen, dass ihr Schmuck registriert werden muss.«

Berger musste grinsen. »Ich stelle mir gerade vor, wie Leute wieder nach Hause geschickt werden, weil sie sich nur Zuchtperlen leisten können.«

»Das wird nicht passieren«, ging die Gräfin dazwischen. »Wir haben uns darauf geeinigt, dass, um eben dies zu vermeiden, alle Schmuckstücke mit Chips versehen werden, selbst wenn sie aus einem Kaugummiautomaten stammen.«

»Eine MI5-Agentin mit Fingerspitzengefühl, dass ich das noch erleben darf …« Berger schüttelte ungläubig den Kopf.

Die Gräfin tat empört. »Fingerspitzengefühl, dass Sie dieses Wort überhaupt kennen!«

»Wir haben jetzt keine Zeit für derartige Streitereien«, sagte García Vidal ungehalten. »Gibt es hier etwas im Raum, was Mrs Bings angefasst haben könnte?«

»Nee.« Angela Bischoff schüttelte den Kopf. »Sie war vorhin nur ein Mal hier, schaute sich kurz um und notierte sich unsere interne Telefonnummer. Dann war sie auch schon wieder weg.«

»Sie hat ja auch wirklich keinen Grund, sich hier willkommen zu fühlen«, kam es von der Präsidentin. »Das Erste, was sie hier begrüßte, war ein böse quiekendes Schwein. Die Türklinke hat sie übrigens auch nicht angefasst, da die Tür die ganze Zeit offen stand.«

»Wie kommen wir dann an ihre DNS?«, überlegte García Vidal.

»Schade«, frotzelte Angela Bischoff, »dass Sie nicht Boris Becker sind. Dort drüben hätten wir eine geeignete Besenkammer.«

Carmen Lucas räusperte sich. »Ich habe eine Freundin in meinem Ausbildungsjahrgang, die könnten wir als Putzfrau in Mrs Bings Hotelzimmer schicken. Sie ist jung genug, um bei ihr als Zimmermädchen durchzugehen. Da wird doch mit Sicherheit irgendetwas herumliegen, wovon wir eine Probe bekommen und Fingerabdrücke nehmen könnten.«

»Gute Idee. Aber wir haben es hier mit einem absoluten Profi zu tun. Es wäre schön, wenn die Dame wirklich ahnungslos bliebe, wie weit wir ihr schon auf den Fersen sind. Diese Person und ihre Mitarbeiter stehen ab sofort unter Beobachtung!«, entschied der Comisario.

Carmen veranlasste sofort alles Nötige.

García Vidal schaute in die Runde. »Und, was können wir noch machen? Gibt's hier eventuell etwas zu helfen?«

»Ja«, kam es von der Gräfin, die sich dabei erhob. »Es wäre sehr schön, wenn Sie mich hier vertreten würden, dann kann ich nämlich mit Ihrem hochverehrten Investigativkollegen mal kurz zum Schneider.«

Berger schaute entsetzt zu ihr hoch. »Das ist nicht Ihr Ernst. Ich hatte gehofft, dass es dafür schon zu spät ist. Wie soll der, bitte schön, in nur einem Tag für mich einen Smoking machen?«

»Ich war schon da, mein Lieber. Der Meister der Nadel hat einen Lehrling mit einer Figur, die ungefähr Ihrer entspricht. Heute findet nur noch die letzte Abnahme statt.«

Berger stand geschlagen auf und trottete der Gräfin hinterher. »Jetzt weiß ich, warum ich die Bings nicht ausstehen kann. Nicht den Juwelier hätte sie ermorden sollen, sondern den Schneider!«

***

Wie ein bockiges kleines Kind saß Berger auf dem vorderen Deckaufbau seiner kleinen »Llaut« und schmollte. Filou hockte vor ihm und schaute ihn mit großen, treuen Augen an.

»Guck nicht so unschuldig. Du weißt ganz genau, was man mir damit antut, mich in einen derartigen Zwirn zu zwängen.«

Die Gräfin stand ungerührt im Ruderhäuschen seines kleinen Fischerbootes und steuerte es über das offene Meer zurück in Richtung Palma.

»Warum braucht Filou keinen Smoking?«, rief er nach hinten. »Warum darf der nackt auf den Ball?«

»Wenn Sie unbedingt wollen, dürfen Sie das auch«, kam es ungerührt von ihr. »Ich habe nur etwas gegen Ihre speckige Jeans.«

»Die ist nicht speckig, das sind Gebrauchsspuren!«

»Hören Sie bitte auf zu jammern. Ich bin schon auf Ihren Wunsch eingegangen, die kommenden zwei Nächte auf Ihrem Boot zu schlafen, nun kommen Sie doch wenigstens in puncto Kleidung meiner Bitte nach.«

Berger lachte auf. »Dass ich nicht lauthals grinse. Das war eine brutale, persönlichkeitsvergewaltigende Anordnung!«

Filou grunzte zustimmend.

»Außerdem macht mein Wunsch im Gegensatz zu Ihrem richtig Sinn. Ich passe wenigstens auf Ihre Tante auf, wenn ich im Jachthafen übernachte.«

»Und ich achte als Gegenleistung auf das Image eines gewissen Herrn Berger, das ist doch auch etwas. Außerdem hätten Sie in Ihrem Smoking richtig fesch ausgesehen, wenn Sie bei der Anprobe nicht dagestanden hätten wie ein Gorilla, wenn's donnert.«

»Ich habe mich aber genauso gefühlt.«

»Keine Diskussion, Sie tragen das Ding morgen, und damit basta!«

Berger beschloss, lieber im Stillen weiterzuschmollen. Ein Streitgespräch passte auch gar nicht zu diesem wunderbaren Blick auf die von der Abendsonne angestrahlte Steilküste. Jeden Augenblick würden sie das Cap de Ses Salines umrundet haben und wieder in nordwestlicher Richtung auf den Hafen von Palma zuhalten.

»Hier, zwischen Cabrera und dem Cap, sind hervorragende Fischgründe. Früher war das alles militärisches Sperrgebiet, da durfte nicht gefischt werden.«

»Dann sollte man das ganze Mittelmeer zur Sperrzone erklären, damit sich dieses vom Menschen zerschundene Gewässer wieder erholen kann.«

Er verdrehte die Augen. »Sie sollten sich lieber darüber Gedanken machen, wie wir die Menschheit vor einer Mrs Bings schützen können.«

»Hat denn alles geklappt mit den Proben?«

»Soweit ich weiß, ja. Carmens Kollegin muss gute Arbeit geleistet haben.«

»Habt ihr denn schon etwas vergleichen können?«

»Ja«, nickte er missmutig, »ihre Fingerabdrücke haben wir bereits durch den Scanner gejagt, aber es gab leider keine Übereinstimmung mit denen, die an den Tatorten gefunden wurden.«

»Sie klingen fast etwas enttäuscht.«

»Stimmt, ich mag sie nicht, und in Krimis sind die Unsympathischen auch immer die Bösen.«

»Ich habe auch schon Krimis gesehen, da war das nicht so.«

»Dann waren das aber keine Klassiker, sondern irgendwelche komplizierten, ultrarealistischen Filme.«

»Und worin besteht der Unterschied, wenn ich fragen darf?«

»Der realistische Film zeigt die Realität so brutal, wie sie ist, der Klassiker zeigt die Realität so, wie wir sie gern hätten.«

Die Gräfin schaute auf ihre Armbanduhr.

»Was meinen Sie, wie lange wir nach Sa Rapita brauchen? Ich habe einen mordsmäßigen Hunger, wir könnten doch dort in unser Fischrestaurant gehen.«

Er musterte die Küste. »In einer guten halben Stunde könnten wir da sein.«

»Okay, diese Zeit sollten wir uns nehmen.« Sie drehte das Ruder nach Steuerbord. »Ich zahle.«

»Auch auf die Gefahr hin, dass wir den Comisario wieder beim Turteln stören? Wer weiß, vielleicht will er die Festung Bischoff ja heute sturmreif flirten.«

»Woher wissen Sie, dass ich das nicht auch mit Ihnen vorhabe?«, unterbrach ihn Rosa augenzwinkernd. »Wir wollten dieses Thema ja sowieso bei einem Rotwein auf dem Boot miteinander diskutieren.«

Berger war sprachlos. »Ähm«, räusperte er sich, »morgen ist ein anstrengender Tag, und ich denke, wir sollten nach dem Essen doch ein wenig kürzer treten.«

Sie lächelte ihn an und flötete: »Feigling!«

Als sie anlegten, brannten schon die Straßenlaternen. Da das Schiff ein mallorquinisches Kennzeichen hatte, scherte sich niemand aus dem Hafenbüro um den Spätanleger. Zehn Minuten später trafen sie mit Filou im Schlepptau in ihrem Fischrestaurant ein. Pepe, der Wirt, schüttelte genervt den Kopf, als er das leise Grunzen vernahm.

»Oh nein, Residente, nicht schon wieder. Das hier ist ein Fischrestaurant, kein Haxengrill!«

Wütendes Gequieke ertönte.

Pepe sah sich um und strahlte. »Heute ist mein Glückstag, Residente, es ist alles besetzt.«

Sie folgten seinem Blick. Leider hatte er recht. Selbst im Innenraum war nicht ein Stuhl mehr frei.

»Können Sie uns etwas für unterwegs machen?«

»Und was, wenn ich fragen darf?«

Berger lächelte ihn breit an. »Wenn schon Fast Food, dann bitte richtig. Ich hätte gern eine große Portion Fish and Chips, aber bitte ohne Essig und die Chips mit Mayo.«

Pepe verzog angewidert das Gesicht. Offenbar entwickelte er schon beim bloßen Gedanken daran Plaque.

»Und für Sie, mein Fräulein, dürfen es für Sie einfache Fischstäbchen sein, oder möchten Sie Lucullus heute einmal mit Calamari fritti tief ins Auge schauen?«

»Ich hätte gern die Calamari«, sagte die Gräfin freundlich, »und wenn sie noch einmal ›mein Fräulein‹ zu mir sagen, dann kaufe ich den Laden und lasse Sie von morgens bis abends Pommes braten.«

Pepe schaute zum Allmächtigen und hob seine Hände. »Großer Gott, wozu hast du mir einen Michelin-Stern gegeben?«

Kaum eine halbe Stunde später überreichte Pepe ihnen ihr Essen mit den Worten: »Zahlen Sie einfach das nächste Mal, wenn Sie ohne Ihre quiekende Soprasada bei uns einkehren wollen.«

Kurze Zeit später waren sie wieder an Bord der »Llaut« und legten Richtung Palma ab.

»Und wann geht es unserem Festmahl an den Kragen?«, fragte Rosa.

»In einer Viertelstunde sind wir aus der Fahrrinne und können ankern.«

»Wunderbar. Ich hole schon einmal eine Flasche Roten aus der Kajüte. Wo soll ich decken?«

»Wir sollten unbedingt hier oben bleiben. Unten haben wir keine Sterne, und Sie wollen es ja zum Dessert unbedingt romantisch haben.«

***

Angela Bischoff und der Comisario hatten es nicht annähernd so nett und romantisch wie die Gräfin und der Residente. Sie saßen noch immer mit Carmen Lucas und der Präsidentin im Büro und waren mit der Tischordnung beschäftigt.

Frau Delgado Bunyol war einem Nervenzusammenbruch nahe.

»Ich werde noch wahnsinnig. Dieser Fleischermeister hier«, sie wedelte mit einem Buchungsbeleg, »ist aus dem schönen deutschen Münster und hat für seine Premiumplätze glatte zwölftausend Euro pro Nase bezahlt. Wenn ich ihn und seine dralle dreiundzwanzigjährige Wurstfachverkäuferin, die er als seine Frau ausgibt, die einzigen noch freien Plätze zuweise, dann laufe ich Gefahr, dass er Königin Renania vier Stunden lang etwas über Schweinskopfsülze erzählt.«

»Hätten Sie ihn vielleicht gern neben dem Dalai Lama?«, feixte der Comisario.

»Spätestens dann würde der arme Kerl vom Glauben abfallen.« Sie schüttelte den Kopf. »Ich weiß einfach nicht mehr, was ich machen soll.«

Angela Bischoff schaute auf den Plan und studierte ihn.

»Wenn Sie die Großherzogin neben die Königliche Hoheit setzen und Frau Pooth hier rüber, dann würden Sie Ihrem Fleischermeister die Klitschkos auf einer kalten Platte servieren, und alles wäre in Butter.«

Die Präsidentin strahlte. »Angela, wie viele Bälle haben Sie schon organisiert?«

In diesem Augenblick betrat Mrs Bings das Büro.

»Señor Comisario, könnten Sie mir bitte sagen, was diese lächerliche Observation hat zu bedeuten, die Sie offensichtlich für meine Person haben angeordnet?«

García Vidal räusperte sich verlegen. »Was für eine Observation?«, fragte er möglichst unbedarft.

»Ich meine diesen Herrn, der wie eine Klette an mir hängt. Señora Presidente«, wandte sie sich nun Señora Delgado Bunyol, »ich komme aus einem Land, das Sie dürfen als zivilisiert bezeichnen. Bei uns es ist nur üblich, dann jemanden beschatten zu lassen, wenn gegen diese Person besteht ein konkreter Verdacht.« Sie bebte am ganzen Körper. »Also, was habe ich getan so Böses?«

Die drei schwiegen betreten.

Angela Bischoff unterbrach die unangenehme Stille. »Mrs Bings, uns sind Dinge in Ihrer Vergangenheit aufgefallen, die Sie leider in das direkte Umfeld der Ermittlungen bei drei aktuellen Mordfällen geraten lassen.«

»Und warum sagt man nichts zu mir von diesen ›Dingen‹?«

»Weil es sich um einen Anfangsverdacht handelt.«

Mrs Bings beruhigte sich etwas. »Hat dieser Verdacht etwas zu tun mit meinem Job beim MI5?«

»Reden wir nicht lange um den heißen Brei herum: Ja.«

»Wunderbar, aber wo ist die Problem? Ich war eine Agentin im Geheimdienst Ihrer Majestät. Wenn auch etwas gesagt wird von der Lizenz zum Töten, ich hatte sie nicht, weil diese Lizenz ein Märchen ist. Natürlich haben britische Agenten töten müssen, aber sie haben *never* gemordet.« Sie putzte sich die Nase, die vor Erregung leicht gerötet war. »Also sagen Sie mir bitte, warum ich Schuld habe, dann kann ich Ihnen stehen Rede und Antwort.«

Der Comisario forderte sie mit einer Handbewegung auf, sich zu setzen.

»Mrs Bings, Sie haben im Rahmen Ihrer Tätigkeit als Geheimdienstangehörige während des Falklandkrieges auf der ›HMS Conqueror‹ gedient?«

»Gedient habe ich beim MI5. Auf der ›Conqueror‹ bin ich gewesen nur zeitweise.«

»Können Sie mir sagen, warum die ›General Belgrano‹ von Ihnen angegriffen und versenkt wurde?«

»Dazu darf ich Ihnen sagen leider nichts. Nehmen Sie es als gegeben.«

»Ist es richtig, dass Sie im Rahmen Ihrer damaligen Tätigkeit mit Meister Jordi zu tun hatten?«

Sie nickte. »Das ist richtig.«

»Warum?«

Sie zuckte mit den Achseln. »*I'm sorry*, aber auch dazu darf ich Ihnen geben keinen Grund.«

Der Comisario hatte mit dieser Antwort gerechnet. »Haben Sie denn vor kürzerer Zeit noch mal mit Meister Jordi zu tun gehabt?«

Mrs Bings zögerte kurz, dann sagte sie: »Ich denke ja.«

»Genauer bitte«, kam es scharf von García Vidal. »Das dürfte keiner Schweigepflicht unterliegen. Oder gibt es dafür eine Klausel im Arbeitsvertrag mit Lloyds of London?«

»Nur im Rahmen, der üblich ist, Señor.« Sie richtete sich auf ihrem Stuhl kerzengerade auf. »Meister Jordi ist in den letzten Wochen geraten in den Mittelpunkt unser Investigationen.«

»Aufgrund welcher Tatsache?«

»Wir haben ... sagt man befürchtet?«

García Vidal nickte.

»Okay, wir haben befürchtet, dass er, ohne Wissen von die Auftraggeber, gemacht hat mehr Imitate von Schmuckstücken als wurde bestellt.«

»Wie kommen Sie darauf?«

»Die unglaubliche Ähnlichkeit seiner Arbeiten mit dem echten Schmuck ist gewesen zu sensationell.«

»Und wie erklären Sie sich diese obskure Ähnlichkeit?«

»Es konnten eigentlich nur gewesen sein zwei Fälschungen, die waren identisch.«

»Das haben Sie gewusst?« Der Comisario glaubte, seinen Ohren nicht zu trauen. »Gehe ich recht in der Annahme, dass die stolzen Schmuckbesitzer keine Ahnung davon haben, dass sie mit Glasperlen protzen?«

Sie nickte. »Wenn Sie es so nennen wollen, ja.«

»Warum haben Sie sich mit Ihren Verdachtsmomenten nicht an uns gewandt?«

»Weil wir dachten, ein Wind davon geht an die Presse. Wir haben versichert schließlich die Originalschmuck. Und es ist eine Katastrophe für Lloyds, nicht zu wissen, wo er ist.«

Wieder entstand ein Schweigen im Raum, das aber von deutlich weniger Spannungen belastet war.

Angela Bischoff schaute Mrs Bings fragend an. »Um welche Größenordnung von Betrug sprechen wir hier, wenn es denn wirklich einer ist?«

Mrs Bings schaut sich mahnend in der Runde um. »Kann ich rechnen mit Ihrem absoluten Stillschweigen?«

Alles nickte.

»Tja, also wir denken, dass fünfzig Prozent aller wirklich klassischen Steine und auch der berühmten Arbeiten inzwischen wurden ersetzt durch Topimitate. Ich schätze die entstandene Schaden auf gut einhundert Millionen Euro.«

»Durch unseren Meister Jordi?«, fragte Señora Delgado Bunyol fassungslos. »Und wo sehen Sie das Motiv für den Mord an ihm?«

»Meister Jordi war ein Mittäter, wir denken. Wir hatten ihn schon fast so weit, dass er nennen wollte uns die Hintermänner. Das Angebot von Straffreiheit war schon abgesegnet von meine Chefs.«

García Vidal runzelte die Stirn. »Straffreiheit kann nur der Staatsanwalt garantieren.«

»*I'm sorry*, Comisario«, versuchte ihn Mrs Bings zu besänftigen. »In unsere Geschäft wird gemacht viel ohne Anwalt von die Staat.«

Die Präsidentin konnte das alles nicht glauben. »Stellen Sie sich einmal vor, ich würde diesen sagenumwobenen Koh-I-Noor stehlen. Dieser tropfenförmige Diamant hat knapp über hundert Karat. Den erkennt doch jeder, der etwas damit zu tun hat, schon im Dunkeln. Was will ich damit, wenn der Stein absolut unverkäuflich ist? Wozu klaue ich ihn sonst?«

Mrs Bings nickte dankbar, als ihr Angela Bischoff einen Kaffee anbot. »Meistenteils sind nicht identisch dabei Auftraggeber und Täter. Reiche Verrückte meist haben nicht die kriminelle Know-how und wollen die Schmuckstück auch nicht verkaufen. Denen geht es nur darum, zu besitzen den Stein. Für die es ist das Größte, zu holen den Koh-I-Noor abends aus dem Safe nur einfach zu schauen den Stein.«

»Gab es da nicht einmal den Fall, dass sich so ein Verrückter blutjunge Prostituierte anheuerte, die ihm seinen gestohlenen Schmuck nackt vorführen mussten, und die er danach umbrachte, weil sie ihn sonst bestohlen oder verpfiffen hätten?«

Mrs Bings nickte stolz. »Das war Anfang von die Neunziger. Ich hatte die Ehre, bei die Auflösung des Falles zu helfen der Polizei.«

»Wir würden uns freuen, Señora, wenn sie auch bei der Aufklärung unserer Morde behilflich sein könnten.« Der Comisario goss sich Wasser ein. »Wissen Sie zum Beispiel etwas über Hinckeby oder über den Oberst des Prinzen Khalil? Gibt es zwischen denen irgendeinen Zusammenhang?«

Sie schüttelte bedauernd den Kopf. »Wir von Llyods steppen genauso im Dunklen wie auch Sie. Ich habe bereits spielen lassen meine alten MI5-Kontakte. Ich habe feststellen können nur eine Gemeinsamkeit: Sowohl Hinckeby als auch Meister Jordi waren regelmäßige Besucher in die Bordelle von Mallorca. Wir denken noch nicht einmal, dass sie sich haben gekannt.«

García Vidal nickte betroffen. »Wir haben leider auch noch keinerlei Berührungspunkte feststellen können. Die Überprüfung von Hinckebys Arbeits- und Privat-PC ist aber noch nicht abgeschlossen.«

Mrs Bings erhob sich von ihrem Platz. »Ich hoffe mit meinem Besuch, Señora Presidente, beigetragen zu haben zur Aufklärung, und denke, dass meine Observation aufgehoben ist damit?«

Der Comisario schüttelte den Kopf. »Ich bedaure, Señora, aber bis Ihre Angaben nicht bestätigt sind, muss alles so bleiben, wie es ist. Ich hoffe, Sie werden das verstehen. Ich habe Ihnen aber mit Herrn Zarado einen sehr wendigen, englisch sprechenden jungen Kollegen an die Seite gestellt, der Ihnen von nun an, wenn er schon enttarnt wurde, als unser Verbindungsmann sicher gern behilflich sein wird.«

Die Enttäuschung war Mrs Bings ins Gesicht geschrieben. Sie erhob sich und verbeugte sich steif vor García Vidal.

»Ich danke Ihnen für Ihr Entgegenkommen und werde mich arrangieren mit Ihrem Mitarbeiter.« Erhobenen Hauptes verließ sie das Büro.

»Was sagt uns das nun?«, fragte Angela Bischoff. »Ich kann noch immer nicht mit Sicherheit sagen, wo in diesem Fall die ›Bösen‹ sitzen.«

»Ihre Angaben decken sich mit unseren Erkenntnissen. Sie ist zwar noch nicht aus dem Schneider, aber was Meister Jordi angeht, hat sie wohl die Wahrheit gesagt. Ich glaube ihr«, sagte García Vidal. »Und etwas sympathischer ist sie mir geworden«, fügte der Comisario noch hinzu.

Frau Delgado Bunyol schüttelte den Kopf: »Wer soll das nur schonend dem Residente beibringen?«

***

Gräfin Rosa und Michael Berger hatten ihr Mahl unter den Sternen beendet. Sie leckte sich genüsslich die Finger ab.

»So ein Stinkstiefel ist der Pepe gar nicht. Er hat sogar frisches Gemüse und Hafer für Filou eingepackt.«

»Vielleicht mag er keine Schweine und hält ihn aus Protest für ein Pferd«, erwiderte Berger.

Sie schaute ganz verzückt in den Himmel. »Warum gibt es über Mallorca viel mehr Sterne als über Deutschland?«

»Weil hier die Luft viel klarer ist.«

»Das will ich Ihnen nicht glauben, nein, es gibt auf Mallorca mehr Sterne, weil hier die besseren Menschen leben.«

»Seien Sie versichert, dass es an der Luft liegt.«

Rosa winkte ab. »Sie sind unromantisch, wissen Sie das eigentlich?«

»Romantik macht traurig, und das kann ich nicht gebrauchen.« Er nahm einen großen Schluck Rotwein aus seinem Glas. »Ich bin grüblerisch genug.«

Rosa war dazu übergegangen, aus der Flasche zu trinken.

Berger sah ihr kopfschüttelnd dabei zu. »Was soll denn das, Frau Gräfin? Wollen Sie sich heute die Kante geben?«

»Mal gucken, was dabei rauskommt.« Sie lächelte und goss ihm aus ihrer Flasche nach. »Vielleicht schaffe ich es, Sie mir heute Abend noch schön zu saufen.«

Er musste lachen. »So viel Rotwein haben wir gar nicht an Bord.«

»Was ist los mit Ihnen, Residente? Ich kenne Hunderte von Männern, denen wäre in unserer Situation schon lange das Messer in der Hose aufgegangen. Lassen Sie Wein, Weib und Sternenhimmel denn völlig kalt?«

»Nein.«

Sie hatte plötzlich Schluckauf. »Ups, ich glaube, ich bin betrunken!«

»Das würde ich auch so sehen.«

»Na und? Warum darf eine Gräfin nicht auch mal zu viel trinken?« Sie sah ihn mit glasigen Augen an. »Michael, mögen Sie mich?«

»Das wissen Sie doch nur zu gut.«

»Und warum, zum Teufel, kommen Sie dann nicht zu mir und stecken mir Ihre Zunge in den Hals?«

»Sie haben doch selbst eine, wozu brauchen Sie auch noch meine?«

»Mensch, Michael, Sie sind doch nicht schwul, so viel weiß ich. So hässlich und alt bin ich doch gar nicht, dass ich derartig bei Ihnen abblitze.«

Er lächelte. »Im Gegenteil, Rosa, Sie sind der Traum von einer Frau.«

Sie nahm wieder einen Schluck. »Dann habe ich irgendetwas nicht kapiert.«

»Und was haben Sie nicht verstanden?«

»Sie sind pleite, ich habe Geld.«

Er nickte.

»Das passt also schon mal. Sie sind der Verrückte und ich die mit der Bodenhaftung.«

Er nickte wieder.

»Passt auch! Sie können kochen, ich habe Geschmack.«

Er schaute irritiert.

»Und auch das letzte Beispiel passt.«

»Nämlich?«

»Sie sind ein Mann, und ich bin eine Frau.«

»Aber da gibt es etwas, das gar nicht passt.«

»Was denn?«

»Sie sind betrunken, und ich bin nüchtern.«

Sie schaute ihn mit großen, glasigen Augen an. »Stellen Sie sich mal vor, es wäre umgekehrt.«

»Ein grauenhafter Gedanke.«

»Sehen Sie?«

Er nahm ihr die Flasche aus der Hand. »Und mit der Sauferei sollten Sie lieber aufhören, sonst wird das auch noch ein grauenhafter Morgen.«

Sie rülpste laut und vernehmlich.

»Schulligung!«

»Ich werde jetzt nach unten in meine Koje gehen. Sie können ja noch den Mann im Mond anbaggern, wenn Sie wollen.« Er erhob sich. »Und falls Ihnen schlecht wird, dort ist das Meer.« Er zeigte auf die See. Als er an ihr vorbeiging, beugte er sich zu ihr hinunter und gab ihr einen Kuss auf die Stirn.

Sie staunte ihn nur noch mit großen Augen an.

Er lag keine halbe Stunde dösend im Bett, da polterte sie mit unsicheren Schritten nach unten in die Kajüte und setzte sich neben ihn auf die Bettkante.

»Ich glaube, es ist so weit.«

Er schlug die Augen auf. »Was ist so weit?«

Sie stützte die Ellenbogen auf ihre Knie und vergrub das Gesicht in ihren Händen. »Ich brauche einen Kerl.«

»Wozu, muss irgendetwas repariert werden?«, fragte er verschlafen.

»Blödsinn. Ich brauche Sex. Wilden, ungezügelten Sex, sofort und hier und jetzt.«

»Den brauchen Sie mit Ihrem besoffenen Kopf ganz bestimmt nicht.«

»Na, hören Sie mal!«, rief sie gereizt. »Ich werde doch wohl noch selbst wissen, wann ich scharf bin, oder?«

»Sie sind nicht wild auf Sex, Sie haben vor Ihrem leeren Bett Angst. Sie wollen unter irgendeinen Flügel, um warm und weich abzuseufzen.«

Sie sackte kleinlaut in sich zusammen. »Und was ist daran so schlimm?«

»Warum soll das schlimm sein? Machen Sie doch nicht so einen Sexzirkus, nur weil Sie kuscheln wollen.«

Sie schaute ihn mit ihren vernebelten Augen an. »Ich bin eine Frau, und Sex ist für uns die Eintrittskarte zum Kuscheln. So ist das nun mal.«

Er hob mit geschlossenen Augen seinen Arm. »Wenn Sie kuscheln wollen, dann halten Sie die Klappe und kommen Sie her.«

Sie legte sich ungläubig neben ihn und wartete ab.

»Na, was ist nun?«, murmelte er.

Sie schmiegte sich an ihn, legte ihren Kopf auf seine Brust und genoss jeden einzelnen seiner ruhigen Atemzüge.

»Darf ich noch etwas fragen?«

Er schlief schon wieder fast.

»Was ist denn nun schon wieder?«

»Wäre es nicht angebracht, jetzt Du zueinander zu sagen?«

Er schüttelte den Kopf. »Tut mir leid, aber ich muss zu viele Arschlöcher duzen. Für so ein ganz normales Du sind Sie mir viel zu wichtig.«

Sie lächelte und küsste seine Brust dort, wo gerade ihr Mund war. »Herr Berger, ich fange an, Sie ein kleines bisschen zu mögen.«

Seine Augen fielen ihm zu. »Klappe halten und kuscheln.«

9

Als Rosa aufwachte, hatte sie einen fahlen Geschmack im Mund. Sie schlug ihre Augen auf, setzte sich und bekam einen Schreck. Die andere Koje in der Kajüte war unbenutzt. Sie befühlte ihre Brüste. Mit Erleichterung spürte sie ihren BH und das Top, das sie anhatte. Plötzlich fiel ihr alles wieder ein.

»Mein Gott, ist das peinlich«, murmelte sie beschämt, »ich habe mich wie eine läufige Füchsin aufgeführt.«

Sie stand auf und wusch sich ihr Gesicht. Danach schlich sie sich nach oben. Berger stand bereits am Steuer seines Bootes und hatte schon die halbe Strecke nach Palma geschafft.

Sie stellte sich neben ihn und legte ihren Arm um seine Hüfte.

»Ich danke Ihnen für ...«, sie zögerte verlegen, »die vergangene Nacht. Ich weiß wirklich nicht, was da in mich gefahren ist.«

Er lächelte sie an. »Nichts, das versichere ich Ihnen.«

Sie gab ihm lachend einen kameradschaftlichen Klaps auf den Po.

»Übrigens, als Kuschler sind Sie eine absolute Granate, hat Ihnen das schon mal jemand gesagt?«

»Vielen Dank für das Kompliment. Stets zu Diensten, Gnädigste.«

Um kurz nach neun legten sie an der Steuerbordseite der königlichen Zweitjacht an, die im Augenblick als Hotelsuite für die Großherzogin diente. Sie waren noch nicht richtig an Bord, da wurden sie schon von Khalils Leuten umstellt, bis Anatol Entwarnung gab. Der Butler sah mit Erstaunen auf die Gräfin und ihr etwas zerknautschtes Äußeres.

»Kann ich Ihnen irgendetwas Gutes tun, Durchlaucht?«

»Danke, Anatol. Ich wäre Ihnen sehr verbunden, wenn Sie vielleicht noch ein kleines Frühstück für uns übrig hätten.«

Er verbeugte sich leicht. »Wie Sie wünschen. Ihre Großtante sitzt übrigens auf dem Hauptdeck und wartet ebenfalls auf ihr Frühstück.«

Als Berger und die Gräfin um die Ecke bogen, hellte sich das

Gesicht der alten Dame auf. »Ach, Kinder!«, rief sie begeistert. »Das ist aber schön, dass ihr mich besuchen kommt.«

Die Freude war ganz auf Filous Seite, der fröhlich quiekend um den Sessel der Großherzogin herumsprang.

Die fügte mit einem taxierenden Blick auf Rosa hinzu: »Es scheint eine etwas stürmische Nacht gewesen zu sein.«

Berger lächelte sie freundlich an. »Es ist nichts passiert, was Ihrer Nichte nicht zur Ehre gereichen würde.«

In Tante Augustes Gesicht war ein Anflug von Enttäuschung zu sehen. »Wirklich nicht?«

Rosa gab ihr einen Kuss auf die Wange. »Ganz bestimmt nicht, Tantchen. Übrigens, guten Morgen.«

»Schade, mein Kind.«

»Wieso schade?«

Die Großherzogin lächelte verschmitzt in die Richtung des Residente. »Ich hätte es dir gegönnt.«

Dann wandte sie sich an Berger. »Und Sie, mein Junge, sollten sich in Kunstharz gießen lassen, als der letzte der echten Ritter.«

Berger lächelte sie an. »Ich danke für die Ehre, Tante Auguste. Als Statue in der herzoglichen *Hall of Fame* zu stehen, ist eine Auszeichnung für mich.«

»Schon, aber die Bewohner solcher Ruhmeshallen hatten meistens keinen Spaß am Leben.« Sie rieb sich vergnügt die Hände. »Dein Detektiv, Kindchen, hat Stil. Erinnere mich, diesen jungen Mann zu adoptieren, wenn ich nach diesem ganzen Quatsch Zeit habe. Aus dem machen wir noch einen waschechten von und zu Gottorf.«

Bergers Handy klingelte, und er ging ein paar Schritte zur Seite, um zu telefonieren.

Rosa nutzte die Chance, mit ihrer Tante von Frau zu Frau zu sprechen. »Tantchen, wenn ich dich schon für mich allein habe, dann kannst du mir ja verraten, was du heute Abend anziehen willst.«

»Was ich um den Hals herum trage, weißt du, und den welken Rest hülle ich in wallende, cremefarbene, sündhaft teure Tüllseide. Da hat eine chinesische Familie über fünfzehn Generationen dran geklöppelt.«

»Und, ist es schön?«

Tante Auguste winkte ab. »Dem Schneider gefällt's. Aber was soll's, heute ist nun mal Karneval der Eitelkeiten, und ich gehe eben als geplatzte Serviette. Was wirst du tragen?«

»Ich habe da ein sehr schönes, schlichtes rotes Kleid, relativ hochgeschlossen, dafür aber mit viel Rücken.«

»Wenn du dir deinen ›Magnum‹«, sie nickte mit dem Kopf in Bergers Richtung, »sichern willst, dann würde ich es an deiner Stelle verkehrt herum anziehen.«

»Nicht unbedingt. Wäre es nach mir gegangen, hätten wir die Nacht nicht so sittsam verbracht.«

»Hängt er noch so an seiner Frau?«

»Das auch. Er hängt überall und mittendrin, aber ich hänge genauso dämlich daneben. Lass uns Zeit, Tantchen, es muss noch eine Menge Gras über die Vergangenheit wachsen.«

»Komm her, mein Kind.« Tante Auguste streckte die Arme nach ihrer Großnichte aus und drückte sie ganz fest an ihr großes Herz. »Von mir aus habt ihr beide bis zum St. Nimmerleinstag Zeit. Du musst nur aufpassen, dass nicht plötzlich ein Kamel auftaucht und euer mühsam gesätes Gras wieder wegfrisst.«

Berger klappte sein Handy zusammen und machte ein betretenes Gesicht. »Das war der Comisario. Meine Lieblingsfeindin ist so gut wie rehabilitiert.«

»Wie, die Bings ist sauber?« Rosa sah in irritiert an. »Ist das sicher?«

»Sie schlug gestern Abend noch im Büro der Präsidentin auf und wirkte in ihrem Dementi äußerst glaubhaft. Seit heute Morgen recherchiert Cristobal, findet aber leider kein Haar in der Suppe.«

Die Großherzogin spitzte die Ohren. »Ist von dieser britischen Zimtzicke die Rede?«

Berger nickte. »Leider.«

»Die unangenehmsten Menschen sind oft auch die korrektesten. Aber was mich ein wenig wundert, ist, dass mein Prinz an dieser Person großes Interesse zeigt.«

Rosa lachte auf. »Seine Königliche Hoheit ist scharf auf diese Kuh?«

»Nein, es ist etwas anderes. Sobald diese Frau auf der Bildfläche erscheint, ist Khalils ganze Aufmerksamkeit auf sie gerichtet.«

»Hm«, machte Berger nachdenklich, »das stimmt. Während der

Pressekonferenz hat er sie nicht eine Sekunde lang aus den Augen gelassen.«

»Dann sprechen Sie ihn doch einmal direkt darauf an«, schlug Rosa vor. »Vielleicht hat er eine plausible Erklärung.«

Berger schüttelte den Kopf. »Das könnte ich natürlich machen, aber irgendetwas sagt mir, dass das im Augenblick nicht gut wäre.«

Bergers Fischerboot war fest vertäut und dem Hafenmeister gemeldet, und sie hatten ausgiebig gefrühstückt. So gestärkt, fühlten sie sich für die Ereignisse des bestimmt noch langen Tages gewappnet.

Als die beiden im Veranstaltungsbüro eintrudelten, wo sie sich um zehn Uhr mit den anderen verabredet hatten, waren Carmen und Tomeu schon da. Sie hatten Bergers Abendgarderobe und die der Gräfin in zwei Koffern aus Santanyí mitgebracht.

Der Residente zeigte auf die Koffer. »Ist da meine Festtagspelle drin?«

Tomeu nickte.

»Hättest du die nicht irgendwo vergessen können?«

Tomeu schaute zur Gräfin hinüber. »B-b-bin i-i-ich le-le-le-bensm-m-müde?«

Kurze Zeit später saß die gesamte Mannschaft des Sicherheitskomitees um den Schreibtisch der Präsidentin herum und ging diverse Checklisten durch. Als alles als erledigt abgehakt war, meldete sich Mrs Bings zu Wort.

»Meine Leute sind den ganzen Tag im Einsatz, um zu sichern die restlichen Schmuckstücke der Gäste. Die ›Träne der Romanows‹ wird gebracht um dreizehn Uhr mit Begleitung vom Bankschließfach zur Jacht von die Großherzogin. Dort werde ich persönlich versehen das Stück mit die Sicherheits-Chip.«

»Was den Schmuck betrifft, ist damit alles in trockenen Tüchern?«, fragte Señora Delgado Bunyol nach.

»*Well*, nicht ganz. Ich würde bevorzugen, dass die Schmuck begleitet wird von einer Person des Lloyds.«

Der Comisario war verwundert. »Aber, ich bitte Sie, Ma'm, die Ahaggaren des Prinzen sind ausgebildete *Navy Seals*. Die werden doch wohl auf ein Collier in einem Wertkoffer aufpassen können.«

»Im Prinzip schon, aber die *Seals* sind gedrillt auf Angriff. Fachpersonal für Werttransporte ist geschult ganz anders. Ich habe vorgeschlagen Seiner Königlichen Hoheit, dass lieber Mitarbeiter von Lloyds das machen, wie in die Vertrag geregelt, aber der Prinz bestand auf seine Leute.«

García Vidal zuckte mit den Achseln. »Wenn er das unbedingt so machen will und die Großherzogen damit einverstanden ist, dann ist das deren Kram, würde ich sagen.«

»Gehe ich richtig in der Annahme, dass unter diesen Umständen von Ihrer Seite aus kein Versicherungsschutz besteht?«, wollte Berger wissen.

Mrs Bings nickte. »Darauf habe ich ihn hingewiesen ganz explizit.«

»Was soll's«, kam es vom Comisario, »der Prinz hat genug Geld, um selbst für die Versicherungssumme zu garantieren.«

»Nur würde Tantchen nie auf eine Zahlung bestehen«, entgegnete Rosa. »Das ist ja ein reiner Freundschaftsdienst.«

»Und das weiß diese Schweinebacke natürlich ganz genau«, murmelte Berger wie elektrisiert.

Rosa zuckte zusammen und zischte ihm zu: »Was hat denn Filou schon wieder ausgefressen?«

»Filou?«, schreckte Berger aus seinen Gedanken.

»Sie haben Schweinebacke gesagt, ich hab's genau verstanden.«

Er sah sie grimmig an. »Filou meinte ich aber gar nicht. So ein Ferkel plant keine Sauereien, das machen nur Menschen.«

Er beugte sich zu García Vidal rüber und fragte: »Cristobal, kommen Sie mal für eine halbe Stunde mit?«

»Was ist denn?«

»Wir sollten doch lieber ein Auge auf den Transport haben. Mir geht da eine ziemlich dumme Idee durch den Kopf.«

»Durch Ihren Kopf ging noch nie etwas anderes, aber ich habe keine Zeit. Nehmen Sie Carmen mit.«

»Okay, kann ich auch Tomeu haben?«

»Nein, den brauchen wir hier am Haupteingang.«

Berger gab Carmen ein Zeichen. Sie folgte ihm diskret wie ein Schatten aus der Sitzung. »Was ist, Residente?«

»Wir beide werden der Bitte von Mrs Bings nachkommen und ein Auge auf den Werttransport haben. Mir kommt da etwas nicht ganz koscher vor. Wir müssen uns aber beeilen, wenn wir pünktlich sein wollen. Schaffen wir es in zehn Minuten bis zur Zentralbank in der Avenida Jaume III?«

»Wir nehmen einfach einen Streifenwagen, dann schaffen wir es.«

Kurze Zeit später saßen sie in einem Auto der *Guardia Civil.* So sehr sich der junge Polizist am Steuer auch bemühte, sie schafften es schließlich doch nicht. Als sie an der Zentralbank vorfuhren, sahen sie gerade noch, wie die bewaffneten Ahaggaren des Prinzen mit einer Wertkassette, die einer der beiden an seinen Unterarm gekettet hatte, in einen Range Rover einstiegen und losfuhren.

Berger ärgerte sich. »Folgen Sie bitte diesem Wagen und fahren Sie, wenn es geht, etwas dichter auf, damit er uns nicht an einer Ampel abhängt.«

Als sie von der Avenida Jaume III rechts in den Paseo de Born einbogen, hatten sie nur Augen für den Geländewagen, den sie verfolgten. So fiel ihnen der Motorradfahrer in schwarzem Leder und schwarzem Integralhelm mit eingeschwärztem Visier hinter ihnen gar nicht weiter auf. Bei dieser brütenden Mittagshitze hätten sie eigentlich sofort auf ihn aufmerksam werden müssen, was sich Berger später noch eine ganze Weile selbst vorwarf.

Plötzlich zog das Motorrad auf der linken der drei Spuren an ihnen vorbei. Dann ging alles blitzschnell. Neben dem circa fünfzig Meter vor ihnen fahrenden Geländewagen bremste der Fahrer ab und zog mit einer völlig unauffälligen Bewegung etwas aus einer seiner Satteltaschen. Er warf dieses Ding, es sah aus wie ein kleines Paket, durch das geöffnete Fahrerfenster des Range Rovers. Danach gab er wieder Gas.

Berger und Carmen hatten kaum realisiert, was keine fünfzig Meter vor ihnen geschehen war, da erschütterte eine gewaltige Explosion den Paseo de Born. Der schwere Rover wurde etwa einen halben Meter in die Höhe gehoben und Flammen schossen meterweit aus allen Fensteröffnungen. Wären die beiden vorderen Fenster nicht geöffnet gewesen, wäre die Detonation noch um ein Vielfaches katastrophaler gewesen.

Das nachfolgende Chaos entstand aber eigentlich erst durch die beiden zwischen ihnen und dem Range Rover fahrenden Wagen, die fast ungebremst in den Feuerball krachten. Weitere Autos wurden von den nachfolgenden Pkws links und rechts an dem qualmenden Blechknäuel vorbeigeschoben.

Carmen und Berger verließen sofort ihren Wagen und rannten zur Unfallstelle. Durch den Qualm konnte der Residente gerade noch den Motorradfahrer erkennen, der mit einer Pistole im Anschlag die völlig verbeulte Wertkassette aus dem qualmenden Autowrack zog. An der daran befestigten Kette baumelte groteskerweise ein abgerissener Unterarm.

Als der Kerl die uniformierte Carmen auf sich zulaufen sah, schoss er sofort in ihre Richtung. Alles sprang in Deckung.

»Haben Sie eine Waffe?«, rief Carmen Berger zu, nachdem sie sich hinter einem Pkw verschanzt hatten.

»Im Handschuhfach meines Wagens.«

»Da liegt sie gut!« Vorsichtig lugte sie über die Motorhaube und entsicherte ihre Dienstpistole. Dann rollte sie sich hinter ein anderes Auto, um ein besseres Schussfeld zu haben.

Der Mann sprang auf seine Maschine, stopfte die Blechkassette mit einer schnellen Bewegung in die offene Seitentasche und gab Gas.

Das war der Augenblick für Carmen. Sie ging aus der Deckung, vergewisserte sich, dass niemand im Schussfeld stand, zielte mit ausgestreckten Armen und schoss zweimal.

Mindestens eine Kugel traf den Mann in den Rücken. Er strauchelte, kippte mit dem Motorrad auf die Seite und schlitterte mitsamt der Maschine über den Asphalt. Dabei merkte er nicht, dass die Satteltasche mit seiner Beute abriss. Er rappelte sich hoch, stemmte mit letzter Kraft das Motorrad wieder in die Senkrechte, saß mühsam auf und gab Vollgas.

Berger verließ seine Deckung und sah, wie Carmen mit zitternden Knien zu der Stelle lief, an der eben noch das Motorrad lag. Sie zog, in der Linken noch immer ihre Pistole haltend, die Wertkassette aus der am Boden liegenden Satteltasche. Wie ein übergroßer Schlüsselanhänger baumelte der zerfetzte Unterarm daran.

Ihr Gesichtsausdruck verzog sich zu einer Grimasse, als ihr klar wurde, was an der Kette hing. Sie machte einen Schritt zum Straßenrand und plumpste unbeholfen auf einen Blumenkübel, der zwischen der Fahrbahn und einem Straßencafé stand. Berger und der andere Kollege waren sofort zur Stelle.

»Carmen, meine Hochachtung, Sie waren fabelhaft.«

»Von wegen, ich glaube, ich muss kotzen!« Sie beugte sich vornüber, hustete ein paarmal, aber es kam nichts. Berger legte schützend seinen Arm um ihre Schulter.

Komisch, dachte er, das letzte Mal, als ich mich wie ein besorgter Vater verhalten habe, war meine kleine Lucie knapp acht Jahre alt und hatte einen Infekt aus der Schule mit nach Hause gebracht.

Es war nur ein Gedanke von Sekunden, denn Carmen hatte sich gleich darauf wieder im Griff. Der Kollege legte inzwischen eine Einmaldecke, die er aus dem Kofferraum des Streifenwagens geholt hatte, über die Wertkassette.

»Bringen Sie das alles lieber in den Streifenwagen«, wies ihn Berger an, »aber versuchen Sie, es nicht direkt anzufassen, damit die Spurensicherung noch etwas findet.« Er schaute auf Carmen und fragte: »Na, Mädel, alles wieder okay?«

Sie nickte zaghaft und versuchte aufzustehen.

»Bleiben Sie ruhig noch ein wenig sitzen, es hetzt Sie doch niemand.«

Rund um sie herum schwoll Sirenengeheul an, als die ersten Streifen- und Feuerwehrwagen eintrafen. Sie rappelte sich hoch.

»Nein, Residente, ich möchte stehen, wenn die Kollegen kommen.«

Der Gedanke, ob es eventuell noch weitere Verletzte oder Tote gegeben hatte, kam Berger erst, als der ganze Paeso de Born bis hoch zum Plaça Reina bereits voller Einsatzkräfte war. Vorher hatte er seine Umgebung nur wie durch einen Wattebausch wahrgenommen.

Aus den beiden Wagen, die in das explodierende Wrack hineingefahren waren, hatten eilig herbeieilende Passanten die Insassen befreien können. Nur einer hatte neben Platz- und Schürfwunden auch Verbrennungen am Arm. In den beiden anliegenden Straßencafés waren mehrere Menschen durch umherfliegende Glassplitter leicht verletzt worden. Einen Passanten hatte es schlimmer erwischt. Ihn hatte eine Seitenscheibe des Range Rovers getroffen. Der Mann war aber ansprechbar und schien sich trotz heftig blutender Schnittwunden am Kopf nicht in Lebensgefahr zu befinden.

»Kommen Sie«, forderte ihn Carmen auf, »wir wollen sehen, was von den beiden Ahaggaren noch übrig ist.«

Im Innern des explodierten Geländewagens bot sich ihnen ein

furchtbares Bild. Von den beiden Männern war eigentlich nichts mehr übrig, was ein Laie hätte identifizieren können.

»Mein Gott, hätten wir das verhindern können?«

»Blödsinn, Carmen, nun mach dir doch darüber keine Gedanken. Was hätten wir denn tun sollen? Etwa alle Motorradfahrer in putativer Notwehr von ihren Maschinen schießen?« Er nahm sie in den Arm. »Du hast alles richtig gemacht. Du hast besonnen reagiert, du hast erst dann das Feuer auf den Kerl eröffnet, als alles hinter dir in Deckung war, und du hast ihn getroffen.«

Sie nickte. »Das denke ich auch. So, wie er wieder auf das Motorrad rauf ist, scheint er richtig etwas abbekommen zu haben.«

»Jetzt mach dir bitte keine Gedanken. Du warst klasse, wirklich, kleine Carmen, Hut ab. Du warst heute eine ganz Große.«

Wenige Minuten später waren die ersten Kamerateams der regionalen Fernsehstationen da. Sie drängten derartig auf die Unfallstelle zu, dass die Feuerwehr den völlig zertrümmerten Geländewagen mit Decken abhängen musste, um zu verhindern, dass Bilder vom Wageninneren gemacht wurden.

Gleichzeitig trafen die Präsidentin und der Comisario am Ort des Geschehens ein.

»Mein Gott, Señor Berger, müssen es denn immer irgendwelche Sensationen sein, wenn man Sie einmal allein lässt?« Die Präsidentin ging auf die noch leicht zitternde Carmen zu und umarmte sie. »Na, Mädchen, alles in Ordnung?«

»Was heißt hier in Ordnung?«, unterbrach sie der Residente. »Carmen war einfach super. Sie hat dem Attentäter aus gut dreißig Metern Entfernung zwei Blattschüsse verpasst.«

»Blattschüsse?«, kam es trocken vom Comisario. »Dann würde er ja noch da liegen!«

»Okay, Blattschüsse waren es vielleicht nicht, aber dafür haben wir Blut gefunden. Getroffen wurde er also, und er muss ziemlich geblutet haben. Weit kommt er jedenfalls nicht mehr.«

In diesem Augenblick hörten sie arabisches Gemurmel. Wie aus dem Nichts war plötzlich der Prinz neben dem Range Rover aufgetaucht und betete für seine toten Gefolgsleute. Die Präsidentin wollte zu ihm gehen, um ihm ihr Beileid auszusprechen, doch Berger hielt sie zurück.

»Lassen Sie ihn, der braucht noch eine Weile. Bei seinem Oberst hat er gute zehn Minuten gejammert.«

»Finden Sie den Ausdruck ›gejammert‹ nicht ein wenig despektierlich?«

»Warum? Es ist eine Klage, die an Allah gerichtet ist. Normalerweise machen das Klageweiber, und die jammern nun mal.«

Berger wurde plötzlich von Carmen angestoßen.

»Schauen Sie doch mal bitte zu dem Feuerwehrmann da drüben, zu dem, der die Decke hält.«

Er sah in die angegebene Richtung. »Und, was ist mit ihm?«

»Der wirkt so, als würde er jedes Wort des Prinzen verstehen.«

Berger beobachtete den Mann aufmerksam. »Stimmt, und er scheint ob des Inhalts ziemlich fassungslos zu sein. Horchen Sie doch bitte einmal nach, wenn sich der Prinz entfernt hat.«

Sie lächelte ihn an. »Eben haben Sie noch Du zu mir gesagt.«

Er stutzte. »Stimmt, entschuldigen Sie bitte.«

»Sie müssen sich dafür nicht entschuldigen. Im Gegenteil, es wäre mir eine Ehre, wenn Sie es auch weiter täten.«

»Okay«, nickte er, »ich heiße Michael.«

Doch Carmen schüttelte entschieden den Kopf. »No, Residente, für eine junge Frau schickt es sich nicht, Du zu einem so viel älteren Mann zu sagen.«

Bergers Miene gefror. Derartig geachtet zu werden, konnte wehtun.

Aus dem Augenwinkel heraus registrierte er, dass der Comisario den Bus der Einsatzleitung der Feuerwehr verließ. Er musste fast um die gesamte Unglücksstelle herumlaufen, bis er ihn erreicht hatte.

»Cristobal, kommen Sie mal bitte? Wir haben hier etwas Interessantes für die Spurensicherung.« Er wollte den Kofferraum des Streifenwagens öffnen, aber der Comisario winkte ab und ging weiter.

»Aber es ist wichtig!«

»Okay, dann lassen Sie mal sehen.«

García Vidal musste beim Anblick des Unterarms kräftig schlucken. Dann fiel sein Blick auf die deformierte Stahlkassette. »Sind da die Juwelen drin?«

Berger nickte. »Ich glaube, der Motorradfahrer denkt noch immer, dass er das Ding in der Satteltasche hat. Und wer immer den Kerl dazu animiert haben mag, diesen Zinnober hier zu veranstalten, der denkt es auch.«

»Er kommt vermutlich nicht weit, nach dem, wie Sie ihn und seine Verletzungen beschrieben haben. Also wird sein Auftraggeber diesem Irrtum noch eine Weile länger unterliegen. Wir sollten den Schmuck gleich in die Gerichtsmedizin bringen lassen, um Fingerabdrücke zu nehmen.«

»Okay, das werde ich veranlassen. Und was sollen wir den Reportern hier sagen? Die werden uns lynchen, wenn sie kein Futter bekommen.

»Ich habe eben einem Reporter im Vorbeigehen etwas von einem vermutlichen Auftragsmord erzählt. Die Wahrheit bleibt vorläufig unter uns.«

»Und wie lange, denken Sie, werden wir mit dem Blödsinn durchkommen?«

»Ich hoffe, dass diese Story uns über die Nacht rettet. Nach dem Ball haben wir ausreichend Zeit für Dementis. Und die Spurensicherung ist hier ohnehin noch bis mindestens morgen Mittag beschäftigt.«

»Also gut, Comisario, aber was sagen wir dem Prinzen?«

»Dem werden wir die Wahrheit kaum vorenthalten können. Er wird sich freuen, dass wenigstens der Schmuck nicht weg ist, wenn schon seine Männer dran glauben mussten.«

»Wir sollten es ihm nicht sagen. Ich habe, was den Prinzen betrifft, plötzlich ein flaues Gefühl im Magen.«

»Und worauf ist dieses flaue Gefühl begründet?«

»Es ist nur eine Ahnung.«

»Es tut mir leid, Residente, aber darauf können wir im Moment keine Rücksicht nehmen. Unterrichten Sie ihn bitte, wenn er Sie danach fragen sollte.«

Berger nickte und sah zum Autowrack hinüber, während sich García Vidal auf den Weg machte. Der Prinz schien sein Gebet beendet zu haben, jedenfalls stand er nicht mehr an der Unfallstelle. Berger schaute im Bus der Einsatzleitung nach, aber auch dort war nichts von ihm zu sehen, nur die Präsidentin stand noch da, um sich kurz mit dem Chef der Stadtpolizei abzusprechen.

»Señora Presidente, haben Sie den Prinzen gesehen?«

»Der ist gerade weg, aber ich habe ihn über alles informiert.«

»Worüber?«

»Darüber, dass der Schmuck weg ist, natürlich.«

»Wie kommen Sie denn darauf?«

»Na, dieser Motorradfahrer hat doch die Kassette mitgenommen.«

In Berger regte sich ein Gedanke. Dieses offensichtliche Missverständnis war durchaus in seinem Sinne. »Und wie hat der Prinz es aufgenommen?«

Señora Delgado Bunyol überlegte. »Er wirkte fast ein wenig erleichtert. Es ist ja manchmal so, dass einen die Angst vor einer schlimmen Nachricht mehr lähmt als die Nachricht selbst.«

Berger nickte einfach nur, obwohl bei ihm alle Alarmanlagen ansprangen, über die er verfügte. Sein Gefühl sagte ihm, dass er den Auftraggeber für die Morde gefunden hatte. Er hatte nur kein Motiv, keine Beweise und noch nicht einmal ein stichhaltiges Indiz.

»Und was ist mit Ihnen?«, fragte ihn die Präsidentin. »Sie gucken ähnlich seltsam. Macht das irgendwie Sinn?«

»Noch nicht, Señora, aber wenn es so weit ist, sind Sie die Erste, die es erfährt.«

Señora Delgado Bunyol beeilte sich, wieder zu ihrem Team ins Palais zu kommen, während Berger noch einmal langsam die gesamte Einsatzstelle abschritt, um eventuell doch noch Ansatzpunkte zu finden. Plötzlich tippte ihm Carmen auf die Schulter.

»Señor Berger, ich habe mit dem Feuerwehrmann gesprochen.«

»Und was sagt er?«

»Er ist gebürtiger Ägypter. Hocharabisch ist seine Muttersprache. Er ist sich sicher, dass das kein traditionelles Totengebet war, sondern mehr eine persönliche Zwiesprache zwischen dem Prinzen und seinem Gott.«

»Was hatte er denn so mit seinem Chef zu besprechen?«

»Er bat ihn um Verzeihung für seine Sünden.«

»Und was waren das für welche? Vielleicht Mord, Totschlag und ein kleines bisschen schwerer Diebstahl?«

»Ich denke nicht. Hätte der Mann davon etwas gehört, dann hätte er es mir sicher berichtet.«

Berger versuchte sich in dem ganzen Durcheinander um sie herum zu konzentrieren.

»Seine Königliche Hoheit war wieder einmal blitzschnell am Ort des Geschehens. Zu schnell für meinen Geschmack. Er entschuldigt sich angesichts seiner zerfetzten Angestellten bei Allah für seine Sünden und zuckt noch nicht einmal, als er von dem Verlust des wertvollen Schmucks hört. Carmen, was sagt dir das?«

»Dass Sie aus einer fixen Idee einen begründeten Anfangsverdacht konstruieren wollen.«

Berger grinste sie an. »Wo kämen wir in unserem Job hin, wenn uns die fixen Ideen ausgehen würden?«

***

Als der Comisario die Unfallstelle verlassen wollte, stand plötzlich Prinz Khalil neben ihm.

»Mein Beileid, Königliche Hoheit. Leider hat es schon wieder Ihre Leute getroffen. Sie sehen mich fassungslos. Kann ich Ihnen behilflich sein?«

Der Prinz nickte betreten. »Ja, ich suche nach meinem Wagen. Mein Fahrer hat mich hier abgesetzt, aber er konnte nicht bleiben, wegen der anrückenden Einsatzkräfte. Ich habe keine Ahnung, wo er jetzt parkt.«

»Aber Ihre Leibwächter können Sie hier doch nicht einfach allein rumrennen lassen!«

»Als ich von der Explosion hörte, stieg ich einfach in den Wagen und ließ mich hierherfahren. Ich habe noch nicht einmal ein Handy dabei.«

García Vidal wurde misstrauisch. Wenn der Prinz den Rettungskräften mit seinem Wagen den Weg versperrt hatte, musste er schon vor den Einsatzkräften am Unfallort gewesen sein. Demnach hatte er schon sehr früh von der Explosion gewusst – eigentlich viel zu früh. Er beschloss, die Gelegenheit zu nutzen, um diese und andere Ungereimtheiten mit dem Prinzen zu klären.

»Königliche Hoheit, ich muss dringend zum Palais. Kann ich Sie ein Stück mitnehmen und am Jachthafen absetzen?«

Prinz Khalil nickte dankbar und stieg auf der Beifahrerseite ein. García Vidal startete den Motor und wendete den Wagen.

»Es gibt da einige Kleinigkeiten, Königliche Hoheit, die der Aufklärung bedürfen.«

»Und die wären?«, fragte der Prinz. »Ich stehe Ihnen gerne jederzeit Rede und Antwort.«

»Sie haben uns einen Ausdruck gegeben, auf dem die Mannschaftsliste der ›HMS Conqueror‹ verzeichnet war.«

Khalil nickte. »Richtig, mit unserer verehrten Mrs Bings darauf.«

»Und die haben Sie bitte wann angefordert?«

»Unmittelbar nachdem ich von Ihrer Falkland-Theorie mit Meister Jordi erfahren hatte. Sie selbst baten mich darum, die Mannschaften zu überprüfen. Sie erinnern sich?«

»Aber natürlich, Königliche Hoheit. Aber wann war das?«

»Vorgestern, warum?«

»Weil das ein uralter Ausdruck ist, noch mit einem Nadeldrucker geschrieben, den es so heute gar nicht mehr gibt. Ein Mitarbeiter machte mich vorhin darauf aufmerksam.«

»Ach ja?« Prinz Khalil wurde unruhig. »Ich habe jedenfalls noch so einen alten Drucker bei mir an Bord.«

»Das kann nicht sein, Hoheit, so ein altes Ding würde gar keine Druckbefehle mehr verstehen. Die letzten Treiber dafür gab es für Windows 95, ich habe mich erkundigt.«

Das Lächeln des Prinzen gefror auf seinem Gesicht. »Und es war nicht Ihr Busenfreund, der Residente, der so schlau war, darauf zu kommen?«

García Vidal lächelte sauer. »Nein, obwohl er auch ein helles Köpfchen ist. Aber der Residente hat davon noch keine Ahnung.«

»Das ist gut so«, kam es mit einer seltsam ruhigen Stimme vom Beifahrersitz, »dabei wollen wir es auch belassen.«

Der Comisario schaute erst in das Gesicht des Prinzen und dann etwas weiter nach unten in den Lauf einer Pistole.

»Königliche Hoheit, was soll das? Sind Sie von allen guten Geistern verlassen?«

»Ich war noch nie so klar, Comisario. Und kommen Sie bitte nicht auf die Idee, nach Ihrer Dienstwaffe zu suchen. Jeder Griff unter Ihr Jackett, selbst nach Taschentüchern, wäre jetzt absolut tödlich für Sie.«

***

Die Spurensicherung konnte gar nicht so viele Beamte heranholen, wie sie benötigt hätte, um die gesamte Unfallstelle forensisch zu sichern. Für Berger hingegen gab es hier nichts mehr zu erledigen. Bevor er sich wieder der Gala zuwandte, wollte er aber noch bei der Großherzogin vorbeisehen, um ihr die Nachricht vom Verschwinden ihres Schmucks zu überbringen und um sie, wenn es nötig sein sollte, etwas darüber hinwegzutrösten. Dass der Schmuck in der Gerichtsmedizin in Sicherheit war, durfte sie noch nicht wissen, denn dann würde es auch der Prinz erfahren, und das galt es zu verhindern.

»Hör mal, Carmen, wundere dich bitte nicht, wenn ich bei der Großherzogin gleich eine kleine Show abziehe. Aber dass wir ihren Schmuck gesichert haben, muss im Augenblick noch unter uns bleiben.«

Er erhielt keine Antwort. Carmen sah aus dem Fenster und war offenbar gerade mit sich selbst beschäftigt.

Als sie auf der Jacht eintrafen, war alles ruhig. Die dem Prinzen verbliebenen Ahaggaren taten wie immer ihren Dienst, und auch Anatol schien nicht sonderlich bewegt zu sein. Tante Auguste war auf ihrem Stuhl eingenickt und schreckte hoch, als Berger und Carmen eintraten.

»Kinder«, rief sie verschlafen, »das ist aber schön, dass ihr mich besuchen kommt.« Sie schaute auf die Uhr. »Wollt ihr eine Tasse Tee?«

»Nein danke. Wir kommen leider mit einer schlechten Nachricht.«

»Mein Gott, ist etwa schon wieder jemand zu Schaden gekommen?«

Berger ergriff ihre Hand. »Es tut mir leid, Ihnen mitteilen zu müssen, dass Ihr Schmuck leider gestohlen wurde.«

Carmen sah ihn irritiert an, sagte aber nichts.

»Um Gottes willen. Ist jemandem etwas passiert?«, fragte die Großherzogin erschrocken.

»Wie kommen Sie darauf?«

»So, wie die Wachen des Prinzen bewaffnet waren, haben sie ihn doch sicher nicht freiwillig hergegeben, oder?«

Berger nickte. »Sie haben leider recht. Die beiden Wachen sind bei diesem Überfall leider ums Leben gekommen.«

Tante Auguste war erschüttert. Sie benötigte einen kurzen Moment, um sich wieder zu sammeln.

»Jetzt, da der Schmuck weg ist, haben wir immerhin eine Sorge weniger«, sagte sie schließlich. Was nicht mehr da ist, muss auch nicht mit Chips versehen und überwacht werden. Mein Gott, das Ganze war sowieso eine Schnapsidee.«

Berger lächelte sie an. »Nichts anderes habe ich immer behauptet, liebe Tante.«

Carmen nickte nun doch, als Anatol ihr Tee anbot, und beschäftigte sich angelegentlich mit ihrer Tasse. Berger nahm an, dass sie sich ihre Verwirrung nicht anmerken lassen wollte.

»Ich bin so froh, dass euch beiden nichts passiert ist! Ich habe das alles ein wenig unterschätzt, denke ich. Wie kann man wegen dieser paar Edelsteine nur Menschen töten, das will mir einfach nicht in den Kopf.«

»Ich bin gespannt, wie es der Prinz aufnehmen wird. Der muss ja nun finanziell für die Sache geradestehen.«

Tante Auguste winkte ab. »Diese Steine waren unbezahlbar, also soll er damit gar nicht erst anfangen. Außerdem hat er doch gar keine Schuld. Wenn er etwas gutmachen will, dann soll er den Hinterbliebenen seiner Leute etwas zahlen. Die werden es mit Sicherheit nötiger haben als ich.« Sie zuckte mit den Achseln. »Außerdem geschieht ja vielleicht noch ein kleines Wunder, und der Schmuck taucht wieder auf.«

Berger wurde hellhörig. »Tante Auguste, kann es sein, dass Sie etwas wissen, was ich nicht weiß?«

»Na ja«, druckste sie herum, »ich habe fest versprochen, nichts darüber zu erzählen.«

»Ihr Schweigen könnte unter Umständen noch mehr Menschen das Leben kosten. Ich kann mir kaum vorstellen, dass das in Ihrem Interesse wäre.«

Sie schaute erst Carmen an, die ein undurchdringliches Pokerface aufgesetzt hatte, dann den Residente. »Und Sie versprechen mir, dass das absolut unter uns bleibt?«

»Hoch und heilig«, nickte ihr Berger zu.

»Also gut.« Sie trank einen Schluck Tee. »Sie können sich doch an den Tag der Pressekonferenz erinnern?«

»Ja.«

»Bevor der ganze Trubel losging, kam Mrs Bings und hat den Schmuck sicherheitshalber mit einem von diesen klitzekleinen elektronischen Dingelchen versehen. Sicher ist sicher, hat sie gesagt, und sie hat recht behalten.«

»Aber warum hat sie das heimlich gemacht?«

»Ich denke, sie hat geahnt, dass der Täter schon im Vorfeld der Gala versuchen würde, an den Stein zu kommen, und wollte ihn damit auf frischer Tat ertappen.«

Berger bemerkte, dass Carmen immer unruhiger wurde, doch er versuchte, ihr mit einer kurzen Geste zu verstehen zu geben, dass sie nichts sagen durfte. Sie schien ihn zu verstehen, jedenfalls hielt sie dicht.

»Dann will ich mich mal ganz schnell mit Mrs Bings zusammensetzen. Vielleicht kann man den Schmuck irgendwie anpeilen. Okay, dann wollen wir mal!« Berger erhob sich.

Carmen erschreckte über den plötzlichen Aufbruch derart, dass sie ihren Tee verschüttete, als sie ihre Tasse abstellte.

»Sehen wir uns nachher?«, kam es etwas kleinlaut von der Großherzogin.

»Aber natürlich, Tante Auguste, wir beide werden heute Nacht noch Walzer tanzen.«

Berger deutete eine Verbeugung an, nahm Carmen am Arm und verließ das Deck. Er legte ein derartiges Tempo vor, dass er die junge Frau fast hinter sich herschleifte.

Sie war sauer auf ihn. »Nun sagen Sie mal, was soll das? Warum ziehen Sie mich hinter sich her wie ein Neandertaler seine Frauenbeute? Und warum haben Sie der alten Dame nichts davon gesagt, dass ihr Schmuck gar nicht weg ist? Wenn Sie sie darum gebeten hätten, hätte sie bestimmt niemandem etwas davon erzählt.«

Berger versuchte, sie zu beschwichtigen. »Wenn der Schmuck für sie weg ist, dann ist er auch für den Prinzen weg, und genau das will ich erreichen.«

»Und was ist, wenn sich die Großherzogin heute Abend bei Mrs Bings erkundigt, was die Peilung ergeben hat?«

Berger holte tief Luft. »Dann wird uns, so fürchte ich, heute Abend der Zorn derer von Gottorf treffen. Aber das werden wir auch noch überleben.«

Sie gingen zurück zum Auto, wo ihr Fahrer voller Ungeduld auf sie wartete. »Señor Residente, Sie möchten bitte dringend zum Kriminallabor kommen«, rief er Berger entgegen.

»Hat der Comisario angerufen?«

»Nein, der ist, wie ich über Funk mitbekommen habe, momentan nicht zu erreichen. Er scheint irgendwo im Palais in einem Funkloch zu sitzen.«

»Und wissen Sie, was das Labor von uns will?«

»Tut mir leid, ich habe keine Ahnung.«

Dadurch, dass der gesamte Plaça Reina und dessen direkte Umgebung noch immer gesperrt waren, herrschte in Palma das blanke Verkehrschaos. Trotz Blaulicht benötigten sie für die drei Kilometer zum gerichtsmedizinischen Institut über eine Viertelstunde.

Endlich standen sie vor dem Labortechniker, der Berger die Nachricht geschickt hatte.

»Señor, was gibt es so Sensationelles, weswegen haben Sie mich holen lassen?«

Der Mann zeigte auf die geöffnete Wertkassette. »Na, schauen Sie mal da rein.«

»Sind die Spuren schon gesichert?«

Ein bestätigendes Nicken veranlasste Berger, den Deckel hochzuheben. Er sah neugierig in die Metallkiste. Sie war leer.

»Wo ist der Schmuck? Hat er etwas abbekommen?«

Der Mann zuckte mit den Achseln. »Nix mit Schmuck, in dieser Kassette war nichts drin. Der Täter muss sie geleert haben, bevor er flüchtete.«

Berger war fassungslos. »Das ist unmöglich! Ich bin mir absolut sicher, dass der Kerl da nichts rausgenommen haben kann. Er hatte noch nicht einmal Zeit, die Kiste vernünftig auf seinem Motorrad zu verstauen, sonst wäre sie ihm ja gar nicht aus der Gepäcktasche gefallen!« Er schaute irritiert zu seiner Kollegin. »Carmen, was geht hier vor?«

»Da wurden eben zwei Menschen für eine leere Kassette in die Luft gesprengt. Das ist doch völlig krank!«, sagte sie betroffen.

»Oder einfach nur skrupellos.« Er nahm sein Handy und wählte die Nummer des Comisario. »Der soll den Ball Ball sein lassen und blitzartig herkommen. Wenn unser Jemand ohne Zögern zwei Menschen für keinen Schmuck in die Luft sprengt, was macht der erst, wenn da ein ganzer Saal voller Diamanten ist?«

Berger horchte verständnislos in sein Handy. »Der geht einfach nicht ran. Dass er nicht erreichbar ist, habe ich schon erlebt, aber dass er einfach nicht rangeht, das ist ja noch nie passiert.«

»Vielleicht hat er etwas anderes zu tun.« Carmen lächelte schief. »Er ist, glaube ich, ziemlich in die Comisaria verliebt, oder?«

»Aber hallo! Ich bin mir nur nicht so sicher, ob sie auch in ihn.«

Carmens Handy klingelte. Sie meldete sich.

»Nein, Señor Commandante, wir erreichen ihn auch nicht. – Ja, der ist hier bei mir. Sí, Señor, wir machen uns sofort auf den Weg.«

Berger sah sie fragend an. »Was ist denn nun schon wieder?«

»Auf der Straße zwischen s'Alqueria Blanca und Calonge hat sich ein Motorradfahrer totgefahren. Der Beschreibung nach könnte es der Mann sein, den ich angeschossen habe. Wir sollen sofort hinfahren und ihn identifizieren.«

Als sie kurze Zeit später das Flughafen-Autobahnkreuz in Richtung Santanyí hinter sich ließen, rief Berger die Gräfin an und erzählte ihr in groben Zügen, was sich alles ereignet hatte.

»Ist Cristobal irgendwo bei Ihnen? Ich muss ihn dringend sprechen, aber er geht nicht ran. Der kann doch nicht die ganze Zeit im Funkschatten sein.«

Er horchte angespannt, da die Sirene des Streifenwagens einen ziemlichen Krach machte.

»Was denn, er ist vom Ort der Explosion noch gar nicht wieder zurückgekommen? – Und wo ist Frau Bischoff? – Die auch?« Er schüttelte den Kopf. »Rufen Sie mich bitte an, wenn Sie wieder Verbindung zu einem von beiden haben sollten. Oder noch besser: Richten Sie ihnen aus, dass hier alles anbrennt, wenn sie sich nicht umgehend bei mir melden.«

Carmen schaute ihn fragend an, als er auflegte. »Wird er im Palais auch gesucht?«

Berger nickte nachdenklich. »Sí, und nun ist auch noch die Comisaria weg, angeblich García Vidal irgendwo abholen.«

»Das verstehe ich nicht«, grübelte Carmen, »er hat doch seinen eigenen Wagen. Er wird doch wohl nicht etwa getrunken haben, oder?«

»Der Comisario im Dienst trinken?« Berger schüttelte energisch den Kopf. »Auf keinen Fall! Aber vielleicht sind die beiden ja auch zur Fundstelle des Motorradfahrers unterwegs. Sicher treffen wir sie gleich dort«, versuchte er sich selbst zu beruhigen.

Nach einer knappen halben Stunde erreichten sie den Unfallort, wo der Chef der *Policia Municipal*, Silvio Hidalgo, bereits auf sie wartete. Berger und er waren Erzfeinde, und der Stadtpolizist ließ keine Gelegenheit aus, dem Residente eins auszuwischen. Zu seinem großen Verdruss hatte er von der *Guardia Civil* soeben die Order bekommen, sämtlichen Anordnungen Bergers unverzüglich Folge zu leisten.

»Wenn Sie es wünschen, Commandante, dann wird es auch so gemacht.« Wütend knallte er den Hörer seines Autofunks in die Halterung. »Es ist eine Schande für jeden Beamten«, schimpfte er und funkelte Berger böse an.

Der hatte jedoch ganz andere Sorgen und dachte nicht daran, den üblichen Streit zwischen ihnen beiden neu aufleben zu lassen.

»*Hola,* Señor Hidalgo, was gibt es?«

Der Polizist zeigte auf ein Gebüsch. »Dort hinten liegt eine tote männliche Person in Motorradkleidung, seine Maschine liegt keine zwanzig Meter neben ihm. Den Spuren nach zu urteilen, ist er in der Kurve ohne zu bremsen einfach weitergefahren. Der Doktor ist schon dort und möchte Ihnen etwas zeigen.«

Berger nickte und ging mit Carmen an die Fundstelle.

»Na, Doktor, was haben Sie für uns?«

»Eine männliche Leiche. Ein Motorradfahrer, der offensichtlich schon tot war, als er mit seinem Motorrad die Kurve nicht kriegte.«

»Das hört sich irgendwie seltsam an«, tat Berger überrascht. »Sie meinen also, der Mann war schon tot, als er mit seinem Motorrad hier entlangfuhr?«

»Und das behaupte ich, ohne nur einen Tropfen getrunken zu haben. Als der Mann gegen diesen Baum prallte, um danach ins Gebüsch geschleudert zu werden, war er bereits verblutet.« Er drehte das Opfer auf den Bauch. »Durch diese beiden kleinen Einschusslöcher muss es während der Fahrt tierisch gezogen haben, Señor Berger. Können Sie sich erklären, wie die in seinen Rücken kommen?«

Carmen wandte sich ab. Der Anblick des Menschen, den sie getötet hatte, war für sie offenbar nur schwer zu ertragen. Berger richtete sich auf und legte tröstend seinen Arm um ihren zitternden Körper.

»Es geht schon, Señor Residente. Ich muss mich nur in den Griff kriegen, dann geht es schon wieder.«

Der Arzt bedeckte den toten Körper wieder mit einer Plane. Berger klärte ihn auf.

»Der Kerl hat sich, nachdem er zwei Erdenbürger in die Luft gesprengt hat, mit meiner Kollegin hier angelegt und, wie man sieht, den Kürzeren gezogen.«

Der Doktor nickte anerkennend. »Ich habe über Funk von der Sache gehört und meine Schlüsse gezogen.«

»Haben Sie das Ganze schon Señor Hidalgo erzählt?«

»Keine Spur. Von der Zentrale habe ich ganz klar Order, das zu tun, was Sie anordnen.«

Berger überlegte kurz.

»Okay, dann bringen Sie den Toten bitte in die städtische Leichenhalle mit dem Vermerk ›natürlicher Tod nach Herzinfarkt‹, beschlagnahmen aber die Leiche.«

»Ich soll einen natürlichen Tod beschlagnahmen? Aber warum denn?«

»Schreiben Sie einfach ›gut kühlen, eventuelle Organentnahme‹.«

»Aber, Residente, man wird mich für verrückt erklären.«

»Sí, Señor, aber glauben Sie mir, an dieses Gefühl gewöhnt man sich.«

Carmen war inzwischen zum Motorrad gegangen, um die Gepäcktaschen näher zu untersuchen. Sie winkte Berger zu sich.

»Schauen Sie hier, Residente, der Kerl hat hier noch ein zweites Sprengpaket gehabt. Was meinen Sie, für wen war das reserviert?«

»Vielleicht für den Ballsaal, wer weiß. Können Sie das forensisch sichern?«

Sie nickte und machte sich sofort an die Arbeit. Hidalgo kam auf ein Zeichen von Berger zähneknirschend zu ihm, um sich seine Anweisungen abzuholen.

»Señor Hidalgo, die Leiche kommt ins Leichenschauhaus nach Felanitx. Die Spurensicherung wird sich um das Motorrad kümmern.«

Hidalgo nickte beflissen. »Und woran ist der Mann gestorben?«

»Herzstillstand, sagt der Doktor.«

Hidalgos Gesichtszüge entgleisten förmlich. »Und warum wird dann die Maschine gesichert?«

»Die Leiche hat einen Herzschrittmacher. Der Doktor nimmt an, dass der von der Elektrik der Maschine außer Kraft gesetzt wurde.«

Hidalgo bekam große Augen. »Das wäre ja ein absoluter Skandal!«

Berger klopfte ihm anerkennend auf die Schulter. »Wie ich sehe, sind Sie sich der Tragweite dieses Falles bewusst, und ich kann voll auf Sie zählen.«

»Sí, Señor, das können Sie!«

Berger genoss es, diesen aufgeblasenen Polizeiaffen mit den Hacken knallen zu lassen. Hidalgo machte eine geradezu zirkusreife Kehrtwende und trollte sich, um alles in die Wege zu leiten.

Carmen war fassungslos.

»Ich weiß wirklich nicht, was der größere Skandal ist, Residente, dass Sie ihn derart gnadenlos verarschen oder dass er diesen Blödsinn auch noch glaubt.«

10

Angela Bischoff brauchte nicht lange bis zur Jacht des Prinzen. Sie wunderte sich noch immer über den Anruf, den sie bekommen hatte. Sie sollte Comisario García Vidal abholen. Er hätte etwas getrunken, hieß es.

Sie wurde von den Wächtern des Schiffes höflich an Bord gebeten. Auch der Mann, der ihr die schmale Tür zur Treppe öffnete, ließ es an Respekt nicht fehlen. Die beiden Herren hingegen, die sie unten in Empfang nahmen, waren ganz und gar nicht freundlich. Ehe sie überhaupt begriff, was mit ihr geschah, wurden ihr auch schon die Arme auf den Rücken gedreht. Innerhalb einer halben Minute war klar, dass sie unbewaffnet war, ihr Handy wurde von den Herren eingezogen, und sie wurde abgeführt. Sie hätte vor Wut über ihre eigene Unbedarftheit weinen können.

Als sie von den beiden Wachen in den Funkraum geschoben wurde, war sie etwas erleichtert, García Vidal dort zu sehen. Er saß, wie ein Paket mit Gafferband verschnürt, auf einem Bürostuhl und hatte mindestens genauso viel Wut über sich selbst im Bauch wie sie.

»Ich bin untröstlich, Señora, Ihnen diese Unannehmlichkeiten zu bereiten«, kam es vom Prinzen, der neben dem Comisario stand, »aber Ihr spanischer Kollege fühlte sich so allein.«

»Warum, Hoheit?«, presste García Vidal hervor. »Warum haben Sie sie nicht in Ruhe gelassen, was haben Sie davon, dass meine Kollegin nun auch hier ist?«

»Ich brauche Zeit, Señor. Wenn man nur einen von Ihnen vermisst, dann wird man sich große Sorgen machen und sofort mit der Suche beginnen. Wenn Sie beide weg sind, dann wird man denken, dass Sie gerade in einem stillen Winkel des Palais frisch verliebt übereinander herfallen, und man wird Sie nicht stören wollen.«

Die beiden sahen sich an und bekamen vor Verlegenheit einen knallroten Kopf.

Der Prinz lachte. »Es tut mir von Herzen leid, dass dieses Szenario für Sie vorerst fiktiv bleiben muss, aber vielleicht ergibt sich ja im Laufe des Abends noch die Möglichkeit, wenn Sie sich kooperativ zeigen.«

Inzwischen hatten die beiden Männer auch Angela Bischoff mit Klebeband und breiten Kabelbindern an einen Stuhl gefesselt.

»Es tut mir leid, dass ich mich nicht weiter um Sie kümmern kann, aber ich muss jetzt leider wieder meinen Geschäften nachgehen.« Er schaute vergnügt drein. »Stellt die beiden bitte einander gegenüber, dann können sie sich wenigstens verliebt ansehen, wenn es mit dem Sex schon nichts wird.«

Die beiden Wächter taten, wie ihnen geheißen, und verließen zusammen mit Prinz Khalil lachend den Raum.

Der Comisario war sauer. »Mein Gott, der tut so, als hätten wir nichts als Sex im Kopf.«

»Und, hat er recht?«

García Vidal errötete erneut wie ein ertappter Teenager. »Wie kommen Sie darauf?«

»Weil Sie ein Mann sind, und Männer denken immer nur an Sex.«

»Und nicht nur das, sie sind auch ständig betrunken und müssen von ihren keifenden Ehefrauen jeden Abend aus der Kneipe geholt werden.« Er schnitt eine Grimasse. »Wenn Sie das glauben, wundert es mich gar nicht, dass Sie auf den Anruf des Prinzen reingefallen sind. Haben Sie den Blödsinn wirklich geglaubt?«

»Eigentlich nicht, aber wenn Sie so einen Anruf bekämen, dann würden Sie doch sicher auch nicht lange diskutieren, sondern sich auf den Weg machen.«

»Aber Sie können doch nicht wirklich glauben, dass ich mich im Dienst betrinken würde?«

»Hätten Sie die Nachricht bekommen, dass ich im Dom zu Palma splitternackt auf dem Kronleuchter sitze und unanständige Lieder singe, dann wären Sie auch sofort gekommen, obwohl Sie wissen, dass ich so etwas niemals machen würde. Und warum wären Sie trotzdem gekommen?«

»Weil ich diesen Anblick um keinen Preis der Welt würde missen wollen.«

Sie schüttelte lächelnd den Kopf. »Cristobal, Sie sind ja ein Spanner, kann das sein?«

»Sí, Señora, ich bin schuldig in allen Punkten. Und was machen wir nun mit dieser Erkenntnis?«

Sie schaute sich um.

»Haben Sie eigentlich eine Ahnung, was hier vor sich geht? Warum sind wir hier, und was hat Khalil mit uns vor?«

»Ich habe keine Ahnung, Angela.«

»Und warum hat er Sie hierhergeschleppt?«

»Als ich ihn beschuldigte, Geheimdienstunterlagen manipuliert zu haben, zog er seine Waffe, und hier bin ich.«

»Also haben Hoheit Dreck am Stecken?«

»Nicht zu knapp, scheint es.«

»Was meinen Sie«, fragte sie vorsichtig, »würden die Leute das mit dem Séparee von uns beiden glauben?«

»Die Sache ist so trivial, dass sie schon wieder glaubhaft erscheint. Berger zum Beispiel würde sicher fluchen wie ein Rohrspatz, aber er würde uns eine geraume Zeit gewähren lassen.« Er lächelte sie an. »Und es würde mir durchaus zur Ehre gereichen, wenn die das wirklich von uns denken sollten, liebe Angela.«

***

Wieder im Palais angekommen, stürzte sich Carmen gleich in die noch laufenden Vorbereitungen, während Berger in ganz kurzen Sätzen der Präsidentin, der Gräfin und Mrs Bings Bericht erstattete.

»Der Prinz ist der Mörder, den wir suchen?«, fragte Señora Delgado Bunyol entsetzt.

»Vielleicht nicht der Mörder, aber, wie ich fürchte, der Auftraggeber.«

»Ich kenne den Prinzen schon so lange, dass ich mir das überhaupt nicht vorstellen kann. Eigentlich würde ich jetzt noch meine Hand für ihn ins Feuer legen. Was haben Sie für Indizien, die gegen ihn sprechen?«

»Er wusste immer ein wenig zu früh von allem, er war immer gleich zur Stelle, wenn etwas passiert war, und er war immer sofort in der Lage, für Aufklärung zu sorgen.«

Mrs Bings unterbrach ihn. »War es nicht der Prinz, der sorgte dafür, dass Sie verdächtigen mich?«

»Stimmt, er hat die Unterlagen, die gegen Sie sprachen, für uns aufgetrieben.« Berger hielt kurz inne, um zu überlegen. »Und seine Bereitschaft, mit Feuereifer immer an vorderster Front dabei zu sein, erinnert mich an einen Feuerwehrmann, der Brände schon mal ganz gern selbst legt, um einmal in Aktion zu sein.«

»Moment mal!«,fuhr Señora Delgado Bunyol dazwischen. »Allein ihm wurden acht Colliers gestohlen und durch Imitate ersetzt!«

»Wer sagt uns, dass er sie nicht selbst beiseitegeschafft hat?«

»Ja, aber wozu?«

»Das herauszufinden wird unsere Aufgabe sein.« Berger kratzte sich am Kopf. »Er persönlich hat dafür gesorgt, dass seine Leute die Wertkassette transportieren, und das ist schon fast ein Indiz.«

»Stimmt«, pflichtete Mrs Bings ihm bei, »ich habe selbst gesehen, wie er das Collier hat genommen, um es zu legen in die Safety-Box.«

»Und was macht diese Tatsache zum Indiz?«, wollte die Präsidentin wissen.

Berger goss sich Wasser ein. »Die Box wurde nicht gestohlen, wie Sie dem Prinzen mitgeteilt haben, sondern der Täter, der inzwischen tot aufgefunden wurde, hat sie beim Raub verloren. Das war auch kein Wunder, denn er war nicht mehr richtig bei der Sache. Er hatte zwei Kugeln von Carmen im Rücken.«

»Dann haben Sie also den Schmuck?«

»Nein, die Kassette war leer. Und ich gehe davon aus, dass sie es die ganze Zeit über war.«

»Autsch, das tut weh.« Señora Delgado Bunyol ließ die Schultern hängen. »Und was sagt Prinz Khalil zu diesem Thema?«

»Noch gar nichts. Ich habe ihn seitdem nicht gesehen. Ich bin mir auch nicht sicher, ob es gut ist, ihn mit diesen Fakten zu konfrontieren. Im Augenblick ahnt er nicht, wie viel wir schon wissen, und diesen Vorteil sollten wir nicht freiwillig aufgeben.«

»Was treibt einen der reichsten Männer dieser Welt dazu, Schmuck zu klauen?«, gab die Gräfin zu bedenken. »Der könnte das doch alles aus der Portokasse bezahlen.«

»Eben nicht«, kam es von Mrs Bings. »Es sind verschwunden nur absolut unverkäufliche Stücke.«

»Aber wieso beklaut man sich selbst? Ein Teil der Colliers hat doch den Prinzessinnen gehört.«

»Vielleicht wollte er so von sich als Täter ablenken«, mutmaßte Berger.

»Okay«, kam es von Señora Delgado Bunyol. »Wie verfahren wir jetzt?«

Berger überlegte kurz.

»Wir behandeln den Prinzen wie immer, nur lassen wir ihn nicht mehr aus den Augen. Es muss gewährleistet sein, dass immer jemand an ihm dran ist.«

»Und spätestens jetzt«, schimpfte die Präsidentin, »fange ich an, den Comisario und seine Flamme zu verfluchen. Die ganze Zeit machen sie einen hervorragenden Job, aber wenn es ernst wird, dann benehmen sie sich wie hormongeplagte Teenager.«

»Mit Verlaub, Señora Presidente.« Berger schüttelte den Kopf. »Es gibt einiges, was meinen Freund von seiner Arbeit ablenken könnte, aber seine Hormone sind es mit Sicherheit nicht. Dazu kenne ich ihn gut genug.«

»Auch seinen Hormonhaushalt?«, kam es spitz von der Gräfin.

»Hätte er den nicht unter Kontrolle, hätte ich das mitbekommen. Ich bin lange genug mit ihm unterwegs.«

In diesem Augenblick kam ein Polizist mit einer Nachricht für die Präsidentin herein. Sie las den Zettel und verzog besorgt das Gesicht.

»Sowohl das Auto von García Vidal als auch Frau Bischoffs Wagen sind nicht auf ihren Parkplätzen. Es hat also keinen Sinn, sie weiter hier im Palais zu suchen.«

»Und anrufen hat auch keinen Sinn. Vorhin hat es noch durchgeklingelt, inzwischen scheinen beide Handys abgeschaltet worden zu sein«, ergänzte die Gräfin.

»Ich denke, das unterstützt meine These«, sagte Berger. »Wer zusammen seine Ruhe haben will, der fährt nicht mit getrennten Autos.«

Er wandte sich an Mrs Bings. »Ma'm, die Großherzogin hat uns ein kleines Geheimnis verraten. Haben Sie schon einmal versucht, den Schmuck der alten Dame anzupeilen?«

Sie nickte verlegen. »Das war das Erste, was ich machte, als ich gehört habe von die verschwundene Kassette. Das Ergebnis war aber negativ.«

»Was mich nicht wundert, wenn der Schmuck in einem Safe liegt. Könnten Sie es bitte weiter probieren? Wenn ich derart heiße Ware zu verbergen hätte, dann würde ich den Aufenthaltsort immer wieder wechseln.«

Sie wählte am Telefon eine Nummer, um seine Bitte weiterzugeben.

»Also, Leute«, drängte die Präsidentin, »wie gehen wir vor, wer macht was?«

»Bei uns läuft augenblicklich alles reibungslos«, fuhr Rosa fort. »Ich könnte Carmen wieder an die Ermittlung abgeben, wenn ich Tomeu behalten darf.«

Señora Delgado Bunyol nickte. »Okay, dann jagen das Mädel und der Residente wieder Mörder, während wir die Reichen und Schönen beschäftigen. Wer kümmert sich eigentlich um die Großherzogin?«

»Die kommt eigentlich ganz gut allein klar.«

Berger grinste. »Sie und der Prinz waren doch immer ein altes Herz und eine junge Seele. Dann kann sie ihn doch auch beschäftigen. Könnten Sie Ihrer Tante nicht einen entsprechenden Tipp geben?«

Rosa schüttelte den Kopf. »Ich möchte sie auf keinen Fall in Gefahr bringen.«

»Selbst wenn unser Prinz ein rechter Bösewicht ist, seine Bewunderung für diese Frau ist echt, würde ich sagen.«

»Menschen haben auch schon gemordet aus Liebe«, kam es von Mrs Bings, deren Handy klingelte. Sie meldete sich, lauschte kurz und klappte es wieder zusammen. »Wir haben außerhalb von die Palais seltsamerweise eine unbekannte Kennung im Jachthafen.«

»Was für eine Kennung?«

»Von einem unserer Mikrochips. Die Nummer haben wir überhaupt nicht vergeben, aber sie ist von unsere Chips.« Mrs Bings schaute in die Runde.

»Ein technischer Defekt oder ein Irrtum bei der Vergabe ist ausgeschlossen?«

Sie zuckte mit den Achseln. »Wir sind noch dabei, alles zu checken.«

***

Der Comisario und Angela Bischoff hatten es aufgegeben, sich gegen ihre Fesseln zu wehren. Gute, alte Hanfseile würden sich inzwischen schon gelockert haben, aber gegen diese breiten Kabelbinder und das gewebte Klebeband hatten sie einfach keine Chance. Sie saßen auf ihren Stühlen wie angeschweißt.

Angela Bischoff schaute dem Comisario beim Nachdenken zu. »Wie fühlen Sie sich?«

»Ganz wunderbar, wirklich super. Ich habe mir schon immer einmal gewünscht, während eines Benefizballes, auf dem ich eigentlich helfen sollte, gefesselt auf einem Bürostuhl zu sitzen. Wie Sie sehen, sind meine Beine frei und ich kann mich auf den Rollen ein wenig durch den Raum bewegen. Was will ich also mehr!«

»Ich nehme an, Sie wollen hier raus.«

Er stimmte zu. »Aber was nützt einem der ganze Freiheitsdrang, wenn einem die Ideen fehlen, ihm freien Lauf zu lassen?«

Sie lächelte. »Ich würde Ihnen so gern dabei helfen, wenn ich könnte.«

Sie schwiegen wieder eine Weile vor sich hin.

»Dem Residente würde jetzt mit Sicherheit etwas einfallen.«

»Wie ich ihn einschätze, würde er das jetzt auch von Ihnen behaupten. Er hält große Stücke auf Sie.«

»Dies wäre dann wohl der richtige Moment, das zu rechtfertigen. Ich habe nur keinen Schimmer, wie.«

Sie schauten sich aufmerksam im Raum um. Jedes Detail wurde daraufhin betrachtet, ob es ihnen von Nutzen sein könnte.

»Dahinten steht ein Tacker.« Angela Bischoff nickte mit dem Kopf in die angegebene Richtung. »Können wir den gebrauchen?«

»Natürlich, der Nächste, der kommt, wird einfach festgetackert.«

Sie schaute sich weiter um. Auf den Tischen um sie herum stand ein technisches Gerät neben dem anderen. In der Ecke befanden sich drei Schränke mit Glastüren, hinter denen Hunderte von kleinen Leuchtdioden blinkten.

»Was ist denn das da in den Schränken?«

»Das müssen irgendwelche Computerserver sein. Wir scheinen uns hier in der Kommunikationszentrale des Schiffes zu befinden.« Er deutete auf ein Gerät, so groß wie ein Tischkopierer, mit Leuchtziffern und jeder Menge Einstellrädern. Davor lag ein Headset, das über ein Klinkenkabel mit dem Gerät verbunden war. »Das scheint der Schiffsfunk zu sein. Wenn die Kiste hier sinkt, dann sitzen hier die Helden, die bis zuletzt S.O.S funken.«

»Wie wäre es, wenn wir beide rüberrollen, ich mit den Zähnen den Kopfhörer schnappe und Sie etwas funken?«

»Wir können es versuchen, aber ich habe keinen Schimmer, wo man da drücken muss, um zu sprechen.«

Sie machten sich mit ihren Bürostühlen, von kleinen Trippelschritten angetrieben, auf den beschwerlichen Weg.

Angela Bischoff schien die größere Büroerfahrung zu haben, denn im »Chairrolling« hatte der Comisario, wie sich herausstellte, keine Chance gegen sie. Am Funkgerät angekommen, versuchte sie mit den Zähnen, den vor ihr liegenden Kopfhörer aufzuheben, aber er stoppte sie.

»Vergessen Sie's. Sehen Sie da oben den Schlitz?«

Sie nickte.

»Da muss man erst seine ID-Karte einführen, bevor das Ding überhaupt einen Mucks macht. Mein Onkel ist Amateurfunker, der hat ein ähnliches Gerät.«

Sie hob die Augenbrauen. »Und was machen wir nun?«

»Lassen Sie und weitersuchen. Irgendetwas werden wir schon finden, um uns bemerkbar machen zu können.«

***

Um eine Feinpeilung des Kennungsgebers durchführen zu können, hatten Carmen Lucas und der Residente sich vor ihrer Fahrt zum Jachthafen ein Handortungsgerät von den Saaltechnikern des Sicherheitsdienstes ausgeliehen. Die erste Peilung führten sie von der Uferstraße durch. Sie ergab eine Linie vom Büro des Hafenmeisters über die Jacht des Prinzen bis hin zur Molenbefeuerung. Um die zweite Peilung vornehmen zu können, mussten sie sich eine geeignete Stelle auf dem Marinagelände suchen, damit sich die Peilungslinien möglichst im stumpfen Winkel kreuzen konnten. Sie stellten den Wagen hinter dem Schlagbaum ab und machten sich zu Fuß auf den Weg.

»Vor der Lagerhalle der Schiffsausrüster dürfte eine gute Stelle sein.« Carmen zeigte auf eine lang gezogene Halle. »Wenn wir von dort aus peilen, müsste das ausreichen.«

Um zu dem Punkt zu gelangen, mussten sie knappe hundert Meter zurücklegen. Plötzlich hielt Berger an und zeigte auf die überdachten Parkplätze.

»Dahinten steht der Wagen des Comisarios. Und ich glaube, mit dieser Kiste«, er zeigte auf einen kleinen Mietwagen, »fährt Frau Bischoff immer herum.« Er überlegte. »Kann es sein, dass sich García Vidal irgendwann einmal so einen Kennungschip eingesteckt hat? Das würde zu ihm passen.«

»Natürlich kann das sein«, erwiderte Carmen, »aber dann müsste er ihn irgendwie auch aktiviert haben.«

»Und wie macht man das?«

»Keine Ahnung, ist das wichtig?«

»Ich weiß es nicht. Wenn er seinen Chip aktiviert haben sollte, dann jedenfalls nicht ohne Grund.«

»Und was für einen Grund könnte er gehabt haben?«

»Er könnte vielleicht Hilfe gebrauchen.«

Carmen schüttelte den Kopf. »Hier, im Jachthafen von Palma? Ich kann mir eine größere Notlage vorstellen.«

»Solange sie freiwillig hier sind, mögen Sie recht haben. Allerdings erscheint mir der Gedanke, dass die beiden ihre Pflichten zwischenzeitlich für ein wenig Zweisamkeit vernachlässigen, nun erst recht abwegig. Dann wären sie nämlich mit Sicherheit nicht hier gelandet.«

Am Ende der Lagerhallen führten sie die zweite Peilung durch.

Berger hielt das Gerät so hoch, dass er den Zeiger als Kimme benutzen konnte. »Wenn ich die erste Linie nehme und diese, dann kreuzen sie sich genau dort, wo die ›Pearl‹ liegt.«

»Aber was hat der Comisario da zu suchen?«

»Wenn ich das wüsste, dann wären wir schon ein Stück weiter.« Berger kratzte sich am Kopf. »Betrachten wir doch mal die Fakten: Der Comisario würde niemals derartig verantwortungslos, so kurz vor dem Ball, seinen Platz im Palais verlassen.«

»Das gilt aber wohl auch für die geschätzte Kollegin«, fügte Carmen hinzu.

Er nickte grimmig. »Gehen wir also davon aus, dass die beiden auf dem Schiff sind, und das nicht freiwillig. Was haben wir für Möglichkeiten, sie da rauszuholen?«

»Keine legalen. Wir haben gerade gelernt, dass Flugzeuge, Schiffe und andere Kraftfahrzeuge, die mit einem C gekennzeichnet sind und somit dem *Corps Diplomatique* angehören, exterritoriales Gebiet sind.«

»Und leider wird die Botschaft einen Teufel tun, uns die Durchsuchung zu erlauben, ohne dass der Prinz zuvor persönlich eingewilligt hätte.«

»Dann könnten wir ihn auch selbst bitten.«

»Also, was machen wir?« Er schaut sie fragend an.

»Das SEK rufen, wozu haben wir die Jungs.«

***

Im Palais warteten Señora Delgado Bunyol und die Gräfin ungeduldig auf die Rückkehr ihrer Mitstreiter.

»Es war schon immer ein Traum von mir, einen Ball mithilfe einer extravaganten Gräfin, einer klimakterischen Exagentin und einem Schwein durchzuziehen«, kam es lakonisch von der Präsidentin. Zwar stand inzwischen alles auf sicheren Füßen, aber die wenigen verbleibenden Stunden bis zum Eintreffen der Gäste waren wie die Ruhe vor dem Sturm. Die Nervosität der beiden hätte nicht größer sein können.

Rosa versuchte vor dem Spiegel, ihr Make-up für den Abend anzulegen. »Ich danke für das ›extravagant‹.«

»Keine Ursache.«

»Das mit die Klimakterium habe ich gehört«, sagte Mrs Bings, die gerade das Büro betrat.

Die Präsidentin winkte ab. »Solange Sie es nur hören und nicht spüren …« Sie goss sich einen Kaffee ein.

Mrs Bings beschloss großzügig, die Angelegenheit auf sich beruhen zu lassen.

»Sind Sie schon dahintergekommen, was es mit der empfangenen Kennung auf sich hat?«, wollte die Präsidentin wissen.

»Wir sind uns sicher, das die Kennung kommt von die Schiff des Prinzen. Aber wie der Chip kam dorthin und wurde aktiviert, das wissen wir nicht. Wir nehmen an, dass es war entweder Frau Bischoff oder der Comisario.«

»Und wie aktiviert man so ein Ding?«

»Durch leichten Druck. Das kann passieren unabsichtlich, theoretisch.« Mrs Bings überlegte. »Oder absichtlich, um zu machen auf sich aufmerksam.«

»Absichtlich oder unabsichtlich: Der Residente glaubt, dass sich

Frau Bischoff und der Comisario in Gefahr befinden«, schloss die Gräfin.

»Dann müssen sie irgendwie an Bord dieses Schiffes kommen!« Señora Delgado Bunyol konnte ihre Ungeduld kaum zügeln. »Nur leider geht das nicht so einfach.«

Mrs Bings nickte. »Der Diplomatenstatus.« Sie lächelte geheimnisvoll. »Aber was, wenn es gäbe von dort einen Notruf? Bei Menschenrettung es gibt kein exterritoriales Gebiet, das ist eindeutig festgelegt.«

Die Präsidentin stutzte. »Und wer, bitte, ist in Not?«

»Derjenige, der hat aktiviert den Chip.«

»Nehmen wir einmal an, wir stürmen das Boot und finden absolut nichts ... dann werde ich von der Opposition öffentlich gevierteilt.«

Rosa schminkte sich ungerührt weiter. »Dann wird in der Präsidentengalerie später mal kein Bild von Ihnen hängen, sondern ein Mobile. Wo ist das Problem?«

»Sie verstehen es, mir Mut zu machen, liebste Gräfin. Aber Sie haben natürlich recht, ich werde den Residente anrufen und den Zugriff autorisieren.«

Mrs Bings zeigte auf das Notebook auf dem Schreibtisch. »Wenn ich einmal dürfte Ihren Internetzugang benutzen, dann kann ich innerhalb kürzester Zeit besorgen die Blaupausen der ›Pearl of Bahrain‹. Das Schiff ist versichert bei uns.«

»Dann verlieren Sie bitte keine Zeit, Werteste, wir wollen unsere Leute nicht ins Ungewisse rennen lassen.«

***

Der Einsatzleitungsbus der *Guardia Civil* parkte neben einigen anderen Polizeifahrzeugen hinter den Lagerhallen das Hafens, um nicht von der Besatzung der »Pearl of Bahrain« und von der Avinguda de Gabriel Roca aus gesehen zu werden. Berger wurde von Capitan Ramirez eher zurückhaltend begrüßt.

»Hola, Residente, was explodiert nun wieder?«

»Wieso soll hier was explodieren?«

»Bisher ist uns, wenn wir mit Ihnen zusammengearbeitet haben, immer irgendetwas um die Ohren geflogen.«

»Was kann ich dafür, dass ich ständig für die heißen Kisten eingekauft werde.« Sie betraten den Bus der Einsatzleitung. »Sie wurden bereits informiert, um was es heute geht?«

Der Capitan nickte. »Und wir haben mit den besten Grüßen von Lloyds of London auch etwas Nettes mit auf den Weg bekommen.« Er entrollte voller Stolz die Pläne des Bootes.

Berger pfiff anerkennend durch die Zähne. »Ich bin ein wenig erstaunt. Die von mir so Geschmähte entwickelt sich zum Juwel. Da werde ich wohl nach Canossa gehen müssen.«

Sie beugten sich über die Pläne der riesigen Jacht.

»Das ist ja schon fast eine Fregatte«, sagte Ramirez voller Anerkennung. »Wenn wir dieses Schiff nach irgendetwas durchfilzen sollen, dann reichen meine paar Mann aber nicht aus. Auf so einem Dampfer gibt es so viele Winkel und Ecken, da benötigen wir Fachleute vom Hafenzollamt.«

»Um den Comisario und seine deutsche Kollegin zu finden, wird es wohl reichen«, erwiderte Berger unwirsch. »Die werden ja auf sich aufmerksam machen, denke ich.«

»Wenn sie es können. Bevor wir da raufgehen, möchte ich noch einen Kollegen vom Marineabwehrdienst sprechen. Das ist ein absoluter Experte in allem, was mit Terrorabwehr auf See zu tun hat.«

Berger schaute auf seine Uhr. »Und von woher fliegt der ein? So viel Zeit haben wir doch gar nicht.«

»Der Mann ist hier in Palma. Er müsste jeden Moment eintreffen.«

In diesem Augenblick meldete sich Carmen, die das Schiff nicht aus den Augen ließ, über Funk. »Señor Berger, hören Sie mich?«

»Sí, Carmen.«

»Der Prinz und einige seiner Leibwächter verlassen gerade das Schiff.«

»Und wohin gehen sie?«

»Zur Jacht der Großherzogin.«

»Dann wird er die alte Dame zum Ball abholen wollen. Sorge bitte dafür, dass der Wagen des Prinzen überwacht wird und dass er nicht einen einzigen Einsatzwagen zu Gesicht bekommt, wenn er den Hafen verlässt.«

»Sí, Señor«,bestätigte Carmen.

»Aber warum gehen die jetzt schon auf den Ball?«, wunderte sich Ramirez. »Der fängt doch erst später an?«

»Die Großherzogin hat das Privileg erhalten, eine kleine Garderobe im Palais für sich zu haben, in die sie sich, wenn es ihr zu viel wird, ein wenig zurückziehen kann. Dort will sie sich auch ganz in Ruhe für den Abend zurechtmachen.«

»Der Prinz wird doch bestimmt noch mal zurückkommen, um seine Frauen abzuholen, oder?«

Berger zuckte mit den Achseln. »Wenn er noch einmal zurückkommt, dann sicher nicht, um seine Frauen abzuholen. Die haben auf so einem Ball nichts zu suchen.«

Ramirez Gesicht hellte sich auf, als ein kleiner Mann in Marinedrillich den Bus betrat. »Residente, darf ich Ihnen Korvettenkapitän Gómez Henriquez vorstellen?«

Der fast schmächtig anmutende, aber drahtige Mann verbeugte sich mit einem knappen Kopfnicken vor Berger und vertiefte sich ohne Umschweife in die Blaupausen. »Ein stolzes Schiff«, sagte er voller Anerkennung.

»Sí, Gómez, die ›Pearl of Bahrain‹ ist eine der größten Jachten ihrer Klasse.«

»Ich kenne das Schiff. Es ist von der dänischen Helsingör-Werft gebaut worden. Die sind auf Luxusjachten dieser Größenordnung spezialisiert. Mit wie viel Mann Besatzung haben wir es zu tun?«

Berger rechnete kurz nach. »Drei bis vier auf dem Schiff und die zwei Posten vor der Gangway, mehr dürften nicht mehr da sein.«

»Gibt es eine Möglichkeit, diese Notbesatzung noch zu reduzieren?«

»Wir könnten versuchen, sie irgendwie von Bord zu locken, aber warum?«

Henriquez zeigte auf die Brücke. »Das ist nicht das Gehirn dieser Jacht. Der eigentliche Kommandostand liegt ziemlich weit unten, fast unterhalb der Wasserlinie. Wenn das Schiff durch Piraten oder sonstige Truppen angegriffen werden sollte, kann man durch einen Knopfdruck auf der Brücke alles hermetisch abriegeln, und wenn das geschehen ist, kann dieses Boot nur noch mit Torpedos versenkt werden.«

»Das wäre vielleicht doch etwas unpassend. Wir müssen die

Wachhabenden also so lange ablenken, bis das SEK die Brücke übernommen hat.«

»Wie viel Zeit geben Sie uns?«, wollte Ramirez von Henriquez wissen.

»Das SEK müsste innerhalb von fünfundvierzig Sekunden auf der Brücke sein.«

Ramirez nickte »Geben Sie uns eine Minute, dann sind wir auf der sicheren Seite.«

11

Tomeu war froh, vom Dienst am Empfang abgezogen worden zu sein. Obwohl er sich etwas abseits hielt, wurde er immer wieder angesprochen, und aufgrund seiner Stotterei fiel ihm auch die kleinste Antwort schwer. Andererseits konnte es nichts Gutes bedeuten, dass er so kurz vor der heißen Phase seinen Posten verlassen sollte. Das war für ihn ein sicheres Zeichen, dass irgendetwas nicht im Lot war.

»Schön, dass Sie so schnell kommen konnten«, wurde er von der Gräfin empfangen. »Tomeu, es gibt eine Planänderung. Wir brauchen Sie, um auf die Großherzogin aufzupassen.« Sie sah in seine fragenden Augen und erklärte: »Ich weiß natürlich, dass der Prinz und seine Leute immer um sie herum sind, aber genau das hat sich inzwischen als unser Problem herausgestellt, oder besser gesagt, unser Problem ist der Prinz.«

»H-h-at e-e-er et-w-w-as m-m-mit-t d-d-en M-m-mord-den z-z-u t-t-tun?«

»Genau wissen wir das nicht, aber es sprechen einige Anhaltspunkte dafür.«

»D-d-dann i-i-ist T-t-t-ant-te A-a-au-g-g-ust-t-te in G-g-gef-fahr?«

Mrs Bings betrat das Büro und ging auf Tomeu zu. »Wenn Sie haben nichts dagegen, würde ich Ihnen gern schieben so eine Chip in das Kragenfutter Ihres Smokings, damit wir immer wissen genau, wo Sie sind.«

»A-a-a-b-ber i-ich …«

»Ihr Job, Tomeu, ist es, heute Abend nicht mehr von der Seite des Prinzen zu weichen«, ergänzte die Gräfin. »Halten Sie sich immer unauffällig dort auf, wo Seine Hoheit gerade ist, oder bleiben Sie vor der Tür stehen, durch die er gerade verschwunden ist. Wenn wir Sie anpeilen, wissen wir dann immer wo der Prinz ist, okay?«

Tomeu nickte erleichtert. Er hatte schon befürchtet, dass er den ganzen Abend in das Walkie-Talkie stottern müsste, aber mit so einem Chip im Anzug hatte er viel weniger Bedenken, seine Aufgabe meistern zu können.

Rosa schaute ihn voller Stolz an. »Tomeu, Sie sehen richtig gut im Smoking aus, wissen Sie das eigentlich?«

Er wurde leicht verlegen.

»Ihre Carmen hat großes Glück, von Ihnen geliebt zu werden.«

Tomeu strahlte: »D-d-ank-k-ke, S-s-eñ-ñora.«

Vom Lob der Gräfin beflügelt, schwebte er auf einer kleinen Wolke des Glücks und machte sich auf die Suche nach seinem Klienten.

Obwohl es bis zur Galaeröffnung noch einige Zeit dauern würde, waren die Wandelhallen des Palais, die sich weitläufig um den Ballsaal rankten, gut besucht. Tomeu musste dennoch nicht lange suchen. Den Prinzen selbst konnte man relativ leicht übersehen, aber die in ihre Trachten gehüllten Ahaggaren stachen aus jeder Menschenmenge hervor. Seine Königliche Hoheit saß in der Lobby. Er trank mit einem anderen Mann, der ebenfalls wie ein Scheich gekleidet war, Kaffee und schien in eine angeregte Diskussion verwickelt zu sein. Im Gefängnis war Tomeu ein gutes halbes Jahr mit zwei Algeriern eingesperrt gewesen und hatte dort etwas Arabisch gelernt. Er versuchte, sich unauffällig zu nähern, um etwas von dem Gespräch aufzufangen.

Endlich hatte er sich auf Hörweite herangepirscht, aber er verstand fast nichts. Es schien um den toten Oberst der Garde zu gehen, das glaubte Tomeu aus dem ganzen Wortsalat herausfiltern zu können. Er beobachtete den Prinzen genau und glaubte, wirkliche Betroffenheit in ihm erkennen zu können. Konnte ein Mensch wirklich so gut heucheln, wenn er gemordet hatte? Oder sah er sich einem Mann gegenüber, der trotz eines Mordes ein absolut reines Gewissen hatte?

Tomeu beschloss, weiterhin jede Geste, jede kleinste Bewegung des Prinzen aufmerksam zu verfolgen. Vielleicht gab es ja bald eine Situation, in der er sich allein durch seine Mimik verriet.

***

Nachdem Berger, Ramirez und Henriquez die Vorgehensweise beschlossen hatten, versammelte sich das komplette SEK-Team im Einsatzbus und wurde vom Einsatzleiter instruiert.

»Die Aktion beginnt damit, dass ein Krankenwagen mit als Rettungssanitätern verkleideten Polizisten am Schiff der Großherzogin vorfährt, um dort für Aufregung zu sorgen. Sie werden behaupten, an diesen Steg gerufen worden zu sein. Ziel ist es, mit diesem Spektakel die beiden dem kleinen Boot als Wachen zugeteilten Ahaggaren erst abzulenken und danach auszuschalten. Gleichzeitig wird bei der ›Pearl‹ von See her ein Motorboot längsseits kommen, um die Ahaggaren auf dem Schiff so lange abzulenken, dass es von der Gangwayseite her vom SEK geentert werden kann. Währenddessen wird im Regierungspalais ein Störsender angeschaltet sein, sodass das Telefonieren mit dem Handy dort für kurze Zeit nicht möglich sein wird und der Prinz nicht gewarnt werden kann. Das Ganze muss innerhalb von Sekunden erledigt werden, sodass das Schiff vom Wachposten nicht hermetisch verschlossen werden kann.«

Alles nickte.

»Aber wie sollen die Wachen auf der ›Pearl‹ von einem ganz normalen Boot derartig abgelenkt werden?«, fragte der Gruppenführer.

Ramirez nickte. »Es wird sich dabei um eine Freizeitjacht handeln, an deren Deck einige sehr leicht bekleidete junge Damen sein werden, damit die Wachen ordentlich etwas zu gucken haben, wenn sie von den Damen um Hilfe gebeten werden, weil ihr Skipper offensichtlich eine Herzattacke bekommen hat. Drei Grazien in Bikinis wird man es nicht abschlagen, längsseits zu kommen.«

»Und wo wollen Sie die Schönheiten herholen, wollen Sie sie am Strand einfangen?«

»Nein, die Kollegin Lucas hat drei Kolleginnen aus ihrem Kurs dazu überreden können. Die sind bereits auf dem Boot. Stimmt doch, oder?«

Carmen nickte und lächelte still.

»Okay, dann werden wir um Punkt achtzehn Uhr, also in zwanzig Minuten, beginnen.« Ramirez schaute auf seine Armbanduhr. »Es ist jetzt ganz genau siebzehn Uhr vierzig, bitte stellen Sie Ihre Uhren.«

***

Dem Comisario und Angela Bischoff schwand zunehmend der Mut. So sehr sie auch versuchten, sich gegen ihre Fesseln aufzulehnen, die Kabelbinder gaben keinen Millimeter nach.

»Es tut mir leid«, murmelte García Vidal betreten, »ich werde es mir nie verzeihen, Sie in eine derartige Situation gebracht zu haben.«

»Wenn es Ihnen vielleicht auch nicht passen mag, aber hierherzukommen habe ich ganz allein entschieden. Für solche Dinge benötige ich grundsätzlich keine Hilfe.« Sie drehte sich mit ihrem Stuhl von ihm weg. »Uns wäre mit Sicherheit auch mehr geholfen, wenn Sie nicht jammern würden, sondern weiterhin nach einer Möglichkeit Ausschau hielten, was wir machen könnten, um uns vielleicht doch noch bemerkbar zu machen.«

»Was stellen Sie sich denn vor? Mit den Fingerknöcheln an der Schiffswand S.O.S morsen?«

»Das wäre immer noch besser, als nur dazusitzen und zu greinen.«

»Und wer soll uns bitte schön hören?«

»Ihre Kollegen zum Beispiel.«

»Die rennen ja auch den ganzen Tag mit Stethoskopen im Hafen herum und hören die Schiffswände nach Hilferufen ab.«

»Hallo, Cristobal, würden Sie mal langsam aus Ihrem Stimmungsloch herauskommen?«, forderte Angela Bischoff erbost. »Ihre augenblickliche Rolle als Jammerlappen steht Ihnen überhaupt nicht.«

»Soll ich stattdessen, nur um Ihnen zu gefallen, den weltfremden Optimisten geben?«

»Zwischen diesen beiden Versionen gibt es ja wohl noch ein Mittelding, oder? Wenn unsere Kollegen nicht völlig verblödet sind, ist ihnen unser Fernbleiben ja wohl aufgefallen, oder?«

»Na, das ist ja wohl das Mindeste.«

»Nehmen wir einmal an, dass sie genau wissen, wo sie uns suchen müssen, nämlich auf diesem Schiff hier.«

»Warum sind sie dann noch nicht hier?«

»Weil das gegen alle diplomatischen Gepflogenheiten verstoßen würde.«

Er nickte. »Eine kleine Chance haben wir.«

»Und die wäre?«

»Ich habe in der Reverstasche meines Sakkos einen von den Schmuckchips. Wenn alles geklappt hat, ist er aktiviert.«

»Was heißt, wenn alles geklappt hat?«

»Als ich vorhin mit dem Prinzen zusammen hierherfuhr, habe ich versucht, ihn durch Druck mit den Fingern anzuknipsen, so, wie Mrs Bings es mir gezeigt hat.«

»Und, hat es geklappt?«

»Ich hoffe. Sie hat die anderen Chips mit so einem kleinen Handscanner gecheckt. Den hatte ich natürlich nicht. Aber selbst wenn es geklappt hat, ist noch immer nicht sicher, ob die Signale überhaupt durch diese dicke Schiffswand dringen können.«

Sie nickte ihm aufmunternd zu. »Nehmen wir doch einmal an, das Signal ist raus und empfangen worden. Was spielt sich dann in diesem Augenblick vor dem Schiff ab?«

»Woher soll ich das wissen?«

»Cristobal, ich bitte Sie. Sie sind doch kein Verkehrspolizist. Sie haben doch an exponierter Stelle in der Einsatzleitung gesessen, wenn solche Dinge geprobt wurden, oder?«

»Ja, schon«, kam es zögerlich, »aber nie auf See.«

»Okay, nehmen wir einmal an, Sie wären jetzt anstelle des Residente draußen vor dem Boot. Was würden Sie machen?«

»Das SEK alarmieren und die Küstenwache. Wir sind schließlich auf dem Wasser.«

»Na sehen Sie«, kam es fast beschwörend von ihr, »und was haben die für Spezialausrüstungen bei Geiselnahmen?«

»Es ist mir unmöglich, alles aufzuzählen. Kleine Sonden, Mikrofone, Infrarotkameras ... jeden elektronischen Schnickschnack, den Sie sich nur vorstellen können.«

»Wenn Sie die Küstenwache alarmiert hätten, dann hat der Residente das sicher auch getan.«

»Na hören Sie mal«, sagte er beleidigt, »wir sind doch schließlich keine Zwillinge.«

»Haben Sie eine Ahnung. Wenn es um Ihren Cortado geht, dann sind Sie sogar eineiig.«

Er schüttelte irritiert den Kopf.

»Was meinen Sie, Comisario, hat die Küstenwache auch Geräte, um Dinge unter Wasser abzuhören?«

»Ja, das habe ich selbst schon einmal gesehen. Da wird so eine

Art Richtmikrofon unter Wasser getaucht, und dann kann man sogar auf einen Kilometer Entfernung die Blähungen der Shrimps hören.«

»Okay.« Angela Bischoff machte ein entschlossenes Gesicht. »Wenn die so ein Ding haben, dann werden sie es auch anwenden. Also machen wir es wie die Shrimps.«

Der Comisario schaute sie entgeistert an. »Ich soll hier, in Ihrem Beisein …?« Sein Gesicht lief vor Verlegenheit rot an. »Es tut mir leid, Señora, aber das kann ich nicht.«

Sie verdrehte die Augen. »Mein Gott, Comisario, Sie müssen ja nicht pupsen. Es geht hier um die Geräuschentwicklung. Singen Sie meinetwegen, oder morsen Sie etwas.«

»Wie soll ich denn bitte schön morsen?«

»Mit den Füßen zum Beispiel!« Sie gab mit der Fußsohle Morsezeichen.

»Und was soll das heißen?«, fragte er erstaunt.

»Das heißt Angela Bischoff. Das habe ich mal als Kind gelernt. Jeder musste dem Lehrer seinen Namen vormorsen können.«

»Und was haben Sie dafür bekommen?«

Sie überlegte. »Eine Zwei, glaube ich.«

Er schaute sie bittend an. »Könnten Sie vielleicht auch etwas für mich morsen?«

»Was denn?«

»Natürlich Cristobal Antonio García Vidal.«

Sie begann, mit dem Fuß rhythmisch auf den Fußboden zu klopfen.

»Das heißt Cristobal Antonio García Vidal auf Morse? Das ist aber nur sehr kurz gemorst für so einen langen Namen.«

»Blödsinn, das heißt S.O.S. – *save our souls*!«

***

Alles versammelte sich voller Erwartung um den Mann am Horchgerät, der angestrengt lauschend um Ruhe bat.

»Señores, ich habe hier etwas Interessantes. Ich stelle mal laut.«

Alles horchte auf das Klopfen, das aus dem Lautsprecher kam.

»Entweder morst da jemand etwas, oder hier gibt's Spechte auf Speed«, sagte Berger.

Ramirez schüttelte den Kopf. »Auf Kurzwelle haben sie früher gemorst, aber das hat sich anders angehört.«

»Das waren auch Profis«, kam es von dem Beamten. »Hier morst ein Laie, warten Sie.« Er buchstabierte leise: »A-n-g-e-l-a-b-i-s-c-h-o-f-f- s-o-s.«

Bergers Gesicht hellte sich auf. »Wenigstens leben sie noch. Wo kommt das her?«

»Eindeutig von der ›Pearl‹.«

»Dann sollten wir keine Zeit verlieren. Könnten wir etwas antworten?«

»Könnten wir schon, aber das würden alle auf dem Schiff hören, und von denen ist bestimmt jemand als Funker ausgebildet.«

»Dafür ist jetzt sowieso keine Zeit mehr. Es ist siebzehn Uhr achtundfünfzig, und alles steht in den Startlöchern«, unterbrach ihn Ramirez. »Wir sollten wieder in den Bus gehen. Von dort aus haben wir durch die Minikameras, die wir auf die ›Pearl‹ gerichtet haben, den besten Überblick.«

Um Punkt sechs ging es los.

Der Rettungswagen fuhr mit Sirene vor und sorgte für ausreichend Unruhe auf dem Steg.

Auch Carmens Kolleginnen spielten ihre Rolle hervorragend. Sie sahen in ihren knappen Bikinihöschen wirklich sehr sexy aus. Die unschuldigen Blicke, die sie auf die diensttuenden Ahaggaren richteten, verfehlten nicht ihre Wirkung. Den armen Kerlen fielen fast die Augen aus den Köpfen. Eine junge Frau kniete neben einem Mann, der auf dem Deckboden des kleinen Bootes lag und scheinbar dringend ärztliche Hilfe benötigte.

»Mein Herr«, rief eine andere zur Brücke, »hier soll ein Krankenwagen auf uns warten. Unserem Skipper geht es furchtbar schlecht. Ich glaube, er hat etwas mit dem Herzen, oder es ist ein Schlaganfall!«

Einer der Ahaggaren winkte das Boot längsseits. »Legen Sie an, die Sanitäter sind schon da drüben.« Er zeigte vage in Richtung der benachbarten Jacht.

Ein anderer Ahaggare warf dienstbeflissen eine Leine über die Reling.

Während die Wachen auf der ›Pearl‹ nur noch Blicke für die Damenwelt hatten, wurden ihre Kollegen vor der Gangway und vor dem Boot der Gräfin vom SEK überwältigt. Der Landweg zur Brücke dieses riesigen Schiffes war somit frei.

Der Wächter im Ruderhaus griff gerade nach dem Hörer des Funkgeräts, als eine Blendgranate neben ihm explodierte. Dann ging alles blitzartig. Innerhalb von Sekunden strömten die Einsatzkräfte des SEK von allen Seiten her auf die »Pearl«, und ehe überhaupt jemand von der Besatzung reagieren konnte, war das Schiff gesichert.

Nach dem Funkspruch »Zugriff erfolgt, Terrain gesichert« beeilten sich der Einsatzleiter und Berger, an Bord der Luxusjacht zu kommen. Schon von Weitem war das laute Gejammer der Prinzessinnen und ihrer Zofen zu hören, die auf dem Vordeck von SEK-Beamten versammelt und festgehalten wurden. Nach dem gründlichen Studium der Blaupausen war es für die Männer kein Problem, sich an Bord zurechtzufinden. Sie waren sich sicher, García Vidal und Angela Bischoff im Sicherheitsbereich des Schiffes zu finden.

»Mein Gott, bin ich erleichtert, Sie zu sehen«, rief der Comisario, als er den Residente die Treppe herunterstürmen sah.

Den beiden Gefangenen wurden die Fesseln gelöst.

Berger konnte sich ein Grinsen nicht verkneifen. »Wohin wollte Sie der Prinz denn verschicken?«

»Ich nehme an, zum Meeresgrund.«

»Was für eine Sünde an der Umwelt! Dass Hoheit ein Schlingel ist, dürfte nun bewiesen sein. Aber haben Sie begriffen oder hat Ihnen der Prinz inzwischen erzählt, warum er das alles veranstaltet?«

»Nein, hat er leider nicht.«

»Es wird um Schmuck gehen, nehme ich an«, kam es von Angela Bischoff, »aber was er damit genau machen will, das wissen wir auch nicht.«

»Der Mensch tötet sogar für ein Leberwurstbrot«, sagte Berger, »aber dann muss er dementsprechend Hunger haben. Sollte unserem Thronfolger von seinem König das Taschengeld gekürzt worden sein?«

Der Comisario massierte sich seine lädierten Handgelenke. »Das kann ich mir nicht vorstellen. Da muss mehr dahinterstecken.«

»In welchem Augenblick hat er Sie denn offiziell zum Feind erklärt?«

»Als ich ihm sagte, dass etwas mit den Ausdrucken von der Mannschaftsliste des U-Bootes nicht stimme. Kaum hatte ich das geäußert, schaute ich auch schon in eine Pistolenmündung.«

»Da ist die Schmerzgrenze aber sehr niedrig«, wunderte sich Berger. »Aber warum nur? Sonst hat er doch immer so besonnen reagiert.«

»Weil er mit dem Schmuck der Großherzogin sein Werk krönen will«, antwortete Angela Bischoff. »Das ist wie bei einem Biathleten, der mit neunzehn Treffern alles im Sack zu haben scheint, doch beim zwanzigsten fängt er plötzlich an zu flattern.«

Berger wunderte sich. »Was für ein Werk?«

»Woher soll ich das wissen? Es muss irgendetwas Epochales sein, etwas, wofür es sich lohnt zu morden.«

»Vor allem seine eigenen Leute«, warf der Comisario ein.

»Vielleicht hat es etwas mit seinem Glauben zu tun«, überlegte Berger weiter, »da wird man ja in gewissen Kreisen ziemlich schnell rigoros.«

Angela Bischoff schüttelte den Kopf. »Wenn der Prinz sich dem Koran und Allah verpflichtet fühlt, dann kann das nicht sein. Der Islam ist eine Religion des Friedens.«

Berger sah sie entsetzt an. »Sie scheinen in den vergangenen zehn Jahren keine Nachrichten mehr gesehen zu haben.«

»Ich sehe sie täglich, Herr Kollege. Aber das, was Sie Islam nennen, ist nicht die Religion, sondern das, was folgt, wenn furchtbare Geistliche eine Religion als Machtinstrument missbrauchen. Diese Hassprediger sind nicht ihrem Gott und den Lehren Mohameds verpflichtet, sondern nur ihrer maßlosen Gier nach Reichtum und Allmacht. Von ähnlich schräg gestrickten Herren, die das Christentum als Waffe missbrauchen, gab es auch bei uns im Abendland schon immer reichlich Exemplare.«

García Vidal wirkte nachdenklich. »Hat der Prinz denn irgendwann einmal etwas gesagt oder getan, wodurch er sich als radikaler Muslim zu erkennen gegeben hätte?«

Berger schüttelte den Kopf. »Nein, das hat er nicht. Das wäre mir mit Sicherheit aufgefallen.« Er sah sich im Raum um. »Des Rätsels Lösung liegt hier an Bord der ›Pearl‹, dessen bin ich mir sicher. Hier werden wir die Steine der Großherzogin finden. Und auch die Erklärung, wozu er sie braucht.«

»Er braucht sie?«, fragte García Vidal erstaunt.

»Sí, Señor, er braucht sie. Khalil ist kein Irrer. Wenn er sich schier unbezahlbaren Schmuck mit einer derartigen Brutalität aneignet, dann hat das einen triftigen Grund.« Er schaute auf die Uhr. »So ein Mist, der Einlass zum Ball beginnt in einer halben Stunde. Wie sollen wir vorgehen?«

»Zum Palais fahren und dem Herrn auf die Finger klopfen«, schlug Ramirez vor.

»Genau das werden wir nicht tun!«, ordnete García Vidal an. »Nicht auf dem Ball. Er hat seine bewaffneten Leibwächter dabei und könnte mithilfe dieser Herren jederzeit ein Blutbad anrichten.« Er trommelte nervös mit den Fingern auf der Tischplatte. »Im Grunde dürften Angela und ich uns ohnehin so lange nicht auf dem Ball sehen lassen, bis wir den Prinzen ausgeschaltet haben. Wenn der uns dort entdeckt, weiß er ja sofort, dass er aufgeflogen ist und dass es ihm jederzeit an den Kragen gehen kann. Die Gefahr, dass er dann überreagiert, ist einfach zu groß.«

»Okay«, sagte Berger. »Dann werde ich mich im Palais sehen lassen und mich auf den Schoß der Großherzogin setzen. Sie warten hier so lange, bis sie von mir grünes Licht bekommen. Sobald der Diplomatenstatus des Prinzen aufgehoben ist, können Sie damit beginnen, hier alles nach Beweisen zu durchsuchen.«

Der Comisario nickte ihm ernst zu. »Passen Sie auf sich auf.«

»Gern, und wenn endlich alles vorbei ist, können wir beide heute vielleicht noch einen Tango tanzen.«

Angela Bischoff lachte laut auf. »Sie beide, auf einer großen Tanzfläche, im Ballsaal, miteinander?«

Der Comisario lief vor Verlegenheit puterrot an. »Aber ich bitte Sie, Señor Berger!«

»Mit ›wir beide‹ meinte ich natürlich Sie und mich mit unseren jeweiligen Partnerinnen.« Berger lachte. »Aber wenn wir aus dieser Nummer heute Abend heil herauskommen, dann sollten wir beide vielleicht wirklich einen Tango aufs Parkett legen, als Dankeschön an Fortuna sozusagen.«

Der Comisario schaute ihn völlig entgeistert an. »Aber ich verbitte mir, von Ihnen zum Abschluss geküsst zu werden!«

Berger verneigte sich zum Abschied vor ihm. »Don Cristobal, es wird mir eine Ehre sein!«

Der Comisario sah wie vom Donner gerührt zu, wie Berger den Raum verließ. »Ich befürchte«, stammelte er, »der meint das ernst.«

Angela Bischoff stieß ihn aufmunternd mit ihrem Ellbogen an. »Cristobal, ich bitte Sie! Sie beide sind ein Traumpaar, nicht nur auf dem Tanzparkett.«

»Ich werde mich nie wieder auf dieser schönen Insel blicken lassen können. Selbst meine Kollegen werden mich nie wieder ernst nehmen.«

»Wieso, ist es denn eine Angewohnheit von Ihnen, Ihre Partner beim Tango zu küssen?«

Er sah sie verunsichert an und brachte keinen Ton heraus.

»Dann möchte ich hiermit den nächsten Tanz mit Ihnen reservieren, Don Cristobal.« Sie beugte sich vor und flüsterte ihm ins Ohr: »Natürlich nur, wenn die beiden Herren nach der Tanzeinlage jemals wieder voneinander lassen können.«

Lachend stieg sie die Treppe hoch.

***

Señora Delgado Bunyol lächelte an diesem Tag zum ersten Mal, als sie nach einem Telefonat mit dem Residente ihr Handy wieder zusammenklappte.

»Ich hoffe, zur Abwechslung haben Sie mal etwas Angenehmes«, forderte die Gräfin sie auf, zu berichten.

»Sí, Condesa, wir haben die beiden gesund und munter wieder.«

»Wo waren sie denn?«

»Wie vermutet, auf der ›Pearl of Bahrain‹, und zwar als Gefangene, nicht als Liebende.«

»Wo ist da bitte der Unterschied?«

»Ist das etwa der Grund, warum Sie und der Residente noch kein Paar sind?«, fragte die Präsidentin betroffen.

Rosa versuchte, einen möglichst geschäftigen Eindruck zu machen. »Wir haben zu viel Respekt voreinander, um uns einfach so ineinander verlieben zu können.«

»Blödsinn, Sie sind es doch schon!«

Die Gräfin richtete sich stocksteif in ihrem Schreibtischstuhl auf. »Meinen Sie nicht, dass es im Augenblick Wichtigeres gibt als die angebliche Liebe zwischen dem Residente und mir? Darf ich

Sie daran erinnern, dass rund zweitausend Superreiche darauf warten, dass Sie den Ball des Jahres eröffnen?«

»Nein, es gibt nichts Wichtigeres. Allerdings kommt gleich danach die Ergreifung des Prinzen, und zwar ohne die Großherzogin in Gefahr zu bringen!«

»Durch Tomeu und seinen Chip wissen wir wenigstens immer, wo sie sich aufhalten. Aber wenn es ernst wird, kann der arme Kerl auch nichts weiter machen als zusehen.«

Señora Delgado Bunyol grinste. »Er könnte den Prinzen nach der Uhrzeit fragen, dann wäre Majestät den Abend über beschäftigt.«

Rosa konnte den Humor der Präsidentin ausnahmsweise nicht teilen.

»Er stottert zum Gotterbarmen, aber er ist treu wie Gold. Außerdem scheint er auch andere Qualitäten zu haben, sonst wäre Carmen nicht so glücklich mit ihm.«

Die Präsidentin musste lachen. »Wenn er so liebt, wie er spricht, dann wäre er in Mallorcas Damenwelt der absolute Geheimtipp. Aber nun wieder zu den ernsteren Dingen des Abends. Fällt Ihnen etwas ein, um unseren Prinzen aus dem Rampenlicht zu nehmen? Solange er im Mittelpunkt des Interesses steht, wird ein komplikationsloser Zugriff kaum möglich sein.«

»Im Augenblick nicht, aber wenn es ernst wird, hat mich mein Erfindungsreichtum noch nie im Stich gelassen.«

***

Durch einen Kurier hatte sich Berger seinen Smoking zur Jacht der Großherzogin bringen lassen. Dort hatte er Ruhe und die Gelegenheit zu duschen. Nachdem er sich in sein Festgewand gezwängt hatte, wich sein Widerwille langsam. Er hatte das Gefühl, gut auszusehen. Die Gräfin hatte ganze Arbeit geleistet. Als er seine Waffe einsteckte, stellte er mit Genugtuung fest, dass der Schneider selbst an sein Schulterholster gedacht hatte. Es beulte nichts aus, alles passte wie angegossen.

Als er den Steg betrat, wartete Carmen schon auf ihn. Sie lächelte in frech an. »Wenn Sie jemals wieder etwas anderes tragen als diesen Smoking, dann wäre das Hochverrat an der Damenwelt.«

Er schaute erstaunt an sich hinunter. »Sehe ich denn so gut aus?«

»Noch besser, Residente.«

Er fühlte sich gleich zehn Zentimeter größer.

»Dann wollen wir zwei Hübschen mal. Du musst aber auch noch unter die Dusche und dich in deinen Ballfummel schmeißen. Ich brauche dich im Saal.«

»Keine Sorge«, erwiderte Carmen im Gehen, »ich habe alles im Büro, und im Palais ist auch ein Bad.«

Kaum fünf Minuten später fuhren sie die Palaisauffahrt hoch und hielten direkt vor dem roten Teppich. Als sie aus dem Wagen stiegen, richteten sich sämtliche Objektive der Boulevard- und der Tagespresse auf sie. Am nächsten Tag würde es in der »Ultima Hora« heißen: »James Bond und die schöne Polizistin«.

Von Fragen ließen sich die beiden nicht aufhalten. In Windeseile versuchten sie, sich zwischen den vielen Ballbesuchern einen Weg zum Festbüro zu bahnen. Um genau fünf Minuten vor sieben hatten sie es geschafft. Carmen verschwand schnell in den Nebenraum, der von den Damen als Umkleide benutzt wurde.

»Señor Residente, ich gratulieren Ihnen zu diesem erfolgreichen Husarenstreich«, begrüßte ihn die Präsidentin. »Wo sind denn die beiden Verlorenen?«

»Sie sind im Hafen geblieben, um mit der Durchsuchung des Schiffes beginnen zu können, sobald die Genehmigung da ist.«

»Das dürfte bald der Fall sein, denn seine Majestät Juan Carlos hat sich persönlich um diese Angelegenheit gekümmert.«

Berger nickte. »Von Kollege zu Kollege klappt so etwas auch besser. Kennt er den Vater des Prinzen?«

»Natürlich kennen die sich. Königs untereinander kennen sich alle.«

In diesem Augenblick betrat die Gräfin das Büro. Sie staunte nicht schlecht, als sie den Residente zum ersten Mal im fertigen Smoking sah.

»Na, aber hoppla, was haben wir denn da Schönes? Das textile Highlight der Herrenmode heißt an diesem Abend Berger.«

»Ich danke für die Blumen, Werteste. Bei Ihnen läuft alles?«

Diese Frage wurde von Señora Delgado Bunyol beantwortet.

»Es läuft nicht nur alles, die Gräfin hat den Abend perfekt im Griff. Es wird nie wieder einen Ball ohne sie geben, das ist jetzt schon mal sicher!«

Erst jetzt nahm Berger Rosa in ihrem roten Ballkleid richtig wahr. Er sah sie zwar nur ein paar Sekunden lang an, aber ihm kam es vor, als wären es Stunden. Ihre Erscheinung ließ ihn angenehm erschaudern.

»Gräfin«, sagte er etwas heiser, »vergessen Sie nachher bitte nicht, mich daran zu erinnern, Ihnen zu sagen, dass Sie eine wunderschöne Frau sind.«

Sie lächelte ihn verlegen an. »Ich werde mir eine Notiz machen.«

»Ich bin so weit, es kann losgehen«, sagte ein Stimme hinter ihm. Berger drehte sich um und verharrte wie vom Donner gerührt.

Auch die Gräfin und die Präsidentin waren beeindruckt. Carmen stand einfach nur da, in einem hautengen schwarzen, langen Kleid. Es war hochgeschlossen und gab doch alles von ihrer absolut perfekten Figur preis. Keiner der drei Anwesenden hatte im Leben so ein schönes Geschöpf gesehen.

»Was ist«, fragte Carmen unsicher, »wollten wir nicht gehen?«

Berger musterte sie von oben bis unten. »Drehen Sie sich mal bitte.«

Sie tat es, und jetzt bekam er erst richtig weiche Knie, denn so hochgeschlossen das Kleid vorne war, das Rückendekolleté war geradezu atemberaubend freizügig.

»Das ist nicht fair«, sagte er gespielt sorgenvoll. »Die Hälfte der weiblichen Ballbesucher wird sich auf dem Klo erschießen, wenn sie dich gesehen haben, Carmen.«

Galant reichte er Ihr den Arm, und sie verließen das Büro.

»Okay«, kam es von der Präsidentin, »gegen die Jugend sind wir beide machtlos, aber Sie, Durchlaucht, sehen in Ihrem Kleid wirklich entzückend aus. Und haben Sie bemerkt, wie der Residente geguckt hat? Der Stier ist Ihrer, Señora Torera, das ist sicher. Es wäre ein Jammer, wenn Sie den nicht in die Arena ließen.«

»Vielen Dank für den Tipp«, lächelte Rosa. »Vielleicht lohnt es sich sogar, ihn leben zu lassen, aber zuerst müssen wir noch einen Ball über die Bühne bringen. Da meine angedachte Begleitung einen Job hat, werde ich mir einen neuen Herrn für den Abend suchen müssen. Wissen Sie, wo ich noch eine Smokingfliege herbekomme?«

»Ich weiß zwar nicht, wozu, aber wenden Sie sich an meinen

Adjutanten, der wird Ihnen eine besorgen. Sie begleiten mich beim Einmarsch in den Saal?«

Die Gräfin war erstaunt. »Ist das nicht der Augenblick, der allein der Gastgeberin gehört?«

»Sind wir das nicht beide, Durchlaucht? Es wäre mir eine Ehre, Sie dabeizuhaben.«

»Und was mache ich solange mit meiner Begleitung?«

»Nehmen Sie ihn ruhig mit. Wer ist es denn, darf man gespannt sein?«

Die Gräfin lächelte vielsagend. »Sie dürfen Señora, Sie dürfen.«

***

Vor der »Pearl of Bahrain« fuhr ein Wagen des Konsulats der Emirate vor. Ein Beamter im Burnus stieg aus und betrat, ohne sich umzusehen, das Schiff.

»Señor Comisario, ich wurde von Seiner Majestät dem König persönlich angewiesen, Sie bei allen Ermittlungen in vollem Umfang zu unterstützen. Diese Anordnung bezieht sich ausdrücklich auch auf berechtigte Ermittlungen gegen Mitglieder der königlichen Familie.«

»Und wer«, fragte Angela Bischoff, »entscheidet, ob die Ermittlungen berechtigt sind?«

»Der amtliche Vertreter der spanischen Krone«, erwiderte der Mann mit einer leichten Verbeugung. »Namentlich wurde mir Comisario García Vidal genannt.«

»Wunderbar«, rief García Vidal und sprang voller Tatkraft auf. »Dann wollen wir mal anfangen. Señor Korvettenkapitän, wo sind die Verstecke auf so einem Pott?«

Der angesprochene Henriquez schüttelte den Kopf. »Sagen Sie mir, wonach Sie suchen, dann werde ich Ihnen mögliche Verstecke nennen.«

»Wir suchen in erster Linie Diamanten.«

Die Antwort war ein Seufzen. »Wenn Sie zehn bis fünfzehn Jahre Zeit haben, werden Sie vielleicht fündig.«

»Habe ich richtig verstanden?«

»Sí, Señor, haben Sie. Die berühmte Nadel im Heuhaufen zu finden wäre das weitaus kleinere Problem.«

»Und was machen wir nun?«

Angela Bischoff schaute sich suchend um und wandte sich an den Kapitän des Schiffes. »Gibt es hier an Bord einen Safe?«

»Sí, Señora, wir haben sogar mehrere.«

»Und wer kennt den jeweiligen Code?«

»Ich, Señora, für alle, nur nicht für den persönlichen Safe des Prinzen.«

García Vidals Züge verfinsterten sich. »Und wer kann uns den öffnen?«

»Der Prinz selbst, Señor, oder der Allmächtige.«

***

Als Tomeu seine Carmen sah, erging es ihm nicht anders als allen Männern dieses Balles. Er war hingerissen. Es zeigte sich sogar eine kleine Träne des Stolzes in seinem Augenwinkel.

»Was ist, du alter Gauner«, raunte Berger und stieß ihm leicht in die Seite, »du wirst doch hier nicht anfangen zu flennen?«

Tomeu wischte sich verstohlen die Träne weg.

»Aussg-g-g-erechn-n-net i-i-ich d-d-d-darf e-etw-w-w-was s-s-s-so W-w-w-und-d-derschön-n-n-nes k-k-k-küssen!«

»Dann mach es, du Esel, bevor ich es tue.«

Gerührt von so viel Glück schaute der Residente zu, wie sein Freund auf die zierliche Carmen zuging. Tomeu war groß und stämmig wie ein Bär, und er hätte kaum für möglich gehalten, dass so ein ungehobeltes Mannsbild eine Frau mit so unendlich viel Zärtlichkeit küssen konnte. Auch Carmens Glück schien komplett zu sein. Als die Fotografen riefen, drehte sie ihren Mann zu ihnen hin und gab ihm noch einen Kuss. Tomeu schwebte derartig auf Wolken, dass er das Blitzlichtgewitter, das um sie herum losbrach, gar nicht wahrnahm.

Tante Auguste, die an der Seite des Prinzen an der Pressemeute vorbeischritt, lächelte milde. »Siehst du, Khalil, Glück ist, wenn man die Eine gefunden hat.«

Der Prinz war ganz offensichtlich verärgert, dass ihm ausgerechnet ein Sicherheitsbeamter die Show gestohlen hatte.

»In wessen Diensten steht dieser Mensch?«

»In meinen«, kam es bestimmt von der alten Dame.

»Aber er ist nur ein Bodyguard«, quengelte Khalil weiter.

»Nein, mein Prinz, Tomeu ist ein Freund, der mir Sicherheit gibt.«

»Und wozu bin ich da?«

»Sie, Königliche Hoheit, geben einer alten Großherzogin durch Ihre Anwesenheit den Glanz, nach dem sie sich noch ein letztes Mal in ihrem Leben gesehnt hat.«

Jetzt, dachte Berger, der alles grinsend mitangehört hatte, weiß ich, was die hohe Kunst der Diplomatie ist.

12

Den Schiffstresor und die Safes von zwei Ehefrauen hatten sie bereits erfolglos inspiziert. Nun wurde der Tresor der dritten Ehefrau geöffnet. Wieder wurde diese Prozedur vom lauten Wehklagen der Besitzerin begleitet.

»Please, shut up!«, brüllte sie der entnervte Comisario an.

War es nun die Legitimation dieses Befehls durch den König oder der Tonfall des Comisarios, es herrschte jedenfalls schlagartig Ruhe.

Missmutig schaute García Vidal in den Tresor.

»Auch hier nichts weiter als Meister Jordis Imitationen. Die kenne ich schon. Ich weiß einfach nicht, wo ich mit der Suche ansetzen soll, das macht mich wahnsinnig.«

Angela Bischoff konnte das nachfühlen. »Lassen Sie uns noch einmal nach oben gehen und unter vier Augen miteinander reden.«

Er schaute sie erstaunt an. »Wieso das denn, haben wir Krach miteinander?«

Sie zog ihn hinter sich her. »Nein, aber warum sollen sie all unsere Überlegungen mitbekommen?«

Er trottete ihr brav nach. »Da mir ohnehin nichts mehr einfällt, würde mich das auch nicht stören.«

»Wir suchen die Steine und andere Beweise. Es kann natürlich sein, dass Khalil das alles in seinem privaten Tresor aufbewahrt, aber für so phantasielos halte ich den Prinzen nicht. Nein, für ihn muss es etwas Besonderes sein, ein für einen Thronfolger angemessenes Umfeld. Also, was beeindruckt einen Menschen wie Prinz Khalil, etwa Geld?«

»Das mit Sicherheit nicht.«

»Eben, wir suchen an der falschen Stelle.«

»Das merke ich auch. Aber wo sollen wir anfangen?«

»Wir müssen etwas finden, das größer ist als er, etwas, das ihn beeindruckt. Etwas, dem er sich ohne Gesichtsverlust unterordnen kann.«

Beim Comisario machte sich so etwas wie Verzweiflung breit, als er an den riesigen Aufbauten des Schiffs hochsah. »Wir sollten diese ganze Kiste einfach in die Luft sprengen, und das, was wieder runterkommt, durchsieben.«

Angela Bischoff zeigte auf eine Art Kuppel, die sich über den Aufbauten erhob. »Was ist das da oben eigentlich für ein Knubbel?«

Der Comisario zuckte mit den Achseln. »Keine Ahnung. Wenn da ein Rohr rausguckt, dann ist das vielleicht ein Geschütz.«

»Da guckt aber nichts raus.«

»Dann könnte es auch eine Art Schiffsradar sein, aber fragen wir doch einmal den Kapitän, der da gerade an Deck kommt.«

García Vidal winkte ihn zu sich heran. »Señor, was ist das da oben für eine Kuppel?«

Der Mann blickte ehrfürchtig nach oben. »Das ist die kleinste Moschee der Welt, Comisario, das ist etwas ganz Besonderes.«

»Und was ist daran so besonders?«

»Sie dreht sich immer in die Gebetsrichtung, nach Mekka. Egal wo wir sind, ein Blick nach oben, und jeder weiß genau, wo die Kaaba liegt.«

»Da, wo dieses seltsame Fenster hinzeigt, ist immer Mekka?«

»Sí, Señora, interessieren Sie sich für unsere Religion?«

Angela Bischoff nickte. »Diese Moschee möchten wir uns gern ansehen. Führen Sie uns bitte nach oben.«

»Es tut mir leid, Señora, Sie sind eine Frau.«

»Und Sie sind Kapitän zur See. Aber wenn Sie uns nicht augenblicklich zur Moschee führen, bin ich gleich immer noch eine Frau, Sie haben aber kein Patent mehr, *comprendes*?«

Missmutig bat er die beiden, ihm zu folgen.

***

Capitan Ramirez hatte mit seinen Leuten vom Sondereinsatzkommando diskret rund um den Ballsaal Stellung bezogen und war von Berger in die örtlichen Begebenheiten eingewiesen worden. Von da ab standen sie in ständiger Verbindung und waren jederzeit bereit, überall im Palais den geplanten Zugriff vorzunehmen. Nur wo diese Aktion genau stattfinden sollte, musste sich noch aus der jeweiligen Situation ergeben.

Es war Punkt acht Uhr, und die Präsidentin stand für die Eröffnungszeremonie des Balles bereit. Ebenso die Gräfin, an ihrer Seite ein mit einer Smokingfliege herausgeputzter Filou, der stolz wie ein Paradehengst an seiner Leine schritt.

Während Berger nur fassungslos den Kopf schüttelte, konnte sich die Inselratspräsidentin das Lachen kaum verkneifen.

»Muss das sein?«, raunte er der Gräfin zu. »Hier sind einige arabische Herren, die werden Pickel bekommen, wenn sie mit einem Schwein zusammen feiern müssen.«

»Damit werden sie leben müssen«, raunte sie zurück. »Übrigens, pünktlich um acht Uhr dreißig wird Tantchen einen Schlaganfall bekommen.«

»Ist ja interessant. Weiß sie das schon?«

»Noch nicht. Das wird ihr Filou ins Ohr grunzen.«

»Und warum, wenn ich fragen darf?«

»Damit der besorgte Prinz unser Tantchen ins Foyer bringen kann, wo ihr dann zuschnappen könnt.«

»Keine schlechte Idee«, flüsterte Berger ihr ins Ohr, »aber mit wem ist das abgesprochen?«

»Mit Ihnen, also geben Sie es weiter.«

In diesem Augenblick öffnete sich feierlich die Flügeltür, und die Gastgeberin, gefolgt von der Gräfin, schritt, huldvoll zu beiden Seiten nickend, durch die applaudierende Menge der Schönen und Reichen. Natürlich ging dieses Defilee nicht so zügig wie geplant ab. Die Damen und Herren Fotografen balgten sich förmlich um die besten Plätze, um die beiden Damen mit ihrer tierischen Begleitung ablichten zu können.

Die Herren in den orientalischen Gewändern reagierten erheblich moderater, als es sich der Residente vorgestellt hatte. Allein der Prinz hatte offenbar Mühe, sein Unbehagen hinter einem Lächeln zu verstecken. Doch auch er stimmte zögernd in den allgemeinen Beifall mit ein.

Als die Damen und das Schwein ihre Plätze vor der Bühne erreicht hatten, stimmten die Symphoniker der Balearen die spanische Nationalhymne an. Endlich konnte sich Berger absetzen, um Ramirez und seine Leute auf den drohenden »medizinischen Notfall« vorzubereiten.

»Im Prinzip ist der Plan gut«, kam es von Ramirez, »ich würde nur gern wissen, ob die Großherzogin auch wirklich ins Foyer gebracht wird? Dort hätten wir wenigstens ausreichend Platz, die Ahaggaren auszuschalten. Vom Prinzen selbst wird am allerwenigsten Gefahr ausgehen, denke ich.«

Obwohl Ramirez mit seiner Einschätzung richtig liegen mochte, war Berger, was den Prinzen betraf, nicht so sicher. Er war inzwischen überzeugt, dass das Handeln Seiner Königlichen Hoheit nicht immer von gesundem Menschenverstand bestimmt wurde.

***

Als der Kapitän der »Pearl« die Tastenkombination eingegeben hatte, öffnete sich die Flügeltür des kleinen Kuppelbaus mit einem leisen Surren von selbst.

Angela Bischoff konnte den Comisario gerade noch daran hindern, die kleine Moschee mit seinen Straßenschuhen zu betreten.

»Was ist denn?«

»Bitte ziehen Sie die Schuhe aus, das ist ein Gotteshaus.«

Während García Vidal mit seinen Schnürsenkeln kämpfte, schlüpfte sie aus ihren Schuhen, bedeckte ihren Kopf mit einem Schal und betrat gespannt die kleine Moschee. Wenig später ließ sie enttäuscht die Mundwinkel hängen. Der Gebetsteppich in der Mitte mochte wertvoll sein, doch insgesamt hatte sie sich die Privatkapelle eines so reichen Gläubigen prunkvoller ausgestattet vorgestellt.

García Vidal spürte ihren Missmut. »Halten Sie sich immer so strikt an die Kleiderordnung?«

»Das macht man so.«

»Dann haben Sie aber Glück, dass wir nicht in einer Nudistenkapelle ermitteln.« Er amüsierte sich köstlich über die süffisante Bemerkung.

»Ach wissen Sie«, kam es lieblich lächelnd zurück, »ich habe schon so viel Elend gesehen …«

Es dauerte etwas, bis sich der Comisario von dieser Retourkutsche erholt hatte. Währenddessen untersuchte Angela Bischoff akribisch jede einzelne Wand des Hexagons.

»Wieso ist das Ding außen rund und innen sechseckig?«, murmelte sie.

García Vidal staunte. »Jetzt fällt es mir auch auf.«

»Und wieso ist der Raum asymmetrisch? Schauen Sie doch nur, die Seite, die Mekka zugewandt ist, kommt mir erheblich dicker vor als die anderen. Jedenfalls sind die beiden angrenzenden Wände deutlich kürzer.«

»Was bedeutet, dass irgendetwas dahinter sein könnte«, führte er ihren Gedanken fort.

»Richtig, aber was?«

Er wandte sich an den sichtlich irritierten Kapitän. »Señor, wissen Sie, was dahinter ist?«

»Bitte glauben Sie mir, ich habe keine Ahnung. Wenn Seine Königliche Hoheit hier oben betete, durfte niemand außer zwei auserwählten Ahaggaren hier oben sein.«

»Wer sind die beiden Krieger, und wieso sprechen sie von ihnen in der Vergangenheit?«

»Sie sind leider beide im Paradies, an Allahs Seite.«

Angela Bischoff war noch mal rausgegangen, um das Tastenfeld an der Tür näher zu betrachten.

»Ich denke, man kann die Wand da hinten von hier aus öffnen«, rief sie.

Der Comisario ging ebenfalls zur Tür. »Und woran erkennen Sie das?«

»Da, schauen Sie.« Sie zeigte auf das Tastenfeld. »Der Kapitän hat gerade vier Tasten gedrückt, um die Tür zu öffnen. Es sind aber alle Tasten gleichmäßig abgenutzt. Das bedeutet, dass es noch einen anderen, einen sehr viel längeren Zahlencode geben muss, um möglicherweise diese Wand da hinten zu öffnen.«

»Zur Not bekommt das die Spurensicherung mit Schneidbrennern auf, da bin ich mir sicher«, entgegnete er.

»Was meinen Sie, was hier abgeht, wenn bekannt wird, dass Sie ein muslimisches Gotteshaus schänden lassen?«, fragte Angela Bischoff entsetzt.

»Was heißt hier schänden? Ich ermittle im Auftrag der spanischen Krone!«

»Das interessiert die Mullahs nicht. So, wie die augenblicklich auf Krawall gebürstet sind, würden sie eine derartige Nummer mehr aufbauschen als jede Mohamed-Karikatur.«

***

Natürlich dauerte es nicht lange, bis Filou die Großherzogin sah und zu ihr wollte. Zufällig entglitt der Gräfin just in diesem Augenblick der Griff der Leine, sodass das Ferkel freien Lauf hatte und mit einem Satz auf den Schoß der überraschten Tante Auguste sprang.

»Nanu, Filou, mein Hase, was machst du denn hier?«

Ihr Sitznachbar, Prinz Khalil, war entsetzt. »Auguste, ich bitte Sie, das ist ein Schwein und kein Hase.«

»Mein Prinz, ich bin noch nicht senil. Natürlich weiß ich, dass das kein Hase ist. So ein Langohr wäre auch viel zu dämlich, um mich in so einer riesigen Menschenmenge überhaupt zu finden.«

Der Prinz erhob sich voller Panik und wich zurück, um nicht von diesem unreinen Tier berührt zu werden. Darauf hatte Rosa spekuliert. Sie eilte zu ihrer Tante und beugte sich vor, um ihr Filou abzunehmen. Dabei flüsterte sie ihr ins Ohr: »Tantchen, du bekommst in circa fünfundzwanzig Minuten, also um punkt halb neun, einen Schlaganfall, klar?«

Ihrem Tonfall konnte die Großherzogin entnehmen, dass es nicht angebracht war, zu diskutieren. Sie lächelte sie nur entspannt an und raunte ihr zu: »Gern, Liebchen, ich dachte nur immer, dass der Zeitpunkt dafür von höherer Stelle bestimmt wird. Aber sei es drum, ich werde tun, was in meiner Macht steht. Kannst du mir wenigstens einen kurzen Tipp geben, warum?«

Rosa warf einen vielsagenden Blick auf Prinz Khalil, sodass die Großherzogin sich alles Weitere zusammenreimen konnte.

»Dann soll es eben so sein, mein Kind.« Tante Auguste wandte sich mit einer entschuldigenden Geste wieder dem Prinzen zu, der sich nur langsam zu beruhigen schien.

»Na, wie waren wir?«, raunte die Gräfin Berger zu, als sie mit dem Schwein auf dem Arm an ihm vorbeiging. »Hat es einigermaßen überzeugend gewirkt?«

»Bis auf die Tatsache, dass die hinteren Tische nun davon ausgehen, dass das Büfett heute Abend lebend geliefert wird, war's perfekt.«

Da Filou laut quiekend protestierte, kam es zu keiner weiteren Unterhaltung zwischen den beiden. Rosa beeilte sich, ihr Schweinchen schnellstens wieder ins Büro zu bringen, wo die Kiste stand, in der es bis auf ein paar kleine Gassigänge schon den ganzen Tag verbracht hatte.

Als sie in den Saal zurückkehrte, hatte die Gastgeberin des Abends den Ball bereits eröffnet und das Wort an den Dalai Lama gegeben, den Schirmherrn dieses Abends. Bis zum Punkt X waren es kaum noch zehn Minuten.

Plötzlich meldete sich Tomeu über Funk. »A-a-a-acht-t-tung, i-i-irgendw-w-wwas stim-m-mt n-n-nicht. Sch-sch-schaut m-m-mal den Pr-pr-pr-rinz-zen!«

Völlig irritiert sah Prinz Khalil immer wieder auf sein Handy, schüttelte es, schaute wieder auf das Display und horchte daran, doch anscheinend vergeblich. Er beugte sich zur Seite und sagte etwas zu einem seiner Leibwächter, der danach ebenfalls ratlos auf seinem Handy herumdrückte.

»Ich sehe schon«, antwortete Berger. »Sie scheinen begriffen zu haben, dass es hier keinen Empfang gibt. Vielleicht erahnt er auch unseren Störsender. Den mussten wir wieder aktivieren, damit Khalil weder aus der Botschaft noch von der ›Pearl‹ gewarnt werden kann.«

Der Leibwächter des Prinzen erhob sich, besprach sich kurz mit seinem Kollegen und ging in Richtung Saalausgang.

»Achtung, Ramirez«, gab Berger über Funk durch, »da kommt gleich eines der Zielobjekte ins Foyer, den schnappen Sie sich schon mal. Dann haben wir nachher, bei der Hauptaktion, einen weniger.«

***

Unsicher beobachtete der Comisario Angela Bischoff dabei, wie sie in der kleinen Moschee immer im Kreis herumging. Ihm schien es, als würde sie versuchen, mit ihren Sinnen verborgene Wellen aufzuspüren. Was ihn verunsicherte, war die Tatsache, dass er ihre Gedankengänge nicht nachvollziehen konnte.

»Worüber denken Sie nach, Angela?«

»Ich versuche, mich in den Prinzen hineinzuversetzen. Das Ding hier ist nicht durch eine einfache PIN zu öffnen, da steckt mehr dahinter, nur was?«

»Das wäre eigentlich eine Denksportaufgabe für eine Heerschar von ausgebildeten Profilern.«

»Ich habe immerhin einen entsprechenden Lehrgang hinter mir.

Ich fürchte nur, das wird nicht ganz reichen.« Sie hielt plötzlich inne. »Hier an Bord gibt es doch sicher Internet, oder?«

»Davon gehe ich aus«, kam es vom Comisario.

»Gut, dann gehen wir zwei jetzt surfen.«

***

Tomeu, Carmen und der Residente machten sich bereit, um der Großherzogin in Kürze helfen zu können, wenn sie erwartungsgemäß zusammenbrechen würde. Noch waren es sechs Minuten, bis es so weit war.

Der Prinz schaute immer wieder unruhig auf die Uhr, während er ungeduldig auf die Rückkehr seines Leibgardisten wartete.

Die alte Dame spürte natürlich seine Unruhe und nahm sich nach einem Blickkontakt mit dem Residente vor, zur Not auch früher zum Notfall zu werden. Als Prinz Khalil seinem zweiten Leibwächter aufgebracht Anweisungen gab, entschied sie sich loszulegen.

Berger gab flüsternd über Funk das Startzeichen: »Achtung, Ramirez, es geht los. An alle, die Aktion beginnt jetzt.«

Damit der Prinz in seinem Zorn auch etwas von ihrem schlechten Zustand mitbekam, entschloss sich Tante Auguste, ihm zuzuprosten und dabei nach allen Regeln der Kunst zusammenzubrechen. Wenn ihr halb volles Weinglas aus dieser Höhe auf einen Teller fiele, wäre das spektakulär genug.

Sie lächelte ihn besonders herzlich an und legte los.

Wie Berger danach immer wieder betonte, war ihre Show nahezu perfekt. Laut scheppernd knallte ihr Kristallglas auf feinstes Porzellan, und die Großherzogin sank röchelnd in die Arme des völlig entsetzten Prinzen.

»Helfen Sie mir, Khalil, mir wird so seltsam, ich sehe plötzlich nichts mehr, und mein Arm, ich kann meinen Arm nicht mehr bewegen …«

Der Mann hatte Angst in seinen Augen, ehrliche Angst, einen ihm wichtigen Menschen zu verlieren. Er versuchte, die Großherzogin so gut es ging zu stützen, sodass sie nicht auf den Boden gleiten konnte.

Obwohl Tomeu und der Residente, die ebenfalls sofort zugriffen, genau wussten, dass alles nur Theater war, wurde ihnen ob dieser oscarreifen schauspielerischen Leistung selbst angst und bange. Die Vorstellung überzeugte sogar den Dalai Lama, der in seiner Rede voller Mitgefühl innehielt.

»Schnell, einen Arzt!«, rief der Prinz in heller Aufregung. »Wir müssen Sie hinter die Bühne bringen und einen Arzt rufen.«

»Nein«, erwiderte der Residente, »wir sollten sie ins Foyer bringen, dort hat der Notarzt mehr Platz. Dort ist auch ein Teppich, auf dem wir sie ablegen können.«

Der Prinz und sein ihm noch verbliebener Leibwächter nahmen diese Anregung gern auf. Inmitten einer Traube von Männern wurde die Großherzogin durch eine Saaltür, die sich vor ihnen wie von Geisterhand öffnete, hinausgetragen.

Kaum hatten sie ihre kostbare Fracht auf dem weichen Teppich abgelegt, ging alles sehr schnell.

Innerhalb von Sekunden war der Leibwächter überwältigt und entwaffnet.

Der Prinz war so sehr damit beschäftigt, liebevoll den Kopf der alten Dame auf seinen Schoss zu betten, dass er erst etwas davon mitbekam, als alles schon gelaufen war.

»Was passiert hier?«, stammelte er völlig verwirrt. »Wir müssen doch der Großherzogin helfen!«

»Königliche Hoheit«, durchschnitt die scharfe Stimme von Ramirez den Raum, »im Namen der Krone, Sie sind verhaftet!«

Der anfänglichen Verwirrung des Prinzen folgte absolute Gefasstheit. »Wessen beschuldigt man mich?«

»Der Anstiftung zum fünffachen Mord und noch einiger anderer Straftaten.«

»Machen Sie sich nicht lächerlich! Sie wissen, dass ich Immunität besitze?«, gab der Prinz kühl zurück.

»Die wurde von Ihrem Herrn Vater höchstpersönlich aufgehoben«, kam es ebenso kühl von Berger.

Ramirez und seine Leute hatten sich vielleicht zu sehr auf den Ahaggaren konzentriert, Tomeu zu sehr auf die Großherzogin und Berger zu sehr auf seinen Erfolg, jedenfalls konnte sich anschließend niemand erklären, wie die Mikro-Uzi, eine kleine, handliche 9-mm-Maschinenpistole, in die Hand des Prinzen gelangt war.

»Sie werden verstehen, meine Herren, dass ich mich dem nicht fügen werde.«

Berger war der Erste, der etwas erwidern konnte. »Machen Sie keinen Blödsinn, Hoheit, es sind diverse automatische Waffen auf Sie gerichtet. Sie haben keine Chance.«

Die Augen des Prinzen blitzten gefährlich auf. »So sei es, dann werde ich erhobenen Hauptes vor meinen Propheten treten!«

»Und was wirst du ihm sagen, mein Junge?«

Der Prinz schaute völlig entgeistert auf die Großherzogin.

»Auguste, ich denke, Sie sind krank?«

»Ich habe nur ein wenig geschwindelt, damit du im großen Saal mit deiner Pistole keinen Unsinn anrichten kannst. Junge, was hast du nur getan? Du hast gemordet und gestohlen!«

»Ich habe mir das genommen, was mir zusteht, das kann mir niemand verwehren, auch Sie nicht, meine Herren Polizisten. Ich fordere von Ihnen freies Geleit.«

»Was soll das, Königliche Hoheit? Sie wissen ganz genau, dass Ihre Forderung für uns nicht akzeptabel ist«, entgegnete Ramirez.

Prinz Khalil schob den Kopf der Großherzogin vorsichtig von seinem Schoß und erhob sich.

»Sie akzeptieren sie auch dann nicht, wenn Sie dadurch das Leben der Großherzogin und vielleicht sogar das Ihre retten?«

In Bergers Kopf arbeitete es fieberhaft. Da Ramirez keinerlei Anstalten machte, die Verantwortung für diese Situation zu übernehmen, musste er wieder mal vorpreschen.

»Sie haben mein Wort, dass Sie sich gefahrlos aus dem Foyer entfernen dürfen«, versprach er. »Doch danach beginnt eine gnadenlose Jagd auf Sie, Hoheit, sind Sie sich dessen bewusst?«

Prinz Khalil machte rückwärts einen vorsichtigen Schritt nach dem anderen in Richtung des Notausgangs. »Das ist der Lauf der Dinge. Es gab schon immer Jäger und Gejagte. Und wie Sie ganz deutlich sehen können, gehöre ich zu denen, die sich verteidigen.«

»Okay, dann machen Sie, dass Sie hier wegkommen. Aber beantworten Sie mir vorher noch eine Frage: Warum?«

»Nun machen Sie doch nicht so ein moralinsaures Gesicht! Ich werde einmal der größte Monarch des Morgenlandes sein, und wenn es so weit ist, wird an mir die Pracht dessen erstrahlen, was uns einst von gierigen Abendländlern geraubt wurde.«

»Aber, Hoheit, Sie haben dafür gemordet!«

»Ja und? Haben die, die diesen Reichtum von uns stahlen, etwa nicht geplündert, vergewaltigt und gemordet? Waren Ihre Kreuzritter etwa keine Massenmörder? Stehen in Ihren Hauptstädten nicht sogar Denkmäler für die, die diese Verbrechen im Namen von Volk und Krone begangen haben? Und ich, der nichts anderes tut als das, wofür Ihre Leute gefeiert und verehrt wurden, ausgerechnet ich soll plötzlich der Verbrecher sein?« Er lachte auf. »Nein, Residente, Sie haben einfach kein Recht dazu, mich zu verurteilen. Irgendwann werden wir alle vor Allah, dem Gerechten stehen, und er wird diejenigen richten, die nicht nach seinem Wort lebten. Ich lebe nach seinen Gesetzen, und deswegen werde ich auch der erste Kaiser des arabischen Weltreichs werden.«

Um die Situation etwas zu entschärfen, steckte Berger seine Waffe ins Holster zurück.

»Lassen Sie Gott aus dem Spiel, Hoheit, der arme Kerl kann nichts für das, was wir Menschen aus seinen Religionen gemacht haben. Und nun sehen Sie zu, dass Sie fortkommen, ich muss unser Tantchen wieder in die Senkrechte bringen, sonst macht ihr Kreislauf wirklich noch schlapp. Das ist mir wichtiger als alle Kaiserreiche dieser Welt.«

Inzwischen hatte der Prinz den Notausgang erreicht.

»Ich werde bei Allah, dem Gerechten, ein gutes Wort für Sie einlegen.« Mit einem Handgriff öffnete er die Fluchttür und schlüpfte hindurch ins Treppenhaus.

»Was ist, Jungchen«, fragte die Großherzogin, die sich etwas aufgerappelt hatte. »Wollt Ihr ihm nicht hinterher?«

Berger schüttelte den Kopf. »Um noch mehr Menschen in Gefahr zu bringen? Nein, meine Liebe, für diesen Schmuck sind schon zu viele gestorben. Damit muss jetzt Schluss sein.«

Ramirez und Berger halfen der alten Dame wieder auf die Füße. Sie schaute den Einsatzleiter fragend an. »Und Sie stehen hier auch nur rum?«

»Warum nicht, Königliche Hoheit, der Notausgang ist eine Sackgasse. Alle Türen und Schlupfwinkel sind von unseren Leuten besetzt. Da kommt nicht einmal ein Floh unbemerkt raus. Es dürfte nur noch eine Frage der Zeit sein, bis der Prinz ganz von selbst aufgibt.«

Ohne dass im Ballsaal auch nur ein Mensch etwas von den dramatischen Ereignissen mitbekommen hätte, ergab sich der Prinz wenig später den Angestellten der königlichen Botschaft, nachdem Juan Carlos höchstpersönlich mit ihm über Handy Kontakt aufgenommen hatte. Den Störsender hatte man wieder abgeschaltet, um den Prinzen exakt orten zu können.

Gut eine halbe Stunde später waren García Vidal und Angela Bischoff von der »Pearl« zurück. Bis auf Carmen und Tomeu, die die Ablaufregie des restlichen Abends übernommen hatten, versammelte sich das gesamte Sicherheitsteam im Büro der Präsidentin bei einem Glas Champagner.

»Bevor ich mir nun alles genau erklären lasse«, begann Señora Delgado Bunyol, »möchte ich mich bei allen Anwesenden für den hervorragenden Einsatz bedanken. Diesem Dank schließt sich auch Seine Majestät König Juan Carlos an. Ich bin stolz auf Sie, meine Damen und Herren, dass Sie diese Aktion so diskret und professionell durchgezogen haben, sodass nicht ein einziger Fotograf etwas davon mitbekommen hat. Ich rechne auch weiterhin fest mit Ihrer Diskretion.«

Berger runzelte die Stirn. »Wir haben sechs Tote. Die Welt will einen Bösewicht.«

Sie lächelte ihn an. »Nach den ersten gentechnischen Untersuchungen meldet die Gerichtsmedizin, dass der von Señorita Lukas niedergestreckte Motorradfahrer Meister Jordi, Mr Hinckeby und den Oberst ermordet sowie die beiden Ahaggaren mit ihrem Auto in die Luft gesprengt hat.«

»Aber wir können keinen Zusammenhang zwischen dem Prinzen und dem Mörder herstellen«, sagte der Comisario unzufrieden.

»Wozu auch? Der Prinz wird der Gerichtsbarkeit des saudischen Königshauses übereignet. Wir müssen da nichts mehr beweisen.«

»Aber ich will Klarheit«, beharrte García Vidal. »Oder haben wir die schon?«

Berger kratzte sich am Kopf. »Was die Morde betrifft, sind wir im Bilde, bei den Steinen tappen wir noch völlig im Dunkeln. Wir wissen nur, und das ist nicht mal sicher, dass sie irgendwo an Bord der ›Pearl‹ sein müssen.«

Die Präsidentin schüttelte den Kopf. »Es kann sein, dass ich ein wenig schwerfällig bin, aber ich kriege die Gründe für die Morde ebenfalls nicht zusammen. Können Sie mich da bitte aufklären?«

Berger nickte. »Das eine hängt mit dem anderen unmittelbar zusammen. Der Grund der ganzen Aktion des Prinzen ist klar. Er wollte mit diesen sagenhaften und einzigartigen Edelsteinen seine zukünftige Dienstkleidung als arabischer Kaiser etwas aufpeppen. Sogar der Schmuck seiner eigenen Ehefrauen war ihm dafür nicht zu schade. Der Einzige, der davon wusste, weil er den Überblick über die doppelt angefertigten Imitate hatte, war Meister Jordi. Leider werden wir wohl nie erfahren, ob er auch von den krankhaft überzogenen Herrschaftsansprüchen seines Auftraggebers wusste.«

»Wenn ja, dann hätte er wohl kaum mitgemacht«, vermutete die Präsidentin.

Mrs Bings fügte hinzu: »Und wir haben gedacht, dass Jordi sei perfekt, da niemand konnte Original von Fälschung unterscheiden.«

»Ich kann mir beim besten Willen nicht vorstellen, dass Jordi den Prinzen mit seinem Wissen erpresst hat«, kam es erneut von Señora Delgado Bunyol. »Das passt vom Typ gar nicht zu ihm.«

»Das musste er auch nicht«, erwiderte Berger. »Allein das Wissen um die Duplikate war sein Todesurteil.

»Und was wurde dem armen Hinckeby zum Verhängnis?«

»Seine Staatsangehörigkeit und die Tatsache, dass er früher bei der britischen Marine war. Der Prinz wollte uns auf eine falsche Fährte locken. Dazu servierte er uns obendrein noch Mrs Bings als Verdächtige und sorgte dafür, dass wir von den Malvinas wussten. Er wollte, dass wir uns an dem hängenden Hinckeby und an den mysteriösen Knoten die Zähne ausbeißen, was wir ja auch getan haben. Währenddessen konnte er sich, von uns unbehelligt, Tante Augustes Schmuck unter den Nagel reißen.«

Die Gräfin stutzte. »Aber warum hat Khalil seinen Oberst umgebracht?«

»Ich schätze, er wusste irgendwann zu viel und drohte vielleicht sogar damit, bei Papa König zu petzen.«

»Tja«, sagte Rosa traurig, »die beiden armen Seelen im Wagen bildeten schließlich den fulminanten Abschluss.«

»Dass dabei nicht mehr passiert ist, grenzt an ein Wunder. Aber daran kann man sehen, wie skrupellos der Prinz vorgegangen ist. Die ganze Show hat er nur inszeniert, um den Verdacht von sich abzulenken, egal, wie viele Unschuldige dabei hätten getötet werden können.«

»Weiß man eigentlich, wer dieser angeheuerte Killer war?«

Der Comisario nickte. »Auch ein Brite, der aber lange bei einer Baufirma im Oman gearbeitet hat. Später heuerte er als Sicherheitsmann in Basra an.«

»Da wird er wohl auch gelernt haben das Töten«, sagte Mrs Bings ernst.

Angela Bischoff schaute sich um. »Wo ist eigentlich die Heldin des Tages?«

»Mein Tantchen«, seufzte Rosa, »hat sich nach der Aufregung in ihre Garderobe zurückgezogen.«

Alle nahmen einen Schluck aus ihren Gläsern und hingen für kurze Zeit ihren Gedanken nach.

»Wie kann ein Mitglied einer geachteten Königsfamilie nur zu einem derartig gefährlichen Spinner werden?«, fragte die Präsidentin schließlich. »Das will mir nicht in den Kopf.«

»Er war in der Thronfolge zudem so weit hinten, dass er nie wirklich mit einer Krönung rechnen konnte«, bemerkte die Gräfin. »Man kann wohl froh sein, dass er sich mit der Macht, die er zweifelsohne hatte, nicht noch katastrophalere Ziele gesetzt hat.«

»Dennoch«, fuhr García Vidal fort, »kann man wahrlich nicht zufrieden sein. Sechs Menschen sind tot, und wir wissen noch immer nicht genau, ob der Schmuck wirklich an Bord der Jacht ist.«

»Doch, ich bin mir sicher«, unterbrach ihn Angela Bischoff. »An Bord der ›Pearl‹ ist ein sehr schlicht gestalteter, dennoch aufwendig installierter Gebetsraum mit einer offensichtlich doppelten Wand, hinter der ich den Schmuck vermute. Der Kapitän des Schiffs spricht sogar von einer kleinen Moschee. Ich könnte wetten, dass wir diese doppelte Wand mit einer sehr aufwendigen Zahlenkombination öffnen könnten, aber die konnten wir leider nirgends finden.«

García Vidal zeigt auf einen Stapel Papier auf einem der Schreibtische. »Angela vermutet, dass der Zahlencode für etwas Religiöses steht, und hat schon alles, was man über den Islam im Internet finden konnte, ausgedruckt. Aber die sich aus den verschiedenen Daten und Fakten ergebenden Möglichkeiten sind völlig unüberschaubar.«

»Ich bin mir jedenfalls sicher, dass die Zahlenkombination sehr lang sein muss, da alle Tasten des Zahlenfeldes in Gebrauch sind. Sie sind alle gleichmäßig abgenutzt.«

Mrs Bings hatte eine Idee. »Beim Geheimdienst wir hatten diverse Dechiffrierkurse. Darin ging es immer darum, Textnachrichten in Zahlenkombinationen umzuwandeln. Wenn Sie sich sicher sind, dass der Text irgendetwas mit dem Islam zu tun hat, könnte man diese Fachleute ja mal mit ein paar Hodjas zusammen an das Problem heranlassen.«

»So, wie der Prinz gestrickt ist, gibt es kaum eine andere Möglichkeit«, bestätigte Berger. »Von seinem Propheten und dem Allmächtigen hat er ja noch bei seiner Festnahme gebrabbelt.«

»Und nur dort werden wir den Schlüssel zu allem finden«, mutmaßte García Vidal.

Die Gräfin lächelte. »Je menschenfeindlicher unsere hoch technisierte Welt wird, desto dringender brauchen die Menschen eine Religion, an die sie sich halten können.«

Berger lachte auf. »Und wenn wir Menschen eine Religion haben, dann nehmen wir sie und hauen sie den Andersgläubigen um die Ohren. Willst du nicht mein Bruder sein … den Rest kennen wir ja aus den Nachrichten.«

García Vidals Handy piepte. Er klappte es auseinander und las lächelnd eine SMS.

»Ich hoffe, es gibt nicht schon wieder eine neue Leiche«, seufzte Angela Bischoff, »mein Bedarf ist fürs Erste gedeckt.«

»Nein«, strahlte der Comisario, »eine Nachricht von Cristobal junior.«

»Bitte ziehen Sie keine falschen Schlüsse«, raunte Berger ihr zu, »das ist nur sein Neffe.«

Angela Bischoff schaute dem Comisario über die Schulter und las auf dem Display: »Vier, vier, drei, fünf, was soll denn das heißen?«

Er lächelte stolz. »Das ist Familiencode und heißt ›IHDL‹, also ›Ich hab dich lieb‹.«

Sie war plötzlich wie elektrisiert. »Und in welchem Verhältnis stehen die Buchstaben zu den Zahlen?«

»Ganz einfach«, erklärte er weiter, »auf dem Handy ist das I auf der vier zu finden, wie auch das H.«

»Verstehe, dann ist demnach das D auf der drei und das L auf der fünf.«

»Nein, wirklich«, lästerte Berger, »das nenne ich Auffassungsgabe.«

»Blödsinn, ich habe auch ein Handy«, konterte sie trocken.

***

Sie hatten sich alle wieder an ihre Tische im Ballsaal begeben. Unter den Ballgästen hatte sich herumgesprochen, dass der Schwächeanfall der Großherzogin wohl doch nicht so schlimm gewesen war, und als auch sie wieder auf ihren Platz zurückkehrte, brandete sogar Beifall auf. Berger und die Gräfin klatschten kräftig mit.

»Wenn die Leute wüssten, weswegen wir so klatschen, dann würden sie sich vor Begeisterung überschlagen«, strahlte Rosa.

»Das war wirklich eine reife Leistung von Ihrem Tantchen. Diese Gabe, im entscheidenden Moment genau das Richtige zu tun, scheint bei Ihnen in der Familie zu liegen.«

»Sie glauben gar nicht, wie froh ich wäre, wenn Sie recht hätten, Michael.«

Die Bigband spielte zum Slowfox auf.

»Wieso zweifeln Sie an sich?«

»Weil ich Grund dazu habe.«

»Inwiefern?«

»Ich würde jetzt zum Beispiel gern mit Ihnen tanzen, ich traue mich aber nicht, es Ihnen zu sagen.«

»Und sollten Sie sich trauen, würde ich alles tun, um Ihre Bitte glaubhaft zu überhören«, gestand Berger.

»Warum?«

»Weil ich befürchten müsste, mich in Sie zu verlieben.«

»Und wie ließe sich das verhindern?«

»Durch ein anderes Kleid. Eines, das nicht ganz so rot, nicht so schulterfrei und vor allem nicht so atemberaubend ist, wie das, was Sie gerade tragen.«

»Soll ich es für Sie ausziehen?«, fragte Rosa und zwinkerte frech.

Er schüttelte den Kopf. »So einen Slowfox tanzt man relativ eng, und damit hätte ich dann Probleme.«

Sie lachte. »Die Präsidentin meinte heute, Sie seien ein stattlicher Stier und ich Ihre Torera. Nur frage ich mich ernsthaft, ob Sie sich jemals in meine Arena wagen.«

Er schaute ihr tief in die Augen. »Und an wen würden Sie mich verfüttern, wenn Sie mit mir fertig sind? Und vor allem: Wem würden Sie meine Ohren und den Rest der gängigen Trophäen widmen?«

Sie winkte ab. »Hören Sie doch auf. Das ist ja widerlich.«

»Aber es ist Brauch, meine Liebe, gerade als Torera unterliegen Sie Pflichten. Da können Sie nicht einfach so verfahren, wie Sie wollen.«

Sie erhob sich von ihrem Platz. »Als Gräfin Rosa mag ich eingeschüchtert sein, aber als Ihre Chefin ordne ich jetzt einen Tanz mit mir an.«

»Und wenn ich mich weigere?«

»Dann gibt es eine Abmahnung.«

Er erhob sich ebenfalls von seinem Stuhl und folgte ihr.

»Ich füge mich der rohen, wilden Gewalt.«

Der Comisario und Angela Bischoff tanzten bereits. Während er sichtlich stolz auf sich war, sie dazu aufgefordert zu haben, wirkte sie eher abwesend.

»Ich möchte nicht unverschämt sein, werte Frau Kollegin, aber ich empfand es als äußerst angenehm, heute mit Ihnen zusammen eingesperrt gewesen zu sein.«

»Das freut mich.«

Er wunderte sich etwas über diese nichtssagende Antwort, ließ sie aber unkommentiert. Dann nahm er seinen ganzen Mut zusammen.

»Meinen Sie nicht, dass es vielleicht an der Zeit wäre, dass wir uns duzen?«

»Ja, machen Sie nur.«

»Also darf ich jetzt Du zu dir sagen?«

»Tun Sie sich keinen Zwang an.«

García Vidal schaute sie kopfschüttelnd an. »Hör mal, bist du überhaupt anwesend, geistig, meine ich?«

»Ja natürlich. Das sollten wir so machen.«

Als er merkte, dass sie mit ihren Gedanken gerade in einer ganz anderen Welt war, lächelte er verschlagen und sagte: »Ich würde heute Nacht gern mir dir ins Bett gehen.«

»Machen Sie nur.« Angela Bischoff stutzte und war plötzlich wieder voll da. »Haben Sie eventuell einen Kugelschreiber und ein Handy?«

Er griff seufzend in die Innentasche seines Jacketts und gab ihr beides.

»Und einen Zettel?«

Auch den fand er in seinem Jackett.

Während sie sich mitten auf der Tanzfläche irgendwelche Handynummern notierte, tanze García Vidal demonstrativ allein um sie herum. »Hast du etwas dagegen, wenn ich schon mal weitertanze?«, fragte er jovial.

Sie schüttelte den Kopf. »Nein, machen Sie ruhig.«

»Na, das kann ja eine tolle Nacht werden«, murmelte er bedient.

13

Die Gräfin und der Residente beobachteten García Vidal bei seinem Solotanz um die schreibende Angela Bischoff herum.

Berger musste grinsen. »Ist das eine Art Fruchtbarkeitsritual, was der gute Cristobal da aufführt?«

»Gerade dabei sollten eigentlich beide mitmachen«, entgegnete die Gräfin.

»Vielleicht bittet er auch nur um Regen, wer weiß. Auf jeden Fall sollten wir da mal nachhaken.«

Er tanzte sie in die Nähe des Comisarios.

»Gibt es ein Problem?«, erkundigte er sich. »Ich habe, ehrlich gesagt, schon Leute inniger miteinander tanzen sehen.«

García Vidal musste sich beherrschen. »Nein, so tanzt man heutzutage. Er hüpft um sie herum, während sie sich die Noten notiert.«

Angela Bischoff jubelte unvermittelt los.

»Ich hab's!« Sie zog ihn von der Tanzfläche. »Ab zur ›Pearl‹, ich denke, ich habe den Code geknackt. Lass uns zum Hafen fahren.«

Er blieb wie angewurzelt stehen.

»Hallo, Cristobal, wir müssen los!«, drängte sie.

Berger und die Gräfin tanzten wieder an ihnen vorbei.

»Stopp!«, hielt sie die beiden an. »Sie sollten auch mitkommen. Ich glaube, wir haben die Steine.«

»Wo sind sie denn?«

»In der kleinen Bordmoschee auf der ›Pearl‹. Cristobal, ich brauche ungehend einen Hodja oder irgendeinen anderen muslimischen Geistlichen auf dem Schiff, der uns bestätigen kann, dass wir das Gotteshaus mit unserer Durchsuchung nicht entweihen.«

»Meinen Sie, dass das nötig sein wird?«, fragte Berger verdutzt.

»In der heutigen Zeit können wir nicht vorsichtig genug sein.«

Keine zehn Minuten später standen sie vor der Gangway des riesigen Schiffes und warteten auf den Geistlichen, der von einem Streifenwagen zur »Pearl« gebracht wurde. Der ältere Herr war vollkommen irritiert, ebenso wie der aufgescheuchte Kapitän der Jacht, der sich ihnen drohend in den Weg stellte.

»Sie wissen, Skipper, dass der Durchsuchungsbefehl vierundzwanzig Stunden Gültigkeit hat«, mahnte García Vidal.

»Aber ich erreiche zu dieser Zeit niemanden im Konsulat.«

»Dann werden Sie uns eben bei allem unterstützen, was ich hiermit anordne.«

Sein Widerstand schwand. »Und worum handelt es sich diesmal?«, fragte er ergeben.

»Wir möchten noch einmal zu dieser kleinen Moschee da oben.« Der Comisario zeigte auf die kleine Kuppel.

»Aber da waren Sie doch heute schon und haben nichts gefunden.«

Frau Bischoff schob den Skipper zur Seite und ging an ihm vorbei. »Da wussten wir auch noch nicht, wie die Rückwand aufgeht.«

»Und das wollen Sie in der kurzen Zeit herausbekommen haben? Das ist doch unmöglich. Der Prinz hat immer zig Zahlen eingetippt, die können Sie doch unmöglich alle in so kurzer Zeit kennen! Außerdem ist diese Moschee Allah geweiht, da können Sie nicht so einfach rein und alles auf den Kopf stellen!«

»Wir haben jemanden hier.« Sie zeigte auf den Geistlichen, der soeben vom Comisario darüber aufgeklärt wurde, um was es sich bei der ganzen Aktion handelte. »Er wird genauestens darüber wachen, dass alles nach den Regeln des Korans vollzogen werden wird.«

Nachdem sie drei verschiedene Treppen hochgestiegen waren, standen sie erneut vor dem Eingang des kleinen Hightech-Gotteshauses.

»Bitte«, sagte Angela und zeigte auf das Zahlenfeld, »geben Sie den Eingangscode ein.«

Der Kapitän schüttelte den Kopf. »Ich dachte, Sie kennen den Code.« Er tippte die vier Zahlen, und der Eingang öffnete sich.

»So.« Angela Bischoff zog einen Zettel aus ihrem Dekolleté. »Fangen wir an. Tippen Sie bitte zwei, zwei, acht, fünf … null … fünf, zwei, sieben, vier, sechs … null … sechs, acht, vier, zwei, sechs, sechs, zwei, drei … null … vier, zwei, sechs … null …« Der Mann tippte gespannt alle Zahlen, die sie ihm diktierte. »Zwei, zwei, drei … null … zwei, fünf, fünf, zwei, vier.«

Alles wartete gespannt auf das, was passieren würde. Aus dem

Innern des kleinen Gotteshauses waren plötzlich Motorengeräusche zu hören. Neugierig zogen sie ihre Schuhe aus, die Damen bedeckten zusätzlich ihren Kopf, und sie traten ein. Die Rückwand der Moschee fuhr langsam zur Seite. Zwei Strahler gingen an und beleuchteten eine Vitrine aus kugelsicherem Glas, in der ein Umhang und ein Turban drapiert waren, über und über mit den wertvollsten Diamanten und Edelsteinen der Welt verziert.

»Schaut euch das an«, entfuhr es Berger. »Das hat sich also Kaiser Khalil als Arbeitskittel zu seiner Inthronisierung vorgestellt.«

»Ist das nicht ein wenig dick aufgetragen?« Der Comisario verzog skeptisch das Gesicht.

Die beiden Frauen hingegen waren hingerissen.

Rosa berührte mit den Fingerspitzen vorsichtig das Panzerglas. »So etwas Schönes habe ich meinen Lebtag noch nicht gesehen«, flüsterte sie angetan.

Angela Bischoff war weniger von dem Glanz der Steine berauscht als von deren Wert. »Hier seht ihr alles, was an Edelsteinen Rang und Namen hat. Der Cullinan, der Koh-I-Noor, der blaue Hopediamant und dort oben, am Turban, die ›Träne der Romanows‹, der Stein der Großherzogin. Mrs Bings hat sie mir auf Bildern gezeigt, aber in Natura sind sie alle noch viel schöner!«

»Und sind das nun wirklich die Echten?«, wollte García Vidal wissen.

»Ich nehme es an«, sagte der Residente. »Angela, wie sind Sie nur auf diesen endlosen Code gekommen?«

»Durch die SMS von Cristobal junior. Der Code, das war nichts weiter als der Name des Propheten mit dem Handy geschrieben.«

»M-o-h-a-m-e-d«, die Gräfin zählte mit den Fingern, »das sind nur sieben Buchstaben. Sie haben weit mehr diktiert.«

»Ja, es waren mit den Leerzeichen, also mit den Nullen, dreiunddreißig Ziffern. Ich habe im Internet nachgesehen. Der volle arabische Name Mohameds ist Abul Kasim Muhammad Ibn Abd Allah.«

»Donnerwetter«, staunte der Kapitän der »Pearl«. »Seine Königliche Hoheit wäre begeistert gewesen. Und was passiert nun damit?«

»Wir werden einen Wachschutz für den Rest der Nacht organisieren, und morgen werden sich die Fachleute der Spurensicherung und der Versicherungen darum kümmern.« Der Comisario klappte sein Handy auf und telefonierte mit der Einsatzzentrale.

Minuten später war die Vitrine von schwerbewaffneten SEK-Beamten umringt.

***

Als sie spät in der Nacht wieder im Ballsaal eintrafen, waren nur noch ein paar hartgesottene Tänzer auf dem Parkett zu finden.

Die Präsidentin war selig, dass alles so problemlos über die Bühne gegangen war und sich nun zudem noch die Steine angefunden hatten. Während sie beim Kellner eine Flasche Schampus orderte, um auf den gelungenen Abend anzustoßen, sprach Angela Bischoff mit den Musikern und baute sich gleich darauf vor dem Tisch des Organisationsteams auf.

»Meine Lieben, es wird Zeit, dass sich unsere beiden Herren für ihr Tänzchen fertig machen.«

»Mein Gott«, stöhnte García Vidal, »die Frau hat ein Gedächtnis wie ein Elefant.«

»Wieso, was ist denn?«, erkundigte sich Berger.

»Sie wollten mit unserem Comisario heute noch einen Tango aufs Parkett legen«, erinnerte ihn Angela Bischoff.

Berger erhob sich sofort. »Kommen Sie, Cristobal, das ist doch eine unserer leichtesten Übungen. Außerdem sind Wettschulden Ehrenschulden. Wenn wir dieses Versprechen nicht einlösen, dann wird man uns das noch hundert Jahre lang auf die Stulle schmieren.«

»Was habe ich denn mit Ihren Wettschulden zu tun?«, schimpfte García Vidal. »Sie konnten Ihre Klappe wieder einmal nicht halten, und ich muss mich deswegen vor all diesen Menschen lächerlich machen!«

Berger sah ihn tadelnd an. »Cristobal, Sie wollen damit doch wohl nicht sagen, dass Sie mich das erste Mal im Stich lassen?«

Es war deutlich zu sehen, wie sehr der stolze Mallorquiner mit sich kämpfte. Schließlich erhob er sich wortlos, ergriff den Arm seines Kollegen und Freundes und führte ihn zum Parkett. Auf dem Weg dorthin zupfte er eine rote Rose aus einer Tischdekoration.

»Sie haben es nicht anders gewollt«, zischte er Berger zu, »also wollen wir den Mädels mal zeigen, wie wenig wir sie benötigen, wenn es um die wahren Künste des Lebens geht.«

Sie stellten sich in der Mitte des Tanzbodens in Positur.

»Bitte, Maestro«, rief Berger wehmütig, »it's Tango-Time!«

Bei den ersten Takten steckte sich der Comisario die Rose zwischen die Zähne, und dann legten die Herren los, eins mit sich, mit dem jeweils anderen und vor allem eins mit der Musik.

Die Damen sahen zu und waren von der musikalischen Ausstrahlung der beiden tief beeindruckt.

Angela Bischoff stieß Rosa an. »Was denken Sie, wenn Sie die beiden da so tanzen sehen?«

Die Gräfin wiegte den Kopf hin und her. »Man könnte meinen, einer von beiden wohnt in einem falschen Körper.«

»Mich würde schon interessieren, wer«, erwiderte Angela Bischoff lächelnd. »Die Nacht ist wunderschön, wie dafür gemacht, um dieser Frage auf den Grund zu gehen.«

***

Das kleine Boot des Residente schaukelte seicht in der Cala s'Almunia, in die sie gleich nach Ende des Balls bei sternenklarer Nacht geschippert waren. Es war drückend heiß und eine Wohltat, auf dem Wasser zu sein. Berger hatte es sich auf einer Matratze, die auf dem Kajütdach festgezurrt war, mit einem Bier gemütlich gemacht, als sich die Gräfin zu ihm gesellte.

»Na?«, fragte er. »Haben Sie Ihr Schwein ins Bett gebracht?«

»Hören Sie bloß auf, der arme Kerl war völlig durch den Wind bei dem ganzen Trubel heute.«

Sie stieß mit dem Fuß gegen den Eimer mit kaltem Wasser, in dem sich ein paar gekühlte Flaschen befanden. »Darf ich auch ein Bier haben?«

»Klar doch. Setzen Sie sich hier neben mich und machen Sie es sich bequem.«

»Es sind doch bestimmt noch immer über dreißig Grad.« Sie lächelte verschmitzt. »Würden Sie es für sehr anstößig halten, wenn ich etwas ablegen würde?«

»Absolut nicht. Für uns drei, also für Sie, Ihr Kleid und mich, wäre es hier sowieso zu eng.«

»Aber ich habe fast nichts drunter.«

»Über uns ist nur der Sternenhimmel. Der Große Wagen wird vor Schreck schon nicht gegen eine Wolke fahren.«

Er konnte nur schemenhaft wahrnehmen, wie sie aus ihrem Kleid schlüpfte. Sie war eine aufregende Frau, und ihr Körper wirkte jetzt, nur von den Sternen über ihnen beschienen, noch attraktiver als neulich beim Baden. Es hatte etwas angenehm Vertrautes, wie sie sich neben ihn setzte, er seinen Arm anhob, und sie sich dann mit einem leichten Seufzen an ihn kuschelte.

»Sorry, Michael, aber es ist für mich wirklich ungewohnt, mich zu einem Mann zu legen, den ich sieze.«

»Trotzdem sollten wir es dabei lassen. Ich weiß zwar nicht, warum, aber ich scheine das zu brauchen.«

Sie schwiegen eine Weile miteinander, bis sie sich räusperte.

»Ich hätte noch eine Frage.«

»Und die wäre?«

»Dürfte ich Sie küssen?« Ihre Stimme klang fast ein wenig ängstlich.

»Meinetwegen«, raunte er betont beifällig.

»Auch auf den Mund?«

»Sonst immer gern, Rosa, aber auf den Mund heute Nacht bitte nicht.«

Sie nickte tapfer. »Ich verstehe, das ist Ihnen etwas zu eng, zu verbindlich, oder?«

»Absolut nicht. Ich würde mir nichts mehr wünschen, aber als mir der Comisario beim Tango mit den Zähnen die Rose reichte, habe ich mit der Unterlippe voll in einen Dorn geschnappt.«

Sie musste laut lachen.

»Es tut mir leid, dass ich das komisch finde.« Sie gluckste noch eine Weile vor Vergnügen. »Das muss doch wehgetan haben, oder?«

»Das sage ich Ihnen. Mir sind vor lauter Schmerz die Tränen gekommen.«

Sie küsste ihn erleichtert auf die Wange.

»Da kann man mal sehen, wie man sich täuschen kann. Die gute Angela hatte schon befürchtet, es seien Tränen der Ekstase gewesen.«